ERNETTI
ET LE VOYAGE INTERDIT

Roland Portiche

ERNETTI ET LE VOYAGE INTERDIT

ROMAN

Albin Michel/Versilio

Pour toutes les Sarah du multivers

AVERTISSEMENT

Entre les murs du Vatican, au cœur de la guerre froide, le prêtre italien Pellegrino Ernetti aurait mis au point une étonnante machine, le chronoviseur, qui avait la faculté de voir dans le passé. Au cours de ses missions dans le temps, il aurait exploré quelques moments clés de l'Histoire. Mais en 1983, un évènement inattendu va conduire le pape Jean-Paul II à lui confier le plus troublant des voyages : remonter jusqu'aux portes de la Création.

1

Vers onze heures du soir, ce 19 septembre 1982, le radiotélescope du Harvard-Smithsonian Center for Astrophysics, dans le Massachusetts, capta un signal appelé à bouleverser les astronomes du monde entier.

– Roman, regarde !

Roman Spacek, le responsable de l'équipe de recherche, se redressa brusquement.

– Tu as vu ça ?

Il s'approcha. Sur l'écran défilait une onde radio qui ne ressemblait à rien de connu.

– Tu enregistres ?

– Je suis dessus, répondit Chris Curry, qui jouait les hommes à tout faire du groupe. On ne la perdra pas, elle se répète.

Depuis quelques mois, grâce au financement de la NASA, les astronomes avaient monté le projet *Starwatch*, consacré à la recherche de signaux électromagnétiques émanant d'une possible civilisation extraterrestre. En fouillant systématiquement l'espace avec leur radiotélescope de vingt-six mètres, ils espéraient obtenir, au mieux, un résultat au bout de quelques années. Pourtant, en quelques secondes seulement, tout avait changé.

– Je fais un gros plan sur le signal.

Il se présentait comme un pic très fin sur la bande de fréquence de 1420,4 mégahertz, liée à l'atome d'hydrogène. À l'analyse, on découvrit qu'il était encadré par la même série de dix-huit chiffres : 3 1 4 1 5 9 2 6 5 3 5 8 9 7 9 3 2 3.

– Mais c'est…

Pour des matheux comme ces jeunes gens, il n'y avait aucun doute.

– Pi, la constante d'Archimède.

– Pi à l'entrée, Pi à la sortie, constata Chris. C'est leur « hello » à eux.

Roman se gratta la tête.

– Et entre les deux ?

– C'est plus costaud.

À l'aube, ils y étaient encore. Toute l'équipe s'était jetée sur le message avec l'excitation de gamins ouvrant leurs cadeaux de Noël.

– Je crois que j'ai isolé le gros morceau, annonça Chris en faisant défiler une succession de « 0 » et de « 1 » sur l'ordinateur.

– S'il s'agit d'un langage non humain, nous n'avons aucune référence.

– Pas sûr, répliqua Roman. En encadrant leur message avec des « Pi », ils nous imaginent assez malins pour comprendre.

Chris pencha sa tête sur le côté.

– Et si c'était un dessin ?

– Tom, arrange le tableau dans le sens de la largeur.

L'opérateur appuya sur une commande qui changea l'orientation de l'écran. Aussitôt, les « 0 » et les « 1 » s'organisèrent différemment.

– Tu as raison, ça ressemble à quelque chose.

– Une constellation, peut-être ?

– Attends, dit Chris… on dirait du morse !

Le dessin montrait en effet une série de points et de tirets qui semblaient agencés avec la précision d'un message.

– Quelqu'un a un dictionnaire de morse ?

– Dans la bibliothèque !

En renversant leurs chaises, ils s'y précipitèrent et en revinrent avec un manuel de navigation.

– On va voir si ça tient la route.

Chris commença à décrypter le signal.

– C'est du morse international, qui se traduit en anglais. Et ça donne…

Il eut quelques secondes d'hésitation.

« *Father Ernetti... beware... beware... Father Ernetti... beware*[1]... »

1. « Père Ernetti… prenez garde… prenez garde… père Ernetti… prenez garde… »

UN MESSAGE
DU BOUT DU MONDE

2

À neuf heures du matin, une voix forte retentit :

– Qu'est-ce que c'est que ce bordel ?

Le docteur Robert Pratt, qui dirigeait l'observatoire, était venu en trombe de sa résidence secondaire de Newburyport. Prévenu dans la nuit, il avait enfilé une doudoune sur sa veste de pyjama et roulé pendant près de deux heures dans les embouteillages. Il était furieux.

– Une blague de vos étudiants, Spacek ?

– Non, monsieur, voyez vous-même.

Pratt s'installa devant le pupitre de contrôle. Il observa les tracés de l'onde radio.

– Nous avons des enregistrements sonores. Vous voulez les contrôler ?

– Oui, donnez-moi ces écouteurs.

Pratt ne les garda pas longtemps sur les oreilles. C'était un vrai signal.

– Il dit quoi, en clair, votre message ?

– Vous n'allez pas y croire, monsieur.

Il désigna l'écran de l'ordinateur.

– Le message est en binaire, agencé sur cinquante-trois lignes de quatre-vingt-dix caractères. L'ensemble forme un dessin. Aucun doute, c'est du morse.

Pendant la guerre de Corée, Robert Pratt avait servi sur un navire de guerre. Le morse, il connaissait. Il refit la traduction et obtint le même résultat.

– Incroyable ! Qui peut bien être ce père Ernetti ?

– Juste avant votre arrivée, Chris a téléphoné au nonce apostolique de Washington, pour qu'il se renseigne.

– Donc le pape est au courant ? demanda Pratt en fronçant les sourcils.

– Je ne sais pas, bafouilla Spacek, c'est possible.

– Nom de Dieu, Spacek, il fallait m'en parler avant ! cria Pratt en tapant sur la table. C'est moi qui dirige ce laboratoire, oui ou non ?

– Nous avons cru bien faire, docteur, rétorquèrent Chris et Roman, penauds.

– Et qu'a répondu le nonce ?

– Qu'il allait en référer au père Salvatore Manzoni, le responsable de l'Observatoire du Vatican. Ces Italiens sont très procéduriers.

Pratt essaya de contrôler ses nerfs.

– Bon, ce qui est fait est fait. À partir de maintenant, toutes les infos passent par moi.

– Oui, monsieur.

Il se leva et referma sa doudoune pour dissimuler sa veste de pyjama.

– Je vais téléphoner au président Reagan. Il y a un bureau libre à votre étage ?

– Prenez le mien, dit Spacek.

– Reagan va me prendre pour un fou. Une invasion d'extraterrestres, passe encore, mais un prêtre…

Compte tenu de l'heure matinale, le docteur préféra attendre un peu pour appeler le Président. Il téléphona d'abord à Carl Sagan, à l'université Cornell. Le célèbre astronome, initiateur de *Starwatch*, avait été le premier informé. Par correction, il avait aussitôt prévenu le conseiller scientifique de la Maison-Blanche. À présent, en liaison avec trois observatoires, il cherchait à localiser le signal.

– Nous avons une hypothèse, Bob. Mais elle est si extraordinaire que je préfère vérifier.

– Entendu, tiens-moi au courant.

Vers dix heures du matin, Pratt estima qu'il pouvait appeler Ronald Reagan. Depuis qu'il avait été blessé lors d'un attentat, l'année précédente, le président n'aimait pas se lever tôt. Au bout d'un moment, une secrétaire lui répondit.

– Je vous passe le président des États-Unis.

Une voix gouailleuse lui répondit :

– Eh bien, docteur Pratt ? Vous avez reçu un appel des Martiens ?

– Il ne vient pas de Mars, monsieur le président, mais sans doute de beaucoup plus loin.

– Dites-m'en un peu plus.

– Il y a trois ans, avec l'astronome Carl Sagan, nous avons lancé un projet d'écoute du ciel, destiné à capter un signal émis par des êtres intelligents…

– Une jolie façon de gaspiller l'argent du contribuable, grogna Reagan.

– Le projet a été signé par votre prédécesseur, monsieur.

– Je ne suis pas étonné. Cet abruti de Carter croyait dur comme fer aux soucoupes volantes !

Pratt inspira deux fois profondément, comme son professeur de yoga le lui avait appris.

– Docteur Pratt ? Vous êtes là ?

– Oui, monsieur. Le message se répète toutes les quatre-vingt-dix secondes. Il est codé en morse et dit textuellement : *« Father Ernetti… beware. »*

– C'est ce qu'on m'a annoncé.

– Il répète l'avertissement trois fois, puis ça recommence.

– C'est dingue !

– Il est donc envoyé par une civilisation qui a trouvé le moyen d'apprendre notre code morse.

Reagan se fit méfiant.

– Dites, Pratt, vous ne seriez pas en train de me jouer un scénario à la Orson Welles[1] ?

– Non, monsieur le président, c'est bien réel.

– Une seconde…

Reagan parla à voix basse avec ses conseillers :

– Le secrétaire d'État à la Défense, Caspar Weinberger, me suggère que ces Martiens pourraient être dangereux.

Pratt n'en croyait pas ses oreilles.

– Ce ne sont pas des Martiens, répéta-t-il patiemment. Et rien n'indique qu'ils nous veulent du mal.

– Je n'ai pas vos compétences, rétorqua Reagan, mais si je rencontre un type qui me dit « Prenez garde », je pourrais le prendre comme une menace.

– Nous pensons plutôt qu'il s'agit d'un conseil, mais qui reste obscur pour le moment. Nous en connaîtrons bientôt son origine.

– Bon. En attendant, plus un mot à quiconque. Imaginez que ce soit une fausse alerte, nous aurions une belle mine, tous !

– Compris, monsieur.

Il raccrocha. Il fallait qu'il mange quelque chose. Tout en cherchant une armoire réfrigérée dans les couloirs, il pestait contre ce cow-boy de Hollywood qui se prenait pour un président.

*

À près de sept mille kilomètres de Cambridge, la belle coupole de l'Observatoire du Vatican (*Specola Vaticana*) se découpait sur

1. En 1938, la légende veut que le jeune Orson Welles ait terrifié l'Amérique avec une adaptation de *La Guerre des mondes* de H. G. Wells présentée comme une émission d'information à la radio.

les hauteurs de Castel Gandolfo, la résidence d'été des papes. Depuis le seizième siècle, l'institution était confiée aux Jésuites. Le père Salvatore Manzoni, qui dirigeait l'Observatoire depuis douze ans, fut informé directement par le nonce apostolique américain.

– Le pape est au courant ?

– Oui, répondit le nonce, j'ai alerté son secrétaire d'État.

– Vous avez bien fait. Quoi d'autre ?

– J'ai lancé une recherche à Washington sur ce fameux père Ernetti. Ce n'est ni un prêtre anglican, ni un protestant, ni un chrétien orthodoxe. Il ne reste que les catholiques romains. Il faut consulter vos fichiers. Ce nom vous dit-il quelque chose ?

Manzoni était songeur. Des bribes de souvenirs lui venaient à l'esprit.

– J'ai entendu parler d'un Ernetti, il y a une vingtaine d'années. Pellegrino Ernetti. C'est peut-être le bon. Je vais en parler au Saint-Père.

– Entendu.

La soixantaine ventripotente et le crâne dégarni, le père Salvatore Manzoni avait l'allure débonnaire d'un Jean XXIII astronome. C'était néanmoins un esprit agile, qui avait gagné le respect général.

– Appelez le bureau du Saint-Père, lança-t-il à son secrétaire.

Le pape Jean-Paul II, qui était un vieil ami, le prit immédiatement au téléphone. Il pensait au même Ernetti que lui.

– J'ai envoyé Cipriano le rechercher, dit le pape. Mais avant, Manzoni, il faut qu'on parle.

3

Il avait plu sur la Vénétie. Au volant de sa petite Fiat, sur la route entre Venise et Salzano, le père Pellegrino Ernetti était de mauvaise humeur.

Au moment où il avait quitté son monastère, le concierge l'avait informé qu'il avait reçu un appel du Vatican. Il était convoqué au bureau du Souverain Pontife au milieu de l'après-midi.

Le père Ernetti ferma les yeux en soupirant.

– Qu'est-ce que je leur dis ? insista le concierge.

– Que je rappellerai.

– Quand ?

Il partit sans répondre.

Depuis plusieurs semaines, il partageait sa vie entre un enseignement sur les musiques anciennes à la fondation Cini de Venise et sa fonction d'exorciste officiel du diocèse. Il voulait en rester là. D'ailleurs, on l'avait appelé pour une urgence : un cas de « possession collective », avait dit le paysan. Il roula pendant quarante minutes, sous une pluie intermittente. Enfin parvenu à Salzano, il se gara dans la cour d'une ferme. Le prêtre sortit de son auto en faisant attention où il mettait les pieds. Le sol était boueux. Un petit homme au visage inquiet vint à sa rencontre en faisant des bonds pour éviter les flaques d'eau. Il le salua et lui proposa de le suivre.

– Une seconde, mon fils, j'ai besoin de ma sacoche.

Dans son sac de voyage en cuir tanné, qui lui venait de sa mère, le père Ernetti conservait ses « outils de travail » : les trois principaux livres du rituel des exorcistes, une croix de belle taille, une gourde d'eau bénite ainsi qu'un stéthoscope accompagné de quelques boîtes de calmants, bien utiles quand le patient se montrait agité. La plupart du temps, les cas relevaient de la psychiatrie légère. Il jouait néanmoins le jeu, aspergeant les malades d'eau bénite et donnant à leurs proches des conseils de comportements utiles assortis d'une série de prières. En général, cela suffisait. Il suivit le paysan, qui l'emmena… à l'étable.

– Les voici mon père. Depuis huit jours, impossible de les tenir.

Il parlait de six vaches !

Le prêtre laissa éclater sa colère.

– Vous m'avez fait venir de Venise pour exorciser des vaches ?

Le paysan, surpris, se mit à bafouiller.

– On leur a jeté un sort, mon père. Elles sont très agitées, je ne les ai jamais vues comme ça.

Pellegrino fit un effort pour se calmer.

– Les vaches ne peuvent pas être envoûtées, mon fils, seuls les humains le sont. Et encore, ajouta-t-il, quand ils croient qu'ils le sont. Vos animaux souffrent d'une mauvaise nourriture ou ils ont subi un stress. Appelez un vétérinaire !

– Mais il me demandera une fortune ! Et s'il décidait de les faire abattre ?

– Il posera son diagnostic, vous déciderez ensuite. En ce qui me concerne, je ne peux pas vous aider.

Il tourna les talons et se dirigea vers sa voiture en ignorant les flaques de boue. Il est temps de mettre des limites, se dit-il.

Sans quoi on me demandera bientôt d'exorciser des poules, des canards ou des porcs.

Bref, la journée avait mal commencé. Et ce n'était pas fini. Sur la route du retour, la pluie se remit à tomber avec une telle intensité qu'il ne voyait plus rien devant lui. Il se gara sur le bas-côté, inclina un peu son siège et reprit le fil de ses pensées. Il ne pouvait évidemment pas laisser le Vatican sans réponse. Il rappellerait par politesse, mais prétexterait un problème de santé, quelque chose de ce genre – ils comprendraient. Il avait répété sur tous les tons au pape et à son secrétaire d'État qu'il ne voulait plus entendre parler du chronoviseur, plus jamais. Dès le début, cette machine avait menacé avec perversité sa foi catholique[1] en révélant des images déroutantes du destin de Jésus de Nazareth, puis en embrouillant son esprit sur la révélation divine elle-même. Mais le pire était survenu trois mois auparavant…

1. Les déconvenues du père Ernetti avec sa machine ont été contées dans les deux premiers tomes de cette série, *La Machine Ernetti* et *Ernetti et l'énigme de Jérusalem*, chez le même éditeur.

4

Pendant plusieurs semaines, le père Ernetti s'était enfermé à l'intérieur de son laboratoire installé dans le « bunker », la partie la plus fermée des archives secrètes du Vatican. Nuit et jour, il avait travaillé sur l'amélioration de son chronoviseur, cette machine construite d'après les instructions posthumes d'un grand physicien sicilien, Ettore Majorana. Elle avait la faculté étonnante de pouvoir capter des traces du passé et d'en produire des images sur un petit écran.

Au cours de sa première mission, le père Ernetti avait réussi à plonger jusqu'aux temps évangéliques. Sa seconde exploration l'avait conduit à explorer l'époque des pharaons, trente-cinq siècles plus tôt. Puis il s'était donné un objectif encore plus ambitieux : reculer de huit mille ans dans le temps, jusqu'au néolithique.

Il ne partait pas au hasard. Après une longue enquête, il avait acquis la conviction que le Dieu unique de la Bible, celui de la tradition judéo-chrétienne, s'était révélé bien plus tôt qu'on le croyait, dès la préhistoire. Il serait apparu à un peuple inconnu qui vivait dans une vallée recouverte aujourd'hui par la mer Noire. Le peuple élu, c'était lui.

Naturellement, le pape Jean-Paul II s'était montré sceptique. Il considérait cette quête aussi arrogante que vaine. On ne piste pas l'Éternel comme un chasseur guette une proie. Mais le père Ernetti avait insisté, il voulait plonger dans le temps jusqu'à ces temps lointains et en rapporter une preuve décisive. Le Saint-Père avait fini par céder.

Enfin, il y était parvenu.

Sur le petit écran noir et blanc, le prêtre découvrit un spectacle merveilleux : une vaste cuvette boisée, au nord de la Turquie actuelle, entourée de hautes montagnes. Autour, des champs cultivés et quelques cités. Avec le levier de commande, il zooma sur une agglomération.

Ce fut une immense déception.

Le peuple qu'il cherchait était bien là, mais Dieu n'était pas au rendez-vous. Ces agriculteurs prospères adoraient une multitude de divinités. Certaines, sculptées dans la pierre ou taillées dans le bois, avaient des faces bestiales. D'autres incarnaient les grandes forces de la nature : la Foudre, le Feu, l'Océan, la Lune, les Étoiles. Le plus puissant de ces dieux, identifié au disque solaire, ferait plus tard son chemin dans l'Égypte des pharaons, puis en Terre sainte. Bref, au Commencement étaient les idoles et le paganisme.

En proie à une quasi-panique, le père Ernetti interrompit le flux d'images. Aurait-il fait fausse route depuis le début ? C'était probable. Mais une autre pensée, plus insidieuse, s'infiltra dans son esprit. Et si Celui qu'il cherchait n'existait tout simplement pas ? S'Il n'était qu'une invention humaine ? Il fit un pas en arrière et considéra sa machine avec horreur. Se jouerait-elle de lui ? Chercherait-elle, comme le Malin, à ébranler sa foi ?

Il courut chez le Saint-Père et s'agenouilla devant lui en avouant son échec. Il avait péché par orgueil en croyant prendre Dieu dans ses filets électroniques. À présent, il avait compris la leçon. Il se contenterait d'être un simple prêtre, un serviteur ordinaire du Christ dans son diocèse de Venise.

Le chronoviseur, pour lui, c'était fini.

*

À l'abri dans l'habitacle de sa voiture, le père Ernetti regardait à présent tomber la pluie. L'averse redoublait de violence, son trouble aussi. Car son divorce avec son invention ressemblait à celui de beaucoup d'humains : après la libération, vient la solitude. Peu à peu, l'ennui s'installe au long de la grisaille des jours. Depuis qu'il s'était réfugié à Venise, sa vie était devenue… il cherchait le mot… médiocre. Oui, c'était exactement cela, médiocre. Comme ce matin avec ce paysan lui demandant d'exorciser ses vaches. Parfois, au cœur de la nuit, les images découvertes sur l'écran de sa machine revenaient hanter ses rêves : la splendeur du Temple de Jérusalem avant sa destruction par les Romains, le faste de la cour du roi Salomon, la cité du pharaon Akhenaton édifiée au milieu du désert, face aux feux du dieu Soleil. Et Natacha, sa complice de chaque instant, qui l'avait accompagné dans toutes ses expéditions dans le passé.

Peu à peu, un coin de ciel bleu se dégagea vers l'ouest, la pluie avait cessé. Il se remit en route. Une fois arrivé à Venise, il prit le vaporetto qui lui permit, au bout de quelques stations sur le Grand Canal, de regagner son beau monastère de San Giorgio Maggiore, face à la place Saint-Marc.

Quand il franchit la grille de l'entrée, il fut cloué sur place. Il y avait un hélicoptère dans la cour. Un homme s'avança vers lui avec un grand sourire. Il reconnut immédiatement le cardinal Cipriano, le secrétaire d'État du pape.

– Je suis venu vous chercher, père Ernetti. Par les airs, ce sera plus rapide !

5

Une voiture, dépêchée par le Vatican, fut mise à la disposition du directeur de l'Observatoire pour le conduire chez le pape. Il y avait moins d'une heure de route entre Castel Gandolfo et le palais du Saint-Père. Celui-ci accueillit le père Manzoni à bras ouverts.

– Heureux de te revoir, Salvatore !

– Mes respects, Votre Sainteté.

Jean-Paul II l'arrêta d'un geste amical.

– Pas de titres entre nous, mon ami, appelle-moi Karol. Veux-tu boire quelque chose ?

– Ni thé ni café, mon cœur me l'interdit.

– De l'eau minérale, alors ?

Pendant qu'il remplissait son verre, Manzoni remarqua que la main du Saint-Père était encore affectée d'un léger tremblement.

– Tu t'es remis ?

Le Saint-Père afficha une mine dubitative.

– Du premier attentat, à peu près. Le second est encore récent[1]. Dieu a voulu m'épargner, mais je souffre d'une fatigue permanente. Le Seigneur m'a peut-être envoyé un avertissement, qui sait ?

---

1. Le premier a eu lieu le 13 mai 1981 sur la place Saint-Pierre à Rome et le second à Fatima au Portugal le 13 mai 1982.

– À présent, le ciel nous envoie un nouveau message.

– Bien étrange, en effet.

Le père Manzoni se pencha vers son ami.

– Voudrais-tu m'éclairer, Karol ? Comme tout le monde au Vatican, j'ai entendu parler du père Ernetti et de sa machine à voir dans le passé, mais j'ai toujours pensé que ce n'était pas sérieux.

Le pape s'approcha de son ami et continua à voix basse, même s'ils étaient seuls dans son bureau capitonné :

– Ce que je vais te confier, Salvatore, est un des plus grands secrets de l'Église. Je compte sur ta discrétion.

– Karol, tu sais parfaitement que tu t'adresses au plus fieffé bavard du Vatican, rétorqua Manzoni en adoptant une mine comiquement grave. Mais je te promets de faire un effort.

– Bon, voilà l'histoire. Vers 1955, le pape Pie XII a eu connaissance des calculs d'un physicien génial décédé, Ettore Majorana. Il a ordonné au père Ernetti, qui avait une bonne formation de physicien, de construire une machine à partir de ce travail théorique. C'est ainsi qu'est né le chronoviseur, une sorte de caméra qui pouvait visualiser le passé.

– Et qu'en a-t-il fait ?

– Même si c'est difficile à croire, le pape voulait utiliser cette machine pour apporter une preuve irréfutable, en images, de l'existence du Christ. Nous étions en pleine guerre froide, Salvatore, le pape voulait damer le pion aux matérialistes athées.

– Il a réussi ?

Le pape marqua un temps d'arrêt.

– Oui, mais je n'entrerai pas dans les détails. Mon prédécesseur, aussitôt après, a ordonné au père Ernetti de démanteler sa machine. C'était en 1964. Puis, au début de mon pontificat, pour résoudre une crise grave, j'ai moi-même demandé au prêtre de remonter son invention pour plonger à l'époque des rois David et Salomon. Là encore, je ne t'en dirai pas plus.

Manzoni protesta en souriant :

– C'est la boîte aux mystères, ton histoire !

Le pape eut un geste fataliste.

– Et ce n'est pas fini. Après cela, Ernetti s'est mis lui-même en tête d'amplifier la puissance de son chronoviseur et de reculer encore plus loin dans le temps. Il s'était donné pour objectif de découvrir, il y a huit mille ans, la première trace de la révélation du Dieu unique.

Le père Manzoni ne put s'empêcher d'esquisser un sourire.

– Une tâche assez… ambitieuse !

– Il a échoué, évidemment. Mais sa déception a débouché sur une profonde détestation de cette machine. Il pensait qu'elle lui jouait des tours.

– Évidemment, répliqua Manzoni. Quand nous ne supportons pas les coups du sort, nous voyons derrière eux une intention maligne.

– Dans son cas, c'est allé très loin. Il m'a supplié de le mettre en retrait, de le laisser redevenir un simple prêtre. Il semblait vraiment très affecté. Je te raconte toute cette histoire, mon ami, car Ernetti va bientôt nous rejoindre.

– Il a accepté ?

– Je ne lui ai pas laissé le choix. J'ai envoyé Cipriano en personne le chercher à Venise.

– Tu penses que son chronoviseur a quelque chose à voir avec le message que nous avons reçu ?

– Forcément. C'est cette machine qui a fait du père Ernetti un prêtre différent des autres.

– Et si c'était le cas, qu'attends-tu de lui ?

Le pape planta son regard bleu dans les yeux de son ami.

– Qu'il reparte en mission !

– Tu veux dire dans le temps ?

– Oui. Jusqu'à ceux qui nous ont envoyé le message.

Il se tourna vers la grande horloge de style Renaissance qui ornait son bureau.

– À cette heure, d'ailleurs, il ne devrait plus tarder.

6

Dans ses locaux de *Starwatch*, à Harvard, la petite équipe de Roman Spacek avait travaillé d'arrache-pied. Tous les contrôles donnaient le même résultat, le signal venait bel et bien de l'espace.

Le docteur Pratt entra en traînant les pieds dans le laboratoire.

– J'ai parlé avec Reagan, dit-il. Notre président a vu trop de mauvais films hollywoodiens.

– Normal, dit quelqu'un, il jouait dedans !

Pratt n'avait pas le cœur à rire.

– Il est formel : plus un mot à qui que ce soit.

Chris arriva en courant.

– Docteur, Carl Sagan au téléphone.

Pratt alla répondre dans le bureau de Spacek.

– Du nouveau, Carl ?

Il écouta Sagan puis, avec étonnement :

– Incroyable ! Tu es sûr de ce que tu racontes ? Veux-tu que je te passe Spacek ? C'est lui qui a fait la découverte.

Il appela Roman, qui prit le combiné.

– Hello, Roman, dit Carl Sagan. Nous avons identifié la nature de la source. C'est un objet pulsant, extrêmement massif.

– Tu l'as localisé ?

– Oui, mais le résultat est si déroutant que j'ai besoin de vérifier. Je vous rappelle dans quelques minutes.

Il raccrocha. Pratt n'en revenait pas.

– Qui peut manipuler une source radio aussi puissante pour envoyer un message personnel à l'intention d'un prêtre inconnu ?

– Nous le saurons bientôt, répondit Spacek. Il n'y a rien à manger, ici ? Presque trente-six heures que je n'ai rien avalé.

Pratt lui donna le sandwich défraîchi qu'il avait trouvé dans l'armoire réfrigérée de l'étage.

– Prends le mien, Reagan m'a coupé l'appétit.

Le téléphone sonna à nouveau. Chris décrocha.

– C'est Carl, il a localisé la source.

Pratt prit le combiné. Tous les astronomes se regroupèrent autour de lui pour écouter la sentence de Carl Sagan.

– Attends, dit Pratt, ils sont autour de moi, ils veulent tous savoir.

– Mets ton téléphone sur haut-parleur.

– C'est fait, on t'écoute.

– Bon, annonça Sagan. L'objet affiche un décalage vers le rouge de 6.1, ce qui le positionne à environ douze milliards d'années-lumière !

Spacek n'en croyait pas ses oreilles.

– Le jet qu'il émet est assez intense pour traverser la plus grande partie de l'univers à la vitesse de la lumière.

– Entendu Carl. On va essayer de digérer ça.

Le docteur Pratt raccrocha et se tourna vers Roman Spacek, l'air ronchon.

– Joli cadeau, Roman ! Un casse-tête qui va nous empêcher de dormir pendant quelques décennies.

– Au fait, a-t-on des nouvelles du Vatican ? demanda Spacek.

7

L'hélicoptère avait gagné l'héliport dans les jardins du Vatican. Suivi du père Ernetti, le cardinal Cipriano gagna le bureau du pape.

Le pontife l'accueillit avec un sourire chaleureux.

– Entrez, mon fils, je suis content de vous voir.

Le cardinal Cipriano s'assura que la porte était bien fermée derrière lui.

– Je suis content aussi, Saint-Père.

Pellegrino aperçut un autre ecclésiastique près du pape, du même âge que lui. Son visage à la fois bienveillant et malin, celui d'un vieux routier de la politique vaticane, lui était familier.

– Je vous présente le père Salvatore Manzoni, le responsable de l'Observatoire astronomique du Vatican, dit Jean-Paul II.

Le père Ernetti avait plusieurs fois assisté à ses conférences et les avait toujours trouvées très stimulantes.

– Mes respects au génial inventeur du chronoviseur, lança Manzoni en souriant.

Pellegrino jeta un coup d'œil inquiet au pape. L'existence de cette machine devait rester secrète, sauf en cas d'urgence.

– J'ai parlé à Manzoni de votre invention, mon fils, parce que la situation l'impose.

L'anxiété du père Ernetti redoubla.

– Que se passe-t-il ?

Le cardinal Cipriano approcha un fauteuil.

– Asseyez-vous, Ernetti.

– Oui, je pense que c'est préférable, ajouta le pape.

La scène était irréelle. Le pape, Manzoni et Cipriano avaient pris place autour de lui et le regardaient comme s'ils allaient lui annoncer une catastrophe.

– Le projet *Starwatch*, poursuivit Jean-Paul II, cela vous dit quelque chose ?

– Oui, j'en ai entendu parler. Il consiste à détecter dans l'univers des signaux radio qui pourraient émaner d'une source intelligente.

– Exactement.

Manzoni marqua un temps, comme s'il hésitait. Le pape sentit qu'il devait le relayer. Il sourit à Pellegrino en joignant les mains.

– Ce grand jour est arrivé, père Ernetti. Les radiotélescopes ont réussi à capter un signal complexe qui se répète à l'identique toutes les quatre-vingt-dix secondes. De toute évidence, il émane d'une civilisation intelligente.

Le père Ernetti, qui suivait un peu l'actualité de l'astrophysique, fut intrigué.

– C'est une nouvelle importante, Saint-Père.

Mais pourquoi donc le pape éprouvait-il le besoin de lui en parler à lui personnellement ? Il redoutait de l'apprendre.

– Que dit le message ?

Le pape et l'astronome échangèrent un regard grave. Le Saint-Père tendit une feuille de papier à Pellegrino.

– Lisez vous-même.

Pellegrino prit le texte. Il était bref. Une phrase, qui se répétait : *« Prenez garde... père Ernetti... prenez garde... »*

Le visage du prêtre se décomposa.

– C'est une plaisanterie ?

L'expression très sombre du pape prouvait qu'il n'était pas d'humeur à plaisanter.

– Toutes les vérifications ont été faites, mon fils, répondit-il avec gravité, l'avertissement nous arrive bien de l'espace et son contenu est entre vos mains.

– Les radioastronomes de la *Planetary Society*, commença Manzoni, ont été…

Il fut interrompu par la sonnerie du téléphone. Le pape se leva pour décrocher.

– Oui ?

Les trois hommes l'observèrent. Le pape paraissait de plus en plus troublé. Il raccrocha.

– C'était le docteur Pratt, le directeur de l'Observatoire de Harvard. Le message proviendrait d'une radiosource située à douze milliards d'années-lumière.

– Carrément aux confins de l'univers ! commenta Manzoni.

Pellegrino était livide. Il avait la sensation que ses jambes se dérobaient. Le cardinal Cipriano lui proposa un comprimé pour lutter contre la nausée, avec un verre d'eau.

– Buvez, père Ernetti, cela vous aidera.

Pellegrino avala son comprimé dans un silence tendu.

– Dans quelques minutes, vous vous sentirez mieux, vous verrez.

– Merci, monseigneur.

Le pape revint s'asseoir avec eux.

– Pour l'instant, nous sommes restés discrets. Je vous laisse imaginer les réactions si les journalistes apprenaient qu'un objet céleste s'est adressé à un prêtre catholique depuis l'extrémité de l'univers.

Très affecté, le père Ernetti regarda successivement ses interlocuteurs.

– Mais pourquoi moi ?

En un éclair, il comprit que tous trois avaient la réponse à cette question.

– Le chronoviseur ? bafouilla-t-il.

– C'est ce que nous supposons. Ces êtres nous ont envoyé ce message parce que votre machine a la possibilité de remonter jusqu'à eux et de les mettre en danger. Mais quel est ce danger ? Nous menace-t-il aussi ? Nous l'ignorons.

Il y eut un court silence.

– Attendez. Ces « messagers » nous parlent depuis les confins de l'univers, c'est bien cela ?

– Oui.

– Mais le chronoviseur voyage dans le temps, Saint-Père, pas dans l'espace. Comment pourrais-je les atteindre ?

La réponse vint de l'astronome Manzoni.

– C'est simple : à de telles distances, l'espace et le temps sont indissociables.

Le pape se tourna vers son ami, la mine perplexe.

– Je n'ai jamais compris ce phénomène, Salvatore.

– C'est une donnée de base de l'astronomie. La lumière se propage à trois cent mille kilomètres par seconde. Pour les objets proches, elle paraît instantanée. Mais dans le cas d'un astre lointain, sa lumière met un certain temps pour atteindre les yeux. Notre soleil, par exemple, est à cent cinquante millions de kilomètres, c'est-à-dire à huit minutes-lumière de la Terre. Quand on le regarde, on le voit tel qu'il était il y a huit minutes. Imaginez qu'il explose à un instant T. Eh bien, on ne constaterait cette explosion qu'à T + 8 minutes.

Le pape approuva.

– J'ai saisi. Comme nos messagers se trouvent à douze milliards d'années-lumière dans l'espace, ils sont aussi à douze milliards d'années dans le passé ?

– Exact, répondit Manzoni. C'est la raison pour laquelle le père Ernetti pourra aller à leur rencontre avec son chronoviseur.

Pellegrino écarquilla les yeux.

– Vous voulez m'envoyer à l'extrémité de l'univers, Saint-Père ?

Le pontife sentit qu'il devait jouer son rôle et couper court aux hésitations de son prêtre.

– Père Ernetti, je suis votre pape. Ma conviction de chef de l'Église catholique est que le Ciel nous a envoyé un avertissement. Ces êtres sont comme les anges qui sont apparus au patriarche Loth, le neveu d'Abraham, juste avant la destruction de Sodome et Gomorrhe. Ils nous préviennent d'une menace, peut-être majeure. Nous devons en découvrir la nature.

Manzoni admira l'habileté du pape. La métaphore biblique était particulièrement bien choisie.

– C'est pourquoi je vous ordonne de plonger dans le temps avec votre machine pour rejoindre ces messagers dans le passé. Comme Loth, père Ernetti, vous négocierez avec l'ange.

Pellegrino se sentit pris au piège. S'il s'était écouté, il aurait immédiatement pris la fuite et serait allé se cacher à Venise. Mais c'était impossible, il ne pouvait qu'argumenter.

– Même si j'acceptais cette mission, je ne pourrais pas la remplir. Techniquement, le chronoviseur ne peut pas reculer au-delà de dix mille ans dans le passé. Pour dépasser ces limites, il faudrait repenser sa conception, ce dont je suis bien incapable.

– Ce n'est pas un obstacle insurmontable, répliqua Manzoni. Mais vous, qu'en dites-vous ?

Penchés vers lui, ils attendaient anxieusement sa réponse.

8

« *Peace now* », « *Begin must go* », « *Sharon démission* » : les cris des manifestants avaient remplacé le bruit du canon. Quatre cent mille opposants de gauche s'étaient rassemblés à Tel-Aviv pour protester contre l'intervention de l'armée israélienne au Liban, qui s'était terminée par la tragédie de Sabra et Chatila[1].

Depuis la terrasse de l'immeuble où elle était, Natacha Yadin-Drori avait une vue d'ensemble sur la foule. Elle était heureuse de constater ce sursaut collectif. Sans participer directement aux combats, elle avait joué un rôle d'observatrice pour le Mossad dans plusieurs secteurs sensibles de Beyrouth. Elle s'était posé les mêmes questions que des milliers de ses concitoyens, avec leurs banderoles : en quoi cette incursion au Liban, si coûteuse en vies humaines, avait-elle servi la paix ?

Jusqu'ici, il fallait le reconnaître, sa vie n'avait pas été de tout repos. Elle avait fui l'occupation nazie en Ukraine, émigré en Israël à l'âge de sept ans, grandi dans un kibboutz, étudié l'histoire et l'archéologie, des domaines qui l'intéressaient. Par un étrange concours de circonstances, elle avait rencontré le père

---

1. Les 16 et 18 septembre 1982, le camp de réfugiés palestiniens de Chatila et le quartier de Sabra à Beyrouth furent le théâtre d'un véritable massacre ordonné par les milices phalangistes libanaises.

Ernetti et contribué aux premières plongées dans le temps du chronoviseur. Elle avait vécu des moments intenses en explorant quelques épisodes clés du passé, visité des cités magnifiques, découvert les vrais visages des souverains de l'Antiquité, assisté à des batailles impressionnantes. À chaque fois, les actions auxquelles elle avait participé lui avaient donné le sentiment d'être dans le bon camp de l'Histoire, celui de la justice et du progrès. Aujourd'hui, elle en avait la certitude, il y aurait un avant et un après Beyrouth. Les scènes de carnage auxquelles elle avait assisté dans la capitale libanaise l'avaient horrifiée. Certes, l'armée israélienne n'avait pas pris part aux tueries, mais elle avait laissé faire. Cette manifestation monstre à Tel-Aviv lui semblait remettre le pays dans le droit chemin.

Elle prit un autobus qui la ramena à Jérusalem. Elle avait la chance de travailler au Musée d'Israël sur la colline de Guivat Ram, à proximité de la Knesset et de l'université hébraïque. Ses collections, célèbres dans le monde entier, comptaient parmi les plus riches du Moyen-Orient.

Depuis son retour du Liban, Natacha préparait une nouvelle exposition, la treizième depuis qu'elle avait été nommée au poste de directrice adjointe. Cette année, elle avait décidé de rassembler les nombreuses trouvailles faites par les préhistoriens dans la grotte de Qafzeh, à vingt-cinq kilomètres au sud de Nazareth. Elle avait obtenu l'autorisation exceptionnelle de montrer le contenu d'une tombe bouleversante. Il s'agissait d'un squelette de femme, couché en position fœtale. À ses pieds se trouvait celui d'un enfant, sans doute le sien, disposé de la même manière. La tombe était vieille de cent mille ans, les anthropologues y voyaient une des premières sépultures de l'histoire humaine.

Roni Adahan, le directeur du musée, l'avait mise en garde : « Il faudra ruser avec les Chapeaux Noirs », selon le surnom qu'il avait donné aux groupes religieux comme les Habad-Loubavitch.

Ces ultra-orthodoxes, une véritable plaie pour les préhistoriens, rôdaient autour des musées de Jérusalem afin d'alerter la communauté au cas où on exhiberait des ossements humains. Ils réclamaient alors d'enterrer les vestiges, ainsi que l'exigeait le rituel.

– Ne t'en fais pas, le rassura Natacha, ils ne me font pas peur.

En dépit de ces difficultés (après tout, quelle profession n'en a pas ?), elle continuait à se passionner pour son métier, qui mariait heureusement l'érudition et la recherche sur le terrain.

Par prudence, à cause des manifestations qui agitaient le pays, le directeur avait fermé le musée pour la journée. Elle décida de rentrer chez elle. Depuis son divorce, elle vivait seule dans un petit trois-pièces situé dans un immeuble coquet, à trois pas du musée.

Elle se déchaussa, s'étendit sur son canapé et lutta contre l'envie de dormir. Elle passa dans la salle de bains, se fit couler un bain chaud et se prépara pour la soirée qu'elle avait accepté de passer avec Ariel Bronstein, un vieux camarade qui l'invitait à dîner dans le centre-ville.

Elle sortit de son armoire une robe moulante, qu'elle n'avait pas mise depuis longtemps. En l'enfilant, elle constata que la guerre du Liban lui avait coûté plusieurs kilos et légèrement creusé ses traits. Quelques fines rides sur son visage trahissaient son passage à la quarantaine et le stress de Beyrouth n'avait rien arrangé. Mais elle restait belle. Son corps mince et musclé et ses yeux vert doré avaient de quoi faire pâlir nombre de filles plus jeunes.

Elle se maquilla. Sur ce plan, des mois qu'elle faisait le minimum. Mais ce soir, pour le plaisir, elle avait décidé de faire un effort.

Une sonnerie sourde à la porte d'entrée. C'était Ari.

– Entre, j'ai laissé la porte ouverte.

– Entendu.

Il patienta dans le petit salon.
– J'en ai pour deux minutes. Où va-t-on ?
– Surprise ! Je suis sûr que tu vas aimer.
Elle sortit de la salle de bains. Elle était resplendissante.
– Tu es…, commença Ari, admiratif.
Elle coupa court.
– On bouge ?

Il la conduisit dans un petit restaurant qu'il avait déniché dans la rue Ben-Yehuda, où se regroupaient les adresses branchées de Jérusalem. Quand il n'épluchait pas les articles scientifiques, Ari passait un temps fou à chercher les bonnes adresses de restaurant, qu'il recoupait avec plusieurs guides. Celui-ci, *Les Rendez-vous du Cèdre*, tenait son originalité de la qualité de ses mezzés, qui embrassaient toutes les traditions culinaires : kurde, irakienne, perse, marocaine, italienne et même caucasienne.

– Comment résister ? dit Natacha, effrayée par ces gourmandises ultranourrissantes.

– En ne résistant pas, justement, répondit son ami en piochant sans retenue dans les raviers emplis de préparations colorées.

Ariel Bronstein était archéologue et supervisait les collections du Musée d'Israël tout en enseignant l'histoire des civilisations de l'Antiquité à l'université Bar-Ilan de Tel-Aviv. Ce célibataire endurci – à force d'avoir beaucoup voyagé – s'était à présent sédentarisé et tentait depuis des mois de se rapprocher de Natacha, sans grand résultat pour le moment. Son allure impressionnante de géant à la chevelure blonde striée de blanc contrastait avec un regard profond et bienveillant, qui faisait tout son charme. Clairement, ce quinquagénaire commençait à redouter la solitude.

Natacha, qui aimait être franche avec Ari, lui avait révélé son aventure avec Gregory Parker, un jeune Anglais rencontré lors d'une précédente mission en Égypte[1]. Mais Gregory travaillait à Londres, elle à Jérusalem, et ils avaient fini par se séparer. Certains soirs, pourtant, la solitude se faisait pesante ; c'était le cas après ce qu'elle avait vécu au Liban. Tandis qu'Ariel lui parlait de ses déboires avec l'administration de l'université, elle songea qu'il suffirait d'un rien, d'un geste, d'un simple mot pour encourager Ariel et donner aussitôt un nouveau cours à sa vie. Et pourquoi pas, après tout ? Elle planta son regard dans les yeux d'Ariel, posa sa main sur la sienne et…

– Oui, Natacha ?

– Ari, je…

Le serveur l'interrompit. On la demandait au téléphone.

– C'est curieux, s'étonna Natacha, personne ne sait que je suis ici.

Elle se leva et alla répondre à la caisse du restaurant. C'était une voix qu'elle connaissait.

– Zvi ? Comment m'avez-vous trouvée ?

– Ne cherchez pas, vous seriez étonnée.

Elle n'insista pas. Zvi Eizer, un des trois responsables du Mossad, retrouvait toujours ses agents où qu'ils soient. Il devait avoir un troisième œil.

– Quelque chose de grave ? demanda-t-elle.

– Grave, je ne sais pas encore. Mais étonnant, oui. Rendez-vous demain dans mon bureau à neuf heures, à Tel-Aviv.

Il raccrocha, laconique comme à chaque fois. Elle se dit que ses élans romantiques étaient renvoyés à une date ultérieure. Sans doute était-ce mieux ainsi.

---

1. Natacha l'a rencontré dans le tome précédent : *Ernetti et l'énigme de Jérusalem*.

9

Le bureau de Zvi Eizer se trouvait au septième étage d'un grand immeuble de Tel-Aviv. Natacha le connaissait depuis près de vingt ans, depuis sa première mission effectuée pour le Mossad au Vatican auprès du père Ernetti. D'autres avaient suivi, aussi complexes et risquées que la première. En dépit de son activité pour le service, elle avait gardé son emploi de conservatrice, qui était pour Zvi une excellente couverture. Compte tenu de ses compétences en histoire antique et en archéologie, il lui avait réservé les missions concernant le chronoviseur, généralement longues et délicates. Mais la guerre du Liban avait pris une ampleur inattendue et mobilisé toutes les ressources du Mossad.

Un agent de sécurité la fit entrer. Zvi était un petit bonhomme chauve d'une cinquantaine d'années, aux yeux perçants.

– Thé ? Café ?

– Merci, ni l'un ni l'autre.

Il déchira un petit sachet de thé lyophilisé qu'il mélangea avec de l'eau bouillante.

– En Russie, même aux pires moments, mon grand-père considérait que l'instant du thé était une bénédiction. Il le préparait méticuleusement dans son samovar et rêvait de pouvoir un jour le savourer en terre de Sion. S'il me voyait aujourd'hui confectionner cette infâme boisson instantanée, je crois qu'il reprendrait illico le chemin de Moscou. Mais on s'habitue à tout.

– Non, pas à tout, murmura-t-elle.

Il avait compris qu'elle parlait de Beyrouth et garda le silence. Elle le relança.

– Pourquoi m'avez-vous appelée ?

– Le cardinal Cipriano, le secrétaire d'État du Vatican, a d'abord informé notre Premier ministre Menahem Begin, puis m'a contacté. Il était fébrile. Le père Ernetti a reçu un message... de là-haut.

Il désigna le plafond de son index. Natacha eut un sourire.

– Un message du Bon Dieu ?

– Presque.

Il lui fit un résumé précis de ce qu'il savait. Natacha resta interdite.

– Vous êtes sérieux ?

– Parfaitement. Tout a été confirmé par un de nos agents en poste à la NASA. Pour l'instant, le président des États-Unis ne souhaite pas que l'affaire s'ébruite. Vous imaginez l'affolement ? Quant à nous, en Israël, nous ne pouvons pas nous payer le luxe, après le Liban, d'avoir les extraterrestres sur le dos !

– Mais comment ces êtres peuvent-ils connaître le nom du père Ernetti ?

– Je n'en sais fichtre rien ! J'ai toujours été convaincu d'une chose : nous ne sommes pas les seuls êtres intelligents dans l'univers. Et quand je dis « intelligents », je suis généreux !

Quand Zvi ne savait pas répondre à une question, il devenait facilement irascible. Elle préféra éviter de le contrarier.

– Ceux qui ont envoyé ce message ont des technologies que nous n'avons pas, ce n'est pas plus mystérieux que ça.

– Très bien. Pourquoi m'avez-vous convoquée ?

– Parce que le pape veut vous envoyer à leur rencontre, Natacha. Vous et le père Ernetti !

Elle n'en croyait pas ses oreilles.

– À douze milliards d'années dans le passé ? C'est bien trop loin pour la machine !

Il haussa les épaules.

– Les questions techniques sont faites pour être résolues. Le vrai souci aujourd'hui est humain.

– C'est-à-dire ?

– Le pape vous en parlera.

– À Rome ?

– Évidemment à Rome, pas dans votre trois-pièces à Jérusalem !

Elle soupira. À peine revenue du Liban, il fallait donc repartir en Italie.

– Zvi, je suis archéologue, pas astronome. Je ne vois pas comment je pourrais aider le père Ernetti.

Ignorant son objection, le chef du Mossad lui tendit un ordre de mission.

– Passez à la caisse, on vous donnera vos frais et vos billets d'avion. Le pape vous attend après-demain au Vatican.

Elle se saisit des deux feuillets agrafés, se leva et sortit sans dire un mot.

– La porte ! cria Zvi.

Elle le laissa s'égosiller.

10

Le lendemain, un taxi la déposa à l'entrée de l'hôtel que le Vatican lui avait réservé. Elle se présenta à l'accueil et monta dans sa chambre, vaste et confortable. Elle prit une douche rapide et se changea. Le temps était agréable, mais plus frais qu'à Jérusalem. Elle se fit monter un repas léger, qu'elle grignota en regardant les nouvelles à la télévision. Puis elle s'étendit sur le grand lit et s'assoupit quelques minutes. Le téléphone la réveilla.

– Mademoiselle Yadin-Drori ? Je vous passe le cardinal secrétaire d'État.

Cipriano prit la communication.

– Bonjour, Natacha. Merci de vous être déplacée à Rome une fois de plus.

– Je n'avais guère le choix, monseigneur.

Le ton du cardinal se fit plus grave :

– La situation est sérieuse. Inhabituelle, mais sérieuse.

– C'est ce qu'on m'a dit. Mon rendez-vous avec le Saint-Père est toujours fixé à demain matin ?

– C'est la raison de mon appel. Seriez-vous libre cet après-midi ? Le pape vous propose de le retrouver à quinze heures dans la roseraie du Vatican. Vous la connaissez ?

– J'ai eu l'occasion d'y passer, oui, c'est un endroit magnifique.

– Ce sera plus agréable que dans son bureau.

– Certainement, monseigneur, j'y serai.

Elle raccrocha. Tant pis pour sa visite de la galerie Borghèse, le pape en avait décidé autrement. Elle sortit de son sac un petit livre de vulgarisation sur l'astronomie qu'elle avait acheté à l'aéroport. Le titre, *ABC du ciel*, n'était guère original. Elle le feuilleta. Les supposées merveilles de l'univers, annoncées dans l'introduction, lui parurent bien soporifiques : des pages et des pages de photos de galaxies situées à des millions, voire des milliards d'années-lumière. Elle devait pourtant se familiariser avec cette unité de mesure. Il s'agissait de la distance parcourue par la lumière pendant une année, à la vitesse de trois cent mille kilomètres par seconde. Le résultat était vertigineux : neuf mille cinq cents milliards de kilomètres. Les êtres qui avaient envoyé un message au père Ernetti se situaient, avait dit Zvi, à douze milliards d'années-lumière de la Terre. Elle essaya de faire le calcul, mais y renonça.

*

La roseraie du pape, au cœur des jardins exotiques du Vatican, était un enclos de toute beauté avec son bassin en lapis-lazuli et ses trois cents variétés de roses. Le garde suisse qui accompagnait Natacha la conduisit à la petite table où l'attendait le Saint-Père. Il se leva pour l'accueillir.

– Quel plaisir de vous retrouver, Natacha, lui dit-il en l'embrassant.

– Le plaisir est partagé, Saint-Père.

On leur servit des rafraîchissements. Sur un signe du pape, ils furent laissés seuls.

– J'ai su par le responsable du Mossad que vous avez vécu des moments difficiles à Beyrouth.

Elle acquiesça.

– Si j'étais croyante, Saint-Père, je dirais que le Diable menait la danse.

– Ne lui mettons pas tout sur le dos, Natacha, les humains ont leur part de responsabilité. Nos amis des étoiles nous aideront peut-être à devenir meilleurs.

Il était pressé, clairement, d'en arriver au fait.

– Zvi m'a résumé la situation. Franchement, j'ai du mal à y croire.

– Comme nous tous. Mais les spécialistes sont formels. C'est pourquoi j'ai demandé au père Ernetti d'utiliser son chronoviseur pour remonter jusqu'à ceux qui lui ont envoyé ce message.

– J'imagine qu'il a sauté de joie ?

– Justement pas, répliqua le pape. Il a refusé cette mission.

Elle fut stupéfaite.

– Refusé ?

– Tout net. Il m'a dit non, m'a présenté ses respects et a pris le premier train pour Venise.

Elle retint un sourire. Elle avait si souvent incité le père Ernetti à rester maître de ses décisions qu'elle fut secrètement satisfaite de cette nouvelle.

– Et comment expliquez-vous son attitude ?

– Vous le savez encore mieux que moi, le père Ernetti a la fragilité de ses enthousiasmes. C'est un être passionné, qui doit croire à ce qu'il fait. Il devient alors capable des plus merveilleux exploits, il nous l'a montré dans le passé. Depuis son dernier voyage, hélas, il a acquis la conviction que la machine se moquait de lui, comme si elle était ensorcelée. Il ne veut plus y toucher.

Natacha sentit que cette situation inquiétait le pape.

– Et pourquoi faire appel à moi ?

Elle s'en doutait, mais voulait en avoir le cœur net.

– Je vous connais bien tous les deux, précisa le Saint-Père. Je vous ai rencontrés dans des circonstances difficiles, j'ai vu comment vous parveniez ensemble à trouver le bon équilibre pour aller de l'avant. Vous êtes la seule, Natacha, à pouvoir le faire changer d'avis. Quelque chose vous relie, vous et lui, qui est plus que de la confiance.

Elle baissa les yeux.

– Je ne serais pas le pape si je ne connaissais pas un peu la nature humaine.

Natacha fronça les sourcils et eut un geste de recul. Elle n'appréciait guère cette intrusion dans son intimité. Elle éprouvait pour le père Ernetti une réelle affection qui avait grandi au cours de leurs missions dans le temps. Et voici que le pape, fin psychologue, lui proposait d'utiliser ce sentiment pour manipuler son ami. Franchement, elle n'aimait pas ça. Le Saint-Père, qui n'avait cessé de l'observer, sentit sa réticence.

– Natacha, aidez-moi.

Il ne jouait plus.

– Je n'ai aucune preuve à vous fournir, mais ce message m'inquiète. Le père Ernetti doit établir un contact avec les êtres qui nous l'ont envoyé, lui seul peut le faire.

Elle se raidit.

– Je suis en mission commandée, n'est-ce pas ?

Avant de rentrer à son hôtel, Natacha demanda à parler au secrétaire d'État du pape. Il la reçut immédiatement.

– Je viens de quitter le Saint-Père, monseigneur.

– Il vous a expliqué la situation ?

– Oui. J'irai à Venise, je verrai ce que je peux faire. Mais je me vois mal taper sur l'épaule du père Ernetti et lui remonter le moral comme un manager avec un boxeur fatigué. Notre ami est têtu, nous devons agir avec diplomatie.

– Que proposez-vous ?

– Annoncez-lui ma visite. Et faites-lui savoir, par des indiscrétions, mes raisons. C'est possible ?

– Oui, je connais un évêque à Venise qui le croise souvent. Je peux lui faire passer le message. Mais qu'est-ce que ça changera ?

– Tout. Je ne lui demanderai rien, je le laisserai venir. Faites-moi confiance, je le connais.

11

Les jours fastes, sept étudiants assistaient aux cours de musicologie du père Ernetti à la fondation Cini, sur l'île de San Giorgio. Ce jour-là, ses élèves n'étaient que quatre. Il le regrettait, car il leur avait apporté une partition rarissime de la Grèce ancienne, retrouvée sur un papyrus égyptien du quatrième siècle avant notre ère. Il avait distribué une photocopie à chaque élève.

– Il y a quelques mois, des chercheurs français de la Sorbonne ont réussi à traduire la partition en notes modernes et à la reconstituer avec une soliste et une cithare. Écoutez…

Il mit en marche un magnétophone à cassette. Une voix de femme fit entendre un chant plaintif en grec ancien.

– Il s'agit de Médée, accusée d'avoir tué ses enfants. Elle cherche ici à se disculper et elle clame son innocence.

C'était un vrai bonheur d'assister à la renaissance de cette musique, après vingt-cinq siècles. Ses élèves, comme lui, étaient envoûtés. Sans leur dire, le père Ernetti associa à ce chant magnifique les images que le chronoviseur aurait pu livrer de ces temps lointains. Le reste du cours consista à éclairer les subtilités du système musical grec, très précis et rigoureux malgré le peu de signes utilisés.

Après le départ des élèves, il resta un instant immobile à son bureau, les yeux dans le vague. Il regarda l'horloge qui marquait douze heures quinze. Il savait que Natacha l'attendait tout près, sur le petit banc à côté de la station du vaporetto. Il avait tellement envie de la retrouver et tellement peur de la décevoir. Il rangea ses affaires et quitta la salle de classe.

Son visage s'éclaira dès qu'elle l'aperçut. Elle se leva et fit quelques pas vers lui. Il la serra longuement dans ses bras. Depuis un an, ils s'étaient parlé au téléphone, mais ne s'étaient pas revus. Entretemps, il y avait eu cette décevante plongée dans la préhistoire, à laquelle elle n'avait pas participé. Heureusement, finalement.

Il posa ses mains sur ses épaules et la regarda en silence. Ses yeux verts étaient éclairés par le soleil de la lagune, mais ce qu'elle avait vécu récemment y avait ajouté une note d'amertume.

– J'ai su que vous aviez participé à cette guerre, Natacha, j'ai eu peur pour vous. Mais vous êtes toujours aussi lumineuse.

– … Vous, mon père, je vous trouve le visage las.

– J'ai eu mon lot d'épreuves. Vous arrivez d'Israël ?

– Oui, après un petit crochet par Rome.

Il accusa le coup et afficha une mine renfrognée.

– Le pape vous a parlé ?

– Il m'a résumé la situation. C'est fou, non ?

– Oui, c'est fou.

Ils prirent place sur le banc. Il savait pourquoi elle venait, elle savait qu'il savait. L'erreur, songea Natacha, serait de le bousculer, elle obtiendrait le résultat exactement contraire. Elle avait donc décidé de le laisser venir. Pendant un bref instant, ils observèrent en silence les bateaux qui sillonnaient le Grand Canal. C'est lui qui reprit la parole :

– Saviez-vous que les ancêtres du vaporetto n'étaient pas italiens ? Ils ont été construits en France au siècle dernier et ont commencé par naviguer sur la Seine.

– Je l'ignorais.

Il se tourna vers le canal.

– Je ne veux plus toucher à cette machine, Natacha.

– C'est votre décision.

– Ils essayeront de me remplacer, bien sûr.

– C'est certain.

– Mais personne ne pourra.

– Personne, non.

– De toute manière, nous n'aurions pas pu plonger si loin dans le temps.

– Sûrement pas.

– Mais vous, Natacha, que pensez-vous de cette mission ?

– Je n'en pense rien.

Ils regardèrent à nouveau vers la lagune. Elle feuilleta machinalement son guide touristique imprimé en hébreu.

– Et vous, mon père, saviez-vous que lorsque les vaporettos sont arrivés à Venise, les gondoliers se sont mis en grève ?

– Ah ? Vous me l'apprenez.

D'un même mouvement, ils se tournèrent l'un vers l'autre, puis éclatèrent de rire. Il redevint sérieux et plongea ses yeux dans ceux de Natacha.

– Vous croyez vraiment que je dois y aller ?

– Oui, père Ernetti. Un danger nous menace, il faut savoir lequel. Mais nous ferons aussi le plus beau des voyages. Si vous passez outre, vous le regretterez toute votre vie.

Ce « nous » lui fit chaud au cœur.

– Si j'accepte cette mission, nous referions équipe ?

– Évidemment.

– Alors j'irai. Mais pas pour le pape, ni pour négocier avec l'ange.

Il laissa sa phrase en suspens.

Le soir même, depuis sa chambre d'hôtel, elle appela le cardinal Cipriano et lui résuma leur conversation. Le cardinal fut satisfait.

– Merci, Natacha. Ça n'a pas été trop difficile ?

– Dans l'armée, nous avons des snipers dont le rôle est de viser la tête ou le cœur. Dites au pape qu'il est un excellent sniper.

– Je ne sais pas s'il appréciera le compliment, mais je n'y manquerai pas.

– Autre chose. Je tiens à l'accompagner dans son exploration.

– Nous l'avions prévu.

Ils avaient tout combiné. Elle, en bonne petite soldate, avait marché dans le stratagème.

– Je retourne demain en Israël, Monseigneur. Avant de se lancer dans l'aventure, le père Ernetti devra résoudre de nombreuses questions techniques, il en aura peut-être pour des mois.

– Pas nécessairement, répliqua le cardinal. Le responsable de l'Observatoire astronomique du Vatican a pensé à une solution, il va lui en parler.

12

Au volant de sa petite Fiat, le père Ernetti avait gagné Castel Gandolfo, où se trouvait l'Observatoire du Vatican. Il passa le barrage des gardes suisses et se gara à proximité de l'imposante coupole. À l'accueil, il demanda à parler au père Salvatore Manzoni, qui ne tarda pas à arriver.

– Bienvenue chez nous, père Ernetti. Vous êtes déjà venu ici ?

– Jamais, mon père.

Émerveillé, il découvrait les installations de l'observatoire. Il fit un tour complet sur lui-même.

– Vous cherchez le télescope ? Il est au-dessus, je vais vous le montrer.

Malgré son âge et son embonpoint, le père Manzoni monta prestement l'étroit escalier en spirale qui menait à l'étage supérieur. Dans une semi-obscurité, ils découvrirent la silhouette allongée du télescope, dressée à l'intérieur de la grande coupole close.

– C'est un vieil engin, hélas, qui ne sert plus beaucoup. Autrefois, c'était de la haute technologie. Saviez-vous que Sa Sainteté Paul VI est venue ici le 21 juillet 1969 pour observer la Lune avant l'alunissage d'Apollo 11 ?

– Je l'ignorais.

– C'était pour le symbole, bien sûr, il n'a pas pu voir les astronautes sur la Lune.

Le père Ernetti était irrésistiblement attiré, comme tout le monde, par la lunette de visée. Manzoni sourit.

– Hélas, il n'est pas en service. Mais ne regrettez rien, vous seriez déçu. Aujourd'hui, compte tenu des avancées de la technologie, même un télescope d'une trentaine de centimètres posé sur un trépied est plus puissant que cette vieille chose, qui n'est plus là que pour le décor. Pour ne rien arranger, les conditions d'observation sont médiocres.

– À cause de Rome ?

– Oui, la ville est trop proche et ses lumières, la nuit, sont de vrais parasites. Les meilleurs télescopes optiques se trouvent aux pôles ou dans les déserts.

Il l'entraîna au fond de la salle.

– Voulez-vous boire quelque chose, père Ernetti ? Mon télescope ne fonctionne plus guère, mais j'ai une excellente cafetière milanaise. Long ? Court ?

– Un vrai café romain.

– Je ferai comme vous.

Il manipula le percolateur comme un barman professionnel et obtint deux cafés serrés qu'il posa sur une table de bistro.

– Je suis si content que vous ayez accepté de participer à cette incroyable mission. Vous allez vivre une aventure que peu d'humains ont connue : explorer les profondeurs de l'univers, même si ce n'est que sur un écran. Je rêverais de pouvoir vous accompagner !

– Il suffit de demander au pape.

– Impossible, hélas. Le Saint-Père m'a confié la préparation d'un colloque sur la bioéthique qui se tiendra prochainement dans son palais d'été.

– J'aurai pourtant besoin de la collaboration d'un astrophysicien, mon père, je ne connais pas grand-chose aux astres.

– Nous vous en trouverons un, ne vous inquiétez pas. Vous travaillerez aussi avec Natacha Yadin-Drori, que vous connaissez bien. J'espérais la rencontrer.

– Elle est repartie en Israël. Je lui ai dit que la préparation du voyage prendrait du temps, peut-être des années.

Le père Manzoni se rembrunit.

– Des années ? Pourquoi ?

Le père Ernetti sortit de son cartable en cuir un gros dossier sanglé.

– Ce sont les équations d'Ettore Majorana qui ont donné naissance à la machine. Telles qu'elles sont, elles ne permettent pas de reculer au-delà de dix mille ans. J'ai essayé, je n'y suis jamais arrivé. Or nous parlons à présent de reculer de plusieurs milliards d'années dans le passé !

– Je comprends, mais je ne vois pas où est la difficulté. Il suffit de réécrire les équations de Majorana.

Pellegrino étala plusieurs feuillets de calculs sur la table du bar.

– Mon père, ces équations sont effroyablement complexes ! J'ai eu le plus grand mal à les déchiffrer. Il ne suffit pas de remplacer une variable par une autre. Nous devrons établir un planning, réunir une équipe de mathématiciens, les mettre au travail pendant des mois, utiliser l'informatique la plus évoluée pour les assister et…

Manzoni l'interrompit :

– Ce que vous me décrivez est impossible, père Ernetti, le pape nous a fait comprendre que nous sommes dans l'urgence.

– Mais comment pourrai-je…

– C'est simple, quelqu'un va vous aider.

– Ah bon ? Et qui ?

– Un physicien génial. Aussi génial que l'était Majorana.

– Albert Einstein est mort, père Manzoni.

– Mon physicien est vivant, et c'est un ami proche. J'en ai parlé au pape, il a donné son accord.

Pellegrino ouvrit de grands yeux.

– De qui s'agit-il ?

– C'est un Anglais. Hawking, Stephen Hawking.

13

En dehors des voyages effectués avec le chronoviseur, le père Ernetti n'avait guère parcouru le monde. Un court séjour en Terre sainte, une visite à Paris, c'était à peu près tout. Il n'était jamais allé en Angleterre, contrairement au père Manzoni qui avait fait une partie de ses études à l'Imperial College de Londres. Dans l'avion qui les emmenait à Cambridge, le père jésuite lui parla du chercheur prestigieux qu'ils allaient rencontrer.

– Hawking est un immense physicien, plus connu du grand public pour une sclérose musculaire qui l'a paralysé à 95 % que pour ses recherches. Il a pourtant ébloui toute la communauté scientifique en proposant sur de nombreux thèmes des idées géniales et très originales.

– J'ai lu dans un magazine qu'il avait étudié la physique des trous noirs.

– Oui, il a émis l'idée que les trous noirs n'étaient pas si noirs et qu'ils émettaient un rayonnement. On l'appelle aujourd'hui le rayonnement de Hawking. Mais surtout, il a travaillé sur les premières secondes de l'univers en avançant des hypothèses surprenantes, il vous en parlera.

– Il peut encore s'exprimer ?

– Ne vous inquiétez pas, c'est un esprit tellement agile qu'il comprend tout au quart de tour. Vous avez emporté vos calculs ?

– Oui, dans ma valise.

– J'ai la certitude qu'il trouvera une solution à vos difficultés. Je lui ai résumé la situation dans un courrier confidentiel. Il sera passionné, comme nous le sommes tous.

Pellegrino se rembrunit.

– J'en suis moins sûr que vous, mon père.

Le père Manzoni l'encouragea en lui serrant la main.

Un taxi les emmena de l'aéroport à la prestigieuse université de Cambridge, dans la ville du même nom. La cité et l'université étaient si imbriquées qu'elles étaient impossibles à distinguer. Au passage, Manzoni lui cita les principaux collèges : le Trinity College, le King's College, le St John's College, etc.

Le taxi les arrêta devant une maison coquette, à la pelouse soignée. Le père Manzoni régla la course et sonna à la grille. Jane Wilde Hawking, qui partageait la vie du physicien, vint leur ouvrir.

– Quel plaisir de vous revoir, Jane.

Il lui baisa la main.

– Je suis venu avec mon ami, le père Ernetti.

– Bienvenue, mon père, dit Jane. Stephen vous attend tous les deux dans le salon.

C'était une femme encore jeune, aux cheveux châtains et au regard étonnamment vif. Depuis que son époux avait été atteint par la maladie, elle faisait tout pour lui simplifier la vie. Hawking les attendait, installé dans un fauteuil roulant.

– Ravi de te retrouver, Stephen. Voici le père Pellegrino Ernetti, dont je t'ai parlé au téléphone.

Le sourire de Hawking était figé à cause de sa paralysie faciale, mais on devinait dans ses yeux une joie réelle d'accueillir ses visiteurs. Un jeune homme qui se tenait près de lui se présenta en s'inclinant.

– Je suis le professeur Alfonso Varela, le collaborateur du professeur Hawking.

Manzoni eut un mouvement de recul.

– C'est que… le but de notre visite devait rester secret, Jane. C'est une consigne du pape.

– Soyez sans crainte, Alfonso travaille depuis deux ans avec mon époux. Sans lui, avec sa maladie, Stephen aurait fini par renoncer à la physique.

– J'aide le professeur pour tout ce qu'il ne peut plus faire : je note les équations au tableau noir, je fais les calculs…

Hawking l'interrompit :

– C'est mon… deuxième moi !

– C'est vrai, approuva Jane, Alfonso est devenu notre quatrième fils. Mais pour vous rassurer…

Elle montra trois lettres manuscrites.

– Voici nos engagements de confidentialité rédigés, datés et signés.

Ce geste rassura Manzoni.

– Merci, Jane. Excusez-moi, professeur Varela, je ne m'attendais pas à vous trouver ici.

– Je comprends parfaitement, père Manzoni.

Âgé d'environ trente ans, très brun et de haute taille, Alfonso Varela était natif du Nicaragua, ce qui pouvait s'entendre à son fort accent espagnol. Il précisa qu'il serait bientôt titularisé comme enseignant à Cambridge.

– Stephen a exigé que l'université lui accorde un mi-temps avec lui, ajouta Jane. Dans quelques mois, quand Alfonso aura fait venir sa charmante épouse, ils demanderont la nationalité britannique et seront aussi anglais que nous !

Hawking s'agita, il voulait maintenant entrer dans le vif du sujet. Il regarda Pellegrino avec curiosité.

– Vous… êtes donc… le père Ernetti… du message ?

– C'est bien moi, monsieur le professeur, répondit Pellegrino. Je n'ai pas cherché cette célébrité. Surtout, je ne sais toujours pas ce qu'« ils » me veulent.

– Il faut… aller… leur demander…

Le père Ernetti eut un sourire.

– Oui, mais comment ?

– S'ils sont… à douze milliards… continuez, Alfonso.

Varela prit le relais :

– Le professeur Hawking veut dire que s'ils sont à douze milliards d'années-lumière dans l'espace, ils sont aussi à douze milliards d'années dans le passé.

– Utilisez… votre chronoscope, dit Hawking.

– Nous l'appelons un chronoviseur, dit Pellegrino. Nous y avons pensé, bien entendu. Le problème, c'est que, techniquement, il n'est pas en mesure de remonter aussi loin.

– Jusqu'où… peut-il… ?

– Dix mille ans, répondit Pellegrino. Les équations de Majorana ne permettent pas d'aller au-delà.

À l'énoncé du nom du physicien sicilien, Hawking ferma les yeux.

– Ah, Majorana… s'il n'avait pas disparu… il aurait surclassé Albert Einstein… Nous ne sommes que des moustiques… à côté de ce géant.

Pellegrino ouvrit son gros cartable de cuir et en sortit un épais volume de calculs.

– Quand nous avons travaillé sur le chronoviseur, dit-il, nous avons compris que le cœur de la machine reposait sur ce groupe d'équations.

Hawking ne pouvant se saisir des feuillets de calculs, Varela intervint.

– Laissez-moi faire, nous avons l'habitude, je suis un peu « ses mains ».

Tandis que la domestique servait le thé, Alfonso disposa le dossier sur une tablette qui faisait face au physicien. Avec l'adresse que procure l'habitude, il le feuilleta pour lui.

– Ce qui est étrange, dit Pellegrino, c'est qu'en théorie la portée de la machine devrait être infinie. Et pourtant…

Hawking ne l'écoutait plus. Il déchiffrait les calculs de Majorana avec un immense intérêt. Il faisait un léger bruit avec la bouche quand il voulait changer de page. Le maître et son élève étaient si parfaitement synchronisés que les deux corps semblaient n'en faire qu'un.

– Merveilleux, dit Hawking en parcourant les feuillets. Et tellement inventif !

Ce manège dura près de trente minutes, pendant lesquelles leurs boissons chaudes eurent le temps de refroidir. Puis Hawking chuchota quelques mots incompréhensibles à l'oreille de Varela, qui traduisit :

– Pourriez-vous nous prêter ce dossier pendant quelques semaines, père Ernetti ?

Pellegrino, hésitant, ne sut trop quoi répondre. Manzoni se fit rassurant.

– Je pense que rien ne s'y oppose, père Ernetti, ce prêt est couvert par leur engagement de confidentialité.

– Eh bien, dans ces conditions, c'est d'accord.

– Combien de temps vous faudra-t-il ? demanda Manzoni. Le pape est inquiet, il voudrait lancer cette mission sans tarder.

– Stephen, répondit Varela, s'est lancé dans l'écriture d'un livre important sur l'histoire du temps, mais je l'encourage à lever le pied pour laisser ses idées mûrir. Les équations de Majorana lui changeront les idées. Ne vous inquiétez pas, ce sera rapide. Avec Stephen, tout va toujours très vite !

Manzoni fut rassuré.

– Je l'aiderai, ajouta Varela. Je dois d'abord passer quelques jours dans ma famille à Managua, puis je ferai un crochet par le radiotélescope d'Arecibo, à Porto Rico. Dès mon retour, j'assisterai Stephen. À deux, nous serons plus efficaces. Je vous rappellerai dès que nous nous approcherons d'une solution.

– Tout cela me paraît parfait, se réjouit Pellegrino.

– Où pourrons-nous vous contacter, mon père, pour reprendre rendez-vous ?

– Appelez directement le père Manzoni, dit le père Ernetti, ce sera plus pratique que le téléphone de mon monastère.

Les deux prêtres prirent congé et commandèrent un taxi pour l'aéroport.

– N'avais-je pas raison ? dit Manzoni. Hawking est certainement, avec Richard Feynman, un des plus grands physiciens du monde. Si lui ne débrouille pas votre affaire, personne ne le fera.

– Mais s'il y parvient, que ferons-nous ?

– Vous en déciderez avec le pape, père Ernetti. Je pense comme Hawking. Si ces gens à l'autre bout de l'univers nous ont fait signe et s'ils nous ont mis en garde contre quelque chose, nous ne pouvons pas les laisser sans nouvelles !

14

À l'Observatoire de Harvard, pendant ce temps, le signal venu des étoiles continuait à se répéter, identique à lui-même. Planté devant son écran, Roman Spacek avait encore du mal à y croire.

– Quand je pense qu'une civilisation extraterrestre nous envoie un message depuis…

Il avait converti le résultat en kilomètres et obtenu un chiffre gigantesque[1].

Il se tourna vers Chris.

– Tu imagines la puissance de leur émetteur ?

– À mon avis, ils ont trouvé le moyen de manipuler un objet stellaire très massif.

– Ils l'utiliseraient comme un phare, en modulant sa lumière ?

– Oui, comme nos radiophares. Il émet les milliers d'impulsions qui contiennent le message, puis fait une pause et reproduit le cycle. La seule différence est que sa puissance lui permet de traverser la quasi-totalité de l'univers.

Le docteur Pratt fit son apparition. Il avait la mine sombre.

– Quoi de neuf, docteur ?

---

1. Pour les courageux : 10 000 milliards de kilomètres multipliés par 12 milliards.

– Rien de bon, mes amis.

Il désigna un télex.

– Le Pentagone m'a communiqué un ordre formel du président Reagan. Je dois fermer provisoirement notre laboratoire et interdire son accès. Le message que vous avez capté relève dorénavant du secret-défense.

Sous les regards ahuris des deux autres, Robert Pratt interrompit lui-même les systèmes de réception. L'écran sur lequel défilait le message devint uniformément noir. Spacek était scandalisé.

– Dans quel pays vivons-nous, docteur ? Staline a pris le pouvoir à la Maison-Blanche ?

Pratt semblait sincèrement désolé.

– Je suis aussi déçu que vous, mais…

La suite était encore plus difficile à annoncer.

– Je dois communiquer vos identités au Pentagone. Vous êtes tenus au secret absolu. Sans quoi…

– On est virés ?

– Pire. Vous risquez la prison. Franchement, je suis ennuyé de vous parler ainsi, mais je n'ai pas le choix.

– C'est donc l'armée qui prend l'affaire en main ? demanda Chris.

Pratt haussa les épaules.

– Que pourrait faire l'armée contre une civilisation qui s'adresse à nous depuis douze milliards d'années-lumière ? Reagan craint plutôt que cette nouvelle rende les gens dingues. Il estime que ce n'est pas le moment.

Spacek fit discrètement signe à Chris de se calmer.

– Et ce fameux père Ernetti ? Ils l'ont retrouvé ?

– Oui. C'est un prêtre physicien qui aurait travaillé sur une machine bizarre il y a une vingtaine d'années, mais personne ne l'a pris au sérieux. Ce qui m'étonne, c'est que…

Il était songeur.

– Aux dernières nouvelles, Stephen Hawking s'intéresserait à son invention.

– Hawking ? s'étonna Spacek. Celui de Cambridge ?

– Oui, confirma le docteur Pratt, mais ce ne sont peut-être que des rumeurs.

Roman Spacek se leva et se mit à réfléchir à voix haute.

– Que pourrait bien faire Hawking ?

– Je ne sais pas, moi. Répondre au message ?

– Avec quoi ? Sa lampe de poche ? Non, si cette information est vraie, ils préparent quelque chose.

15

– Ah, je les avais oubliés ceux-là !

À l'entrée du Musée d'Israël, une trentaine de manifestants s'étaient rassemblés. En voyant leurs costumes et leurs longues barbes, Natacha comprit qu'il s'agissait d'un groupe bruyant d'ultra-orthodoxes. Les pancartes qu'ils brandissaient ne laissaient aucune place au doute : ils voulaient récupérer le squelette préhistorique exposé dans le musée et l'enterrer dans un cimetière selon les prescriptions de la *Halakha*, la loi rabbinique. Roni Adahan, le directeur, n'avait pas envisagé une manifestation de cette ampleur. Comme chaque fois qu'un gros problème pratique se posait, il alla trouver Natacha.

– Ils ne partiront pas sans le squelette.

– La police est là ?

– Deux malheureux policiers. Ils sont débordés.

– Qu'ils appellent des renforts.

– Natacha, si on fait matraquer les religieux, ce sont des ennuis garantis pour des mois et des mois.

– Tu veux leur rendre le squelette ?

– Tu es malade ? Il n'a pas de prix.

Roni avait de nombreuses qualités, mais manquait de courage. Il voulait qu'elle prenne l'affaire en main.

– Très bien, je vais leur parler.

Quand elle sortit du musée, le ton monta d'un cran. Elle s'avança résolument vers un grand rabbin habillé en noir, qui semblait rameuter tous les autres. L'homme la désigna en s'adressant à la foule :

– C'est elle !

Les plus proches entourèrent Natacha.

– Voici la femme qui veut exposer un squelette dans ce musée.

Natacha se fit huer et se protégea la tête. Elle s'attendait à recevoir des pierres d'une seconde à l'autre, comme dans une lapidation biblique. Heureusement, on n'en était pas là. Elle se tourna vers le rabbin :

– Monsieur le rabbin, ce squelette a cent mille ans. La femme qui est morte à Qafzeh a vécu bien longtemps avant la naissance d'Abraham.

– Votre argument est inacceptable. Elle est morte en terre de Sion, elle était juive sans le savoir, elle doit être inhumée selon la loi juive.

Les injures fusèrent, vouant la conservatrice à la géhenne. Les deux policiers présents brandirent leurs matraques, mais Natacha refusa leur aide.

– Monsieur le rabbin, je respecte vos convictions. Comme je ne veux pas créer de polémiques, je vais vous rendre le squelette.

L'homme en noir fut le premier surpris de ce revirement inattendu et laissa exploser sa joie à voix haute :

– Elle nous donne les ossements !

On entendit des cris enthousiastes.

– Attendez ici, dit Natacha avant de rentrer à l'intérieur du musée.

– Natacha, vous avez cédé ? s'époumona Roni Adahan. Mais c'est de la folie, toute la presse va nous tomber dessus !

Elle fit un signe à Shlomo, le responsable de l'atelier du musée, qui arriva du sous-sol avec une grosse boîte en bois posée sur une table roulante.

– Donne, Shlomo, je vais la leur apporter.

Un gardien lui ouvrit la porte et elle fit rouler la table vers le rabbi.

– Voici ce que vous demandez, monsieur le rabbin. Que cette femme, même âgée de cent mille ans, soit enterrée comme il se doit.

Méfiant, il ouvrit la boîte, ferma les yeux et prononça quelques paroles en hébreu.

– *Yitgaddal vèyitqaddash sh'meh rabba...*

La foule écouta le Kaddish, la prière des morts, avec recueillement, puis se dispersa. Très pâle, Roni Adahan s'approcha de Natacha.

– Comment as-tu pu leur rendre un vestige pareil ?

– C'est ce qu'ils voulaient, non ?

– Mais le musée va devoir payer des millions de dommages-intérêts !

– Pour un simple moulage ? répondit Natacha.

Roni venait de comprendre. Natacha avait fait confectionner un moulage pour le donner aux excités et pouvoir conserver l'original. Il embrassa sa collaboratrice.

– Remercie plutôt Shlomo. Il a travaillé pendant des semaines sur cette reproduction en plâtre.

– Tu es diabolique.

Il fut soudainement saisi d'une inquiétude.

– Et quand ils comprendront que tu les as bernés ?

– D'abord, la plupart de ces ultrareligieux ne vont pas dans les musées. Ensuite, même si le rabbin découvre la supercherie, crois-tu vraiment qu'il aura le courage d'avouer aux autres que je l'ai trompé, moi, une femme ? Il préférera leur dire que le musée a remplacé le véritable squelette par un moulage de plâtre.

Roni s'épongea le front.

– Diabolique, c'est bien ce que je disais. Tu viens dans mon bureau ?

– Pas tout de suite, j'ai rendez-vous avec ce monsieur.

Elle désigna un petit homme chauve qui l'attendait, attablé à la cafétéria. C'était Zvi Eizer, le responsable du Mossad.

Elle prit place en face de lui. Il l'embrassa.

– Bravo, Natacha, je vais vous faire engager pour négocier la paix au Moyen-Orient !

– C'est une surprise de vous voir ici, Zvi.

– J'étais de passage, j'avais des affaires à régler à la Knesset.

– Mais encore ?

Elle sentait qu'il n'était pas seulement venu pour la saluer.

– Le Vatican a enrôlé un physicien de premier plan pour aider le père Ernetti et ils espèrent être prêts le mois prochain, ce qui nous arrangerait beaucoup.

– Pourquoi ?

– Ce ne sont que des rumeurs, mais la CIA redoute une agression contre le pape.

– Encore ?

– Jean-Paul II est remuant, on l'aime ou on le déteste. Ceux qui ne l'apprécient pas pourraient tenter quelque chose pendant sa prochaine tournée en Amérique centrale.

– Un nouvel attentat ?

– Je n'en sais rien. Il va traverser des pays en ébullition. Et mon collègue de la CIA a raison, le Nicaragua, en ce moment, ce n'est pas une très bonne idée. Il faut nous préparer à tout, c'est la raison pour laquelle je préfère avoir un agent au Vatican. À la première alerte, prévenez-moi. C'est clair ?

– Compris, Zvi.

Deux missions à la fois. Elle n'aurait pas le temps de s'ennuyer.

16

Comme il l'avait annoncé, Alfonso Varela s'était absenté de Cambridge pour un saut de quelques jours à Managua, la capitale du Nicaragua. Le « saut » impliquait tout de même plus de douze heures d'avion entre Heathrow et l'aéroport de Managua.

Dès son arrivée, il sentit que la situation était explosive. Depuis la révolution sandiniste de 1979, le pays était gouverné par une coalition – les opposants parlaient d'une junte –, le FSLN, le Front sandiniste de libération nationale. Elle associait des personnalités différentes, issues de plusieurs courants opposés. Cette disparité entraînait des conflits continuels, qui se traduisaient souvent par des mouvements de rue.

Il héla un taxi.

– Vous pouvez me conduire à la faculté de droit ?

– S'ils me laissent passer, oui.

Le chauffeur faisait allusion à une manifestation de paysans à la sortie de l'aéroport. À force d'habileté et de diplomatie, il réussit à se faufiler dans la foule et prit l'autoroute.

– Et c'est comme ça tous les jours ?

– Vous plaisantez ? C'est calme, aujourd'hui.

À l'université, ils furent bloqués par une autre manifestation, étudiante cette fois-ci. Des policiers cherchaient à la contenir avec des lances à eau et des gaz lacrymogènes.

– Je vais descendre ici, dit Alfonso en payant le chauffeur.
– Je vous comprends.

En se frayant un chemin, il gagna l'entrée « F » où Rafaela l'attendait. Elle l'aperçut de loin. C'était une petite brune très vive, d'environ vingt-cinq ans. Elle terminait des études de droit et voulait se spécialiser dans le droit des affaires. Elle lui murmura quelque chose à l'oreille. Il eut un grand sourire et lui toucha le ventre.

– Mais on ne voit rien !

– C'est trop tôt, ce n'est encore qu'un petit embryon de quelques cellules. Il faut attendre.

– Viens, ne te fatigue pas.

Ils croisèrent un groupe d'étudiants qui s'égosillaient en scandant le mot *« resignación*[1] *! »*.

– Qu'est-ce qu'ils veulent ?

– La démission du recteur parce qu'il a osé critiquer certaines mesures du gouvernement dans un journal du soir.

Ils quittèrent le quartier des universités et gagnèrent leur petit appartement dans le centre-ville. Alfonso appela ses parents, qui avaient un commerce de confection à Managua.

– Nous avons fermé la boutique à cause des manifestations. Quand ils ne se contrôlent plus, ces excités cassent les vitrines. Viens nous embrasser et repars dès que tu peux. Emmène aussi ta femme, le Nicaragua est devenu un pays de fous !

– *Mamá*, elle doit finir ses études.

– Si on continue comme ça, il n'y aura plus d'universités au Nicaragua. C'est bien simple, il n'y aura plus rien !

Alfonso raccrocha et interrogea sa femme du regard. Cette conversation, ils l'avaient eue bien souvent.

– Non, Alfonso, insista-t-elle, je veux d'abord obtenir mon diplôme. Hors de question de vivre à tes crochets !

1. « Démission ! »

Il était inutile d'insister, Rafaela appartenait à cette génération de jeunes Nicaraguayennes qui avaient milité dans des mouvements de gauche et refusaient de vivre comme leurs mères, avec un mari qui prenait toutes les décisions.

Le soir, comme il l'avait promis, ils dînèrent en famille.

– Comment peux-tu t'approvisionner aussi bien, *mamá*, par les temps qui courent ?

– Ton père est un malin, il fait venir des produits de la campagne.

– Je stocke des provisions, expliqua son père, on parle de plus en plus d'un embargo américain.

C'était probable, se dit Alfonso, les Américains commencent déjà à paralyser l'économie du pays, comme ils l'ont fait au Chili.

– Et mon oncle ?

– Il ne dort plus la nuit !

Son oncle, Ernesto Cardenal, était prêtre et ministre de la Culture du gouvernement de gauche. Cet ancien moine trappiste, un des pionniers de la « Théologie de la Libération », était l'une des figures les plus respectées de la jeune révolution sandiniste. Il ne manquait ni de courage ni d'audace et l'avait montré en acceptant de participer au gouvernement du Front sandiniste de libération nationale.

– J'aimerais bien le revoir.

– Il passe ses journées et ses nuits au ministère de la Culture. Je ne sais pas comment il n'est pas devenu fou !

Les révolutionnaires ne devaient pas lui rendre la tâche facile, en effet, songea Alfonso. Surtout à ce poste.

– Va lui rendre une visite, suggéra son père, il sera content de te voir, il a toujours eu beaucoup d'affection pour toi.

*

Dans l'effervescence de la révolution, le ministère de la Culture n'avait de ministère que le nom. Dans les jardins du palais qui l'abritait, une foule de jeunes gens et de jeunes filles, certains déguisés, d'autres en treillis de guérilleros, se livraient à une agitation incessante. Alfonso écouta les conversations sans y participer. Les propositions utopiques jaillissaient de tous côtés, comme s'il s'agissait de rebâtir le pays pour complaire à ce nouveau dieu, le « Peuple », qu'ils invoquaient à tout bout de champ. L'un exigeait que le gouvernement salarie tous les artistes, sans distinction de talent, sur une base égalitaire. Un autre qu'on distribue à tous les Nicaraguayens les œuvres complètes de Rubén Darío, le plus grand poète du pays.

– Pourquoi Darío ? s'étonna un barbu. Pourquoi pas Marx et Engels ?

– Quelle importance ? commenta un troisième, les trois quarts des paysans ne savent pas lire !

Alfonso monta dans les étages et demanda à rencontrer le ministre. On lui indiqua un bureau bondé, dans lequel se déroulait une discussion agitée. L'oncle Ernesto était là, reconnaissable à sa belle barbe blanche. Il lui adressa un clin d'œil.

– Reviens dans un petit moment, ce sera plus calme.

Une heure après, tout le monde était parti déjeuner, laissant le bureau du ministre dans un beau désordre. Le père Cardenal, à genoux, ramassait les papiers et les mégots.

– La révolution les intéresse plus que le ménage ! Quel plaisir de te revoir, Alfonso.

– Un plaisir partagé, Ernesto.

Depuis toujours, il appelait son oncle par son prénom. Au-delà des liens familiaux, c'était entre eux une manière de complicité et de respect mutuel. Très tôt, l'érudition du père Cardenal, qui vivait parmi les livres, avait joué un grand rôle dans la vocation scientifique d'Alfonso.

– Ton métier d'astronome te rend heureux ?

– J'ai la chance de pouvoir travailler avec un grand physicien anglais, Stephen Hawking. On passe des heures à s'interroger sur les commencements de l'univers.

Cardenal hocha la tête.

– Je t'envie, tu sais. La nuit, quand le ciel est clair, j'observe les étoiles pendant des heures. Dieu a su faire un univers si beau, à la mécanique si rigoureuse. La politique, c'est différent. C'est désordonné, et parfois c'est sale.

– Il ne faut pas écouter ces excités, Ernesto. Faites vos réformes et passez outre.

– Ce n'est pas si simple. Aujourd'hui, les extrémistes parlent plus fort que nous. À force de semer le désordre, ils finiront par démolir ce que nous avons eu tant de peine à bâtir.

Il avait raison. Le chaos pourrait favoriser une réaction des forces d'extrême droite et faire monter un dictateur sanguinaire du genre Pinochet.

– Tu comptes rester un peu à Managua ?

– Non, je voulais juste embrasser Rafaela et la famille. Et te revoir aussi.

– Et ta santé ? Tes douleurs ont disparu ?

– Presque. J'arrive enfin à dormir la nuit.

Plus jeune, Alfonso avait souffert d'une fibromyalgie, des rhumatismes violents qui touchaient ses épaules et ses cuisses. Ses parents avaient craint une maladie grave, mais tous ses examens de santé s'étaient révélés normaux. Finalement, le médecin avait conclu à un trouble psychologique qui cesserait avec l'âge.

– Tant mieux, mon enfant. Tu sais ce que disait un grand peintre français ?

Ernesto possédait un réservoir de citations pour chaque circonstance de la vie.

– « La douleur n'embellit que les écrevisses ! »

Alfonso éclata de rire.

– Alors j'ai fini de passer à la casserole, mon oncle.

Son élan de tendresse se teinta d'une réelle inquiétude pour ce parent qui lui était si cher.

– Fais attention à toi, Ernesto. Qui sait ce que le pays deviendra dans quelques mois ?

– Je ferai ce que Dieu m'ordonnera, Alfonso. Marier le Christ et le Che, par les temps qui courent, n'a rien d'évident !

17

En attendant un signe de Stephen Hawking et de son collaborateur, le père Ernetti avait regagné son laboratoire du Vatican afin d'y mettre un peu d'ordre. Un autre prêtre, à Venise, jouerait les exorcistes-psychiatres pendant son absence. Ce n'était pas sans émotion qu'il retrouvait le bâtiment des archives secrètes, où tout le monde le connaissait. Le capitaine des gardes suisses ne lui demandait même plus ses papiers. Il parcourut les longs couloirs garnis de rayonnages où étaient stockés une quantité impressionnante de documents qui touchaient, de près ou de loin, à l'histoire de l'Église. Il arriva dans le « bunker », l'endroit le plus sécurisé des archives apostoliques où étaient conservés les documents les plus sensibles. C'est là, dans ce quartier ultra-sécurisé, qu'était installée sa machine.

Au début, dans les années soixante, le chronoviseur était une montagne impressionnante de technologie, réalisée avec les moyens de l'époque. Des transistors, des centaines de mètres de fils électriques, une ventilation assourdissante. Ernetti lui avait attribué un nom assez désuet (certains disaient « chronoscope ») en référence à une nouvelle célèbre de l'écrivain de science-fiction Isaac Asimov.

Progressivement, grâce à l'intérêt porté par le pape Jean-Paul II à son invention, le père Ernetti avait perfectionné sa machine en la faisant bénéficier des avantages du numérique. Il avait notamment profité de l'installation au Vatican d'un Cray-1, un des supercalculateurs les plus puissants au monde. L'ordinateur fournissait la puissance de calcul, le chronoviseur lui-même étant réduit à son système central, un cerveau électronique.

Afin de ne pas être dérangé par le bruit de la ventilation, le père Ernetti avait déporté le centre de contrôle de son engin dans une petite salle de régie insonorisée. Disposé à l'arrière d'un tableau de commandes sur lequel il pouvait programmer les coordonnées géographiques et temporelles de la période à visiter, un petit moniteur de trente et un centimètres de diagonale permettait de visualiser les scènes du passé. En noir et blanc uniquement, les neutrinos transtemporels que captait la machine ignorant la couleur.

Jusque-là, bon an mal an, le chronoviseur avait rempli les tâches qu'on attendait de lui, en dépit de quelques surprises désagréables que le père Ernetti avait appris à maîtriser. Aujourd'hui, il se heurtait à ses limites. Cette « barrière » des dix mille ans était-elle infranchissable ? Ou était-ce une simple erreur de calcul commise par Majorana ? Le physicien sicilien avait raisonné dans le cadre conceptuel des sciences de son époque, il n'avait jamais imaginé qu'on puisse faire de très grands sauts dans le temps. Quelques années, à la rigueur quelques siècles, mais pas plus. Déjà, quand Pellegrino avait excédé le millier d'années, il avait frôlé les limites techniques de la machine. Grâce à ses astuces de bricoleur, grâce aussi au supercalculateur mis à sa disposition par le pape, il avait trouvé le moyen de reculer jusqu'à une centaine de siècles dans le passé. Mais au-delà, le système refusait d'obéir, il restait inerte. Comment imaginer, même avec l'aide du meilleur physicien de la planète, pouvoir atteindre les commencements du monde ?

Le père Ernetti frissonna. Et si, en dépit des difficultés, Hawking réussissait ? Jusque-là, pris entre les injonctions du pape, les suggestions du père Manzoni et les encouragements de Natacha, il n'avait pas vraiment réalisé le côté fantastique de sa situation. Le Ciel l'aurait-il choisi pour la plus extraordinaire des missions ? Et pourquoi moi ? se répétait-il, reprenant l'antique question des prophètes de la Bible. Il se sentait écrasé par l'immensité d'une tâche dont il ignorait encore la nature. « Soyez, mes frères, dans la crainte et le tremblement », avait dit l'apôtre Paul. C'est exactement ce qu'il ressentait. Seul, il aurait fui. Avec Natacha, c'était différent.

Pellegrino était d'un naturel bienveillant, mais il n'était pas naïf. Le pape, en fin psychologue, avait envoyé Natacha à Venise pour le convaincre. Quoique sur ses gardes, il s'était laissé faire. À tort, peut-être. Jusqu'ici, les coups de boutoir de la machine l'avaient laissé debout. Mais cette nouvelle expédition, qui les conduirait aux portes de la Création, pouvait être la plus dangereuse de toutes. Pourquoi avait-il donné son accord ? Certainement pas pour le pape. Il avait le plus grand respect pour le Saint-Père, mais avait appris avec le temps à lui dire non. Pour jouer les héros ? Pas plus. Contrairement à d'autres, son ego était resté de taille modeste. Mais alors ? Une réponse affleura à son esprit, mais le père Ernetti avait du mal à l'accepter.

18

Ils étaient une quinzaine, dans une villa anonyme de la banlieue de Managua. La réunion avait été décidée dans le plus grand secret. Peu après les premiers échanges, le camarade-prêtre-ministre Ernesto Cardenal tapa du poing sur la table.

– Mais vous êtes fous !

Quatre représentants de la junte révolutionnaire sandiniste étaient présents : le général Arroyo, qu'on appelait le *Comandante*, responsable des services secrets, l'écrivain Alberto Sanchez, responsable du quotidien *La Prensa,* le ministre de l'Économie, et celui de l'Éducation, le père Cardenal.

– Je comprends ta surprise, père Cardenal, répondit Arroyo, mais nous devons nous défendre. Sans quoi, nous finirons dans des stades, comme nos camarades de Santiago !

Tous avaient à l'esprit la tragédie chilienne, quelques années auparavant. La coalition socialiste de Salvador Allende avait été brutalement renversée par les forces armées du général Pinochet, soutenues par les États-Unis. Des milliers d'opposants à la dictature avaient été emprisonnés dans les stades des grandes villes, beaucoup y avaient été torturés et avaient trouvé la mort.

– Nous sommes des révolutionnaires, insista le père Cardenal, pas des voyous !

Dès le début de la réunion, le général Arroyo avait résumé les menaces qui pesaient sur le Nicaragua : l'embargo américain étranglait l'économie du pays. Reagan avait fait miner les ports et armait en sous-main des groupes de rebelles, les *Contras*, qui appelaient à renverser le régime. Et voici que se profilait une nouvelle menace pour le nouveau régime : le pape Jean-Paul II avait décidé de rencontrer ses frères catholiques d'Amérique latine dans plusieurs pays – dont le Nicaragua – lors d'une grande tournée.

– Ce pape est un pape de guerre froide, déclara le *Comandante* Arroyo, c'est un militant anticommuniste. Sa tournée en Amérique latine est destinée à s'opposer aux aspirations des peuples.

Ce genre de discours indisposait le père Cardenal. Il avait eu le courage de participer à ce gouvernement progressiste en bravant l'avis du Vatican. Le pape était, c'est vrai, un adversaire résolu de la Théologie de la Libération, ce vaste mouvement qui appelait les catholiques à lutter contre les dictatures dans les pays d'Amérique latine. Monseigneur Cardenal avait ignoré les injonctions du Saint-Siège et sympathisé ouvertement avec les forces de gauche. Mais le pape restait une personne sacrée, on ne pouvait y toucher. C'est pourtant ce que les gens qui l'entouraient semblaient avoir en tête.

– Camarades, dit le *Comandante*, ne nous leurrons pas. Si le peuple du Nicaragua a réussi sa révolution, il reste profondément catholique.

– Et alors ?

– Le pape est malin. Dès sa descente d'avion, il demandera à célébrer une messe devant le peuple et nous ne pourrons nous y opposer.

– Où est le problème ?

Le général Arroyo parla clairement :

– Ce voyage est un piège. Jean-Paul II a fraternisé avec les criminels qui dirigent le Guatemala et le Salvador, il va rameuter chez nous les fidèles catholiques.

Monseigneur Cardenal reconnut en Arroyo un de ces orgueilleux autoritaires qui voyaient partout des complots pour se maintenir au pouvoir.

– Alors que proposes-tu ? demanda le prêtre.

Le général, la mine sévère, leur parla à voix basse :

– Ne nous laissons pas faire. Si le pape vient semer le trouble dans notre pays, procédons à son arrestation et retenons-le. Nous négocierons sa libération contre une levée de l'embargo américain.

– Arroyo, tais-toi ! explosa monseigneur Cardenal. Ce sont des aventuristes comme toi qui précipiteront notre révolution dans l'abîme. Oui, notre peuple reste attaché à sa foi catholique. Mais si tu touches au pape, il se lèvera contre nous. Et tu peux faire confiance à l'extrême droite, elle trouvera le moyen de nous renverser, comme au Chili.

La proposition déraisonnable du général Arroyo fit l'unanimité contre elle. Elle fut donc abandonnée. Mais le *Comandante* n'aimait pas être désavoué.

19

À la fin de l'hiver, alors que le pape Jean-Paul II se préparait à partir pour son périple en Amérique latine, Pellegrino frappa à la porte du secrétaire d'État, le cardinal Cipriano.

– Entrez, Ernetti.

– Bonjour, monseigneur. Vous avez demandé à me voir ?

– Oui. Nous nous absenterons avec le Saint-Père du 2 au 9 mars. Avant de partir, je voudrais savoir si vous avez des nouvelles de Stephen Hawking.

– Manzoni a reçu une lettre. Il l'a informé qu'il tenait une piste sérieuse. Il attend le retour de son collaborateur, Alfonso Varela, pour accélérer le travail. Il m'a semblé plutôt optimiste.

– Excellent. Sachez que, de mon côté, j'ai tout arrangé avec le Mossad. Ils sont d'accord pour nous « prêter » leur agent Natacha Yadin-Drori quand vous serez prêt.

– Puis-je l'appeler depuis votre bureau, monseigneur ? Ce sera plus commode que dans la loge du concierge des archives secrètes.

– Allez-y, je vais préparer mon départ.

Le père Ernetti se pencha vers le cardinal et lui parla à voix basse :

– Soyez prudent, monseigneur, ces pays sont très agités en ce moment. Beaucoup de ces gens sont armés.

– Nous serons bien protégés, ne craignez rien.

– Je n'ai jamais compris pourquoi le Saint-Père avait décidé ce déplacement en ce moment.

– Parce que c'est son devoir, mon fils. Il estime qu'il doit ralentir les progrès de l'opposition de gauche antichrétienne dans ces régions survoltées.

– Et pactiser avec les dictateurs d'extrême droite ? s'étonna Pellegrino.

Le cardinal Cipriano lui posa une main amicale sur l'épaule.

– Laissez la politique au pape, mon fils, il sait ce qu'il fait. Installez-vous dans mon bureau pour appeler votre amie.

– Merci, monseigneur.

Dès qu'il fut seul, Pellegrino composa le numéro de Natacha au Musée d'Israël. Une voix l'accueillit en hébreu, puis passa à l'anglais.

– Qui dois-je annoncer ?

– Le père Pellegrino Ernetti, de Rome.

– Je vous la passe…

La voix enjouée de Natacha se fit entendre.

– Père Ernetti ?

– Comment allez-vous ? Votre visite à Venise a été si courte. Votre exposition sur la préhistoire avance bien ?

– Nous serons bientôt prêts. Je me suis un peu accrochée avec les ultra-orthodoxes, mais tout est rentré dans l'ordre. Je ne serai pas fâchée d'oublier mes contemporains pour faire une grande virée dans les étoiles.

– Je voulais vous dire…

Il hésitait, mais elle l'encouragea.

– Oui ?

– À Venise, nous n'avons quasiment parlé que de moi, de la machine et de ce message. Mais pendant cette maudite guerre du Liban, j'ai eu très peur pour vous. J'ai essayé de vous joindre, mais c'était impossible.

– Vous n'auriez pas pu, mon père, j'étais en opération. J'ai vu là-bas des choses que je n'aurais pas dû voir, que personne ne devrait voir. Mais c'est gentil d'avoir pensé à moi.

C'est le seul, se dit-elle. Tous les autres – même Dov, son ancien mari et Ari, son éternel prétendant – étaient trop préoccupés par la guerre pour penser seulement à elle. Elle eut un petit rire.

– Si jamais nous croisons Dieu, dit-elle, nous lui demanderons de resserrer quelques boulons de Sa Création !

– Comptez sur moi.

– Où en êtes-vous avec le physicien anglais ?

– Il réécrit les équations de Majorana pour débrider toute la puissance de la machine. Si lui n'y arrive pas, personne ne le pourra. Mais j'ai confiance.

– Je serai ravie de vous accompagner, mais n'oubliez pas que je suis archéologue, pas astrophysicienne. Je ne connais absolument rien aux mystères du ciel.

– Tout comme moi, ma chère Natacha. Mais Manzoni m'a promis de nous trouver un astronome pour nous guider.

Il pensait au professeur Alfonso Varela, rencontré chez Stephen Hawking. Le savant anglais semblait l'avoir en haute estime, il pourrait être l'homme de la situation.

– Très bien. Quand voulez-vous que je vous rejoigne ?

– Dans deux semaines, je dois retrouver Hawking à l'université de Cambridge pour qu'il nous annonce ses résultats. Si vous pouviez m'accompagner, Natacha, vous mettriez un pied dans l'aventure.

– Pourquoi pas ? Je vais voir ce que je peux faire avec Zvi et le musée. Restons en contact.

20

À San José, la capitale du Costa Rica, le pape Jean-Paul II fut accueilli par des milliers de fidèles enthousiastes. Avec clarté, il invita le clergé latino-américain à tourner le dos à la politique et marqua nettement son désaccord avec ceux qu'on appelait, avec malveillance, les « prêtres rouges ». Il souligna que « l'Église rejette les valeurs matérialistes du capitalisme, comme celles du collectivisme ». Puis il prit l'avion pour le Nicaragua, où la révolution sandiniste de gauche était encore très récente.

Peu après sa descente d'avion, Jean-Paul II fut acclamé par une foule de catholiques qu'il appela solennellement à prier. Il se rendit à Managua dans sa papamobile, une Fiat Campagnola au vitrage renforcé, conçue pour lui permettre d'échapper à un attentat comme celui dont il avait été victime sur la place Saint-Pierre. Sur son passage, des centaines de mécontents criaient : « Pouvoir populaire, pouvoir populaire ! »

Arrivé dans le stade, le Saint-Père célébra une messe solennelle, suivie avec ferveur. Quand il retourna vers son véhicule, il salua chaleureusement les dignitaires et les évêques qui l'attendaient. Le cardinal Cipriano se pencha vers lui et lui murmura à l'oreille :

– L'homme aux longs cheveux blancs, Saint-Père, à dix mètres sur votre gauche, c'est le père Ernesto Cardenal.

– Je l'ai reconnu, Cipriano.

La scène qui suivit marqua profondément les esprits. Juste avant que le pape parvienne devant lui, monseigneur Cardenal s'agenouilla et leva la tête vers le Saint-Père, dans une attitude d'implorant. Le pape s'arrêta quelques secondes pour lui adresser quelques mots sévères. Il lui reprocha son engagement politique auprès des révolutionnaires sandinistes et l'accusa de manquer à sa vocation de prêtre. Le malheureux en resta sans voix, très impressionné par cette remontrance. Puis le pape continua son chemin sans se retourner. Même le secrétaire d'État du pape en fut choqué.

– Saint-Père, il était à genoux devant vous !

– Je devais faire un exemple, répondit le pape. Le père Cardenal est un des piliers de la Théologie de la Libération, il n'a pas tenu compte de mes mises en demeure.

Le cardinal s'inclina.

– C'est vous qui décidez, Saint-Père.

Les cris « Pouvoir populaire, pouvoir populaire ! » redoublèrent d'intensité.

Ernesto Cardenal se sentit profondément humilié par cet incident. Et la punition du pape ne s'arrêtait pas là. Il réclama aux services du Vatican d'examiner la suspension *a divinis* du prêtre progressiste qui ne pourrait plus, dès lors, célébrer la messe et administrer les sacrements.

Seul le général Arroyo se réjouit de cette situation. Sa proposition de se servir du pape pour briser l'embargo avait été refusée par ses camarades, mais il se jura de revenir à la charge. Cette fois, ils s'inclineraient.

21

Alfonso Varela n'avait pas assisté à la scène, car il était dans l'avion pour Porto Rico, où était installé le radiotélescope géant d'Arecibo. Dès son arrivée à l'aérogare, il apprit la nouvelle par les journaux, qui titraient tous sur l'incident : « LA GIFLE » ou « L'HUMILIATION ». Sa réaction immédiate fut la colère. Comment avaient-ils pu lui faire ça ? Assis sur une banquette du hall, il parcourut tous les articles qui parlaient de l'affaire. Il y avait même des photos. On voyait son oncle, agenouillé devant le pape, implorant sa bénédiction. Et l'autre, du haut de sa morgue et de sa toute-puissance, n'avait pas hésité à le gronder comme un enfant et à l'humilier publiquement. Comment était-ce possible ? À l'époque de son élection, puis au moment de l'attentat raté contre lui, les journaux avaient loué la générosité, le courage et le charisme du pape Jean-Paul II. Avait-il changé ? Ou s'était-on trompé à son sujet depuis le début ? Dans une papeterie, le jeune homme acheta un bloc-notes et un paquet d'enveloppes. À la hâte, il écrivit une lettre de soutien à son oncle qu'il envoya depuis l'aéroport.

Dans le car qui l'emmenait au radiotélescope d'Arecibo, à quatre-vingt-dix kilomètres de la capitale, ses pensées retournèrent progressivement à son activité d'astronome. L'exploration du ciel a pour vertu d'éloigner assez vite des affaires terrestres.

En descendant à la station Arecibo, Alfonso revit avec ravissement l'immense antenne de trois cent cinq mètres de diamètre édifiée au-dessus d'une dépression naturelle et tendue vers le ciel. Sa résolution, bien supérieure à celle des télescopes optiques, permettait d'explorer l'univers à des distances se chiffrant en millions et en milliards d'années-lumière. Tout en cheminant vers l'entrée de l'observatoire, Alfonso se rappela comment son destin s'était décidé ici, neuf ans auparavant…

*

En 1974, les astronomes de l'Union astronomique internationale avaient proposé d'utiliser le radiotélescope d'Arecibo, alors flambant neuf, pour envoyer un message codé vers les étoiles, à destination d'éventuelles intelligences extraterrestres. Alfonso Varela n'avait alors que vingt-deux ans. En raison de son double statut d'informaticien et d'astrophysicien, il avait participé à son élaboration. Le message, qui ne « pesait » pas plus de 1679 bits, était volontairement très simple. Il incluait les chiffres de 1 à 10, les numéros atomiques de quelques atomes simples, des formules chimiques, une représentation de la structure hélicoïdale de l'ADN et l'image symbolique d'un être humain, planté sur ses deux jambes. Il fut émis le 16 novembre 1974, en direction de l'amas globulaire M13, qu'on appelle aussi l'Amas d'Hercule. Menée avec professionnalisme, l'expérience avait solidement établi la réputation du jeune homme dans les instances astronomiques internationales. C'est ainsi qu'il avait gagné ses galons de maître-assistant à Cambridge et que le célèbre Stephen Hawking, impressionné par son agilité intellectuelle, l'avait pris sous son aile et lui avait proposé de devenir son collaborateur régulier. Aucune réponse extraterrestre n'avait suivi le message d'Arecibo. Ce n'était qu'un geste symbolique, destiné à manifester publiquement l'intérêt que les astronomes portaient au thème passionnant de la vie extraterrestre. Mais aujourd'hui, un vrai message était arrivé, émis par une source située à douze milliards d'années-lumière. C'était complètement fou. Le seul moyen de percer le mystère était cette machine sur laquelle Hawking avait commencé à travailler. S'ils trouvaient une solution pour débrider sa portée, un immense voyage attendait les audacieux qui tenteraient l'expérience. Alfonso Varela donnerait cher pour y participer.

*

– *¡ Holà, professor !*

Alfonso entra dans la salle technique et salua les gardiens, qu'il connaissait bien. Il se dirigea vers le centre de pilotage, qui ressemblait à la cabine d'un vaisseau spatial. Plusieurs recherches étaient en cours simultanément, de nuit comme de jour.

– Salut, Garcia.

Le jeune homme devant le pupitre lui serra chaleureusement la main.

– Alfonso, c'est un plaisir de te voir.

– Tu as mes relevés ?

– Je les ai rangés sur le meuble d'en face. Tu verras, c'est très riche.

Varela travaillait depuis des années sur l'observation des sursauts gamma, des flashs de rayons gamma à très haute fréquence. Comme ils étaient très brefs, il fallait veiller pendant des heures pour enregistrer l'évènement quand il se produisait.

– Bon, je file.

Le jeune Chilien, qui avait échappé à la répression dans son pays, profita de la présence de son ami pour s'évader quelques jours au Chili.

– Dix heures d'avion à l'aller, dix heures au retour, tu reviendras sur les rotules !

– M’en fiche. J’ai tellement eu peur pour ma famille que je veux aller les embrasser.

Après le coup d’État du général Pinochet, qui avait fait de nombreuses victimes, la situation à Santiago s’était un peu normalisée.

– À ta guise. Quand tu reviendras, je rentrerai, moi, à Cambridge. Avec une belle moisson d’observations, j’espère.

– Et ton épouse, elle n’a pas d’ennuis ?

– C’est agité, mais elle s’en sort. Bientôt, je l’emmènerai en Angleterre.

– Tant mieux, cette histoire avec le pape ne va pas calmer les foules.

– C’est vrai. En plus d’être cruel, c’était une vraie faute politique. Tout papes que sont les hommes…

– … ils sont ce que nous sommes. *Salud*, Alfonso.

– *Salud.*

22

En attendant un signe de Stephen Hawking, le père Ernetti se rendit à la grande bibliothèque du Vatican. Il commença à se documenter en feuilletant quelques livres sur les astres. Après sa série télévisée à succès, l'astronome Carl Sagan avait publié un ouvrage tiré de ses émissions, *Cosmos*, que Pellegrino parcourut avec délices. Dans une langue claire, Sagan racontait comment, peu à peu, les humains avaient réussi à percer les mystères du ciel pour buter aujourd'hui sur cette immense énigme qu'on appelait le Big Bang. Il décida d'en parler avec le père Manzoni, à l'Observatoire du Vatican.

– Venez ce soir, père Ernetti. La nuit est claire, vous pourrez observer les étoiles.

À une quarantaine de kilomètres de l'observatoire, Rome brillait encore de tous ses feux. Pellegrino comprenait mieux les vitupérations de l'astronome. Il grimpa le long de l'escalier métallique en spirale et découvrit le père Manzoni installé sur un tabouret, l'œil rivé à son télescope. La coupole, grande ouverte, laissait entrer la fraîcheur de la nuit.

– L'uniforme de l'astronome, c'est d'abord un manteau bien chaud. Vous trouverez ce qu'il vous faut sur les cintres derrière vous.

Pellegrino enfila une vieille canadienne et un bonnet de laine.

– C'est la première fois que vous regardez dans l'oculaire ?

– Oui, mon père.

– Alors régalez-vous. C'est la Lune comme si vous y étiez !

Le père Ernetti s'approcha. Le spectacle était fabuleux. Il voyait les cratères de la Lune et ses collines aux reliefs arrondis. Il dressa l'oreille et entendit le bruit d'un moteur. Manzoni lui donna l'explication.

– Notre instrument dispose d'une monture équatoriale, qui compense automatiquement les mouvements de la Terre. C'est qu'elle tourne vite, vous savez ? Le Seigneur, quand il a créé le monde, n'a pas simplifié la tâche des astronomes. Mais nous avons relevé le défi, s'amusa-t-il.

– Je vois un grand cratère…

– C'est la mer de la Tranquillité. C'est là qu'Armstrong et Aldrin ont aluni en juillet 1969. Si mon télescope était plus puissant, on pourrait voir la base du LEM, qui est restée sur place. Et s'il était encore plus puissant, on verrait les traces de pas des astronautes.

– C'est extraordinaire. Et quelle clarté !

– La Lune reçoit les feux du Soleil sans être gênée par une atmosphère. Reculez un peu, je vais vous montrer autre chose.

Il manipula son instrument, qui bougea légèrement.

– Regardez…

Pour la première fois de sa vie, le père Ernetti vit une galaxie autrement qu'en photo. On aurait dit un tableau de peintre. Sur un fond uniformément noir se détachait une formation spiralée d'une blancheur laiteuse.

– C'est la galaxie d'Andromède. Longtemps les astronomes ont cru que c'était une nébuleuse, un nuage de gaz. Mais en regardant de plus près, vers 1920, les astronomes ont compris qu'il s'agissait d'une galaxie géante, plus grande encore que notre

Voie lactée. Elle contient entre deux cents et quatre cents milliards d'étoiles !

– Des milliards et des milliards de soleils, répéta Pellegrino, songeur.

– Certains sont solitaires, d'autres ont des cortèges de planètes, comme notre système solaire.

– À quelle distance est-elle ?

– Environ 2,5 millions d'années-lumière. Si vous vous rappelez ce que nous nous sommes dit l'autre jour dans le bureau du pape, cela signifie que vous la voyez telle qu'elle était il y a 2,5 millions d'années.

– Elle a peut-être disparu aujourd'hui ?

– Ce serait étonnant, les galaxies ont la vie dure ! Mais l'univers est ainsi fait, père Ernetti, on observe tout en décalé car la vitesse de la lumière n'est pas instantanée.

– C'est quand même difficile à admettre.

– Plaignez-vous au Seigneur, c'est lui le responsable ! Et je ne vous ai pas tout dit…

Pellegrino continuait à contempler la galaxie, fasciné.

– Andromède est notre plus proche voisine. Il y a deux mille milliards de galaxies dans tout l'univers, chacune peuplée de plusieurs centaines de milliards d'étoiles !

– Dieu a créé un univers gigantesque.

– Vous pouvez le dire. Et tout est parti d'une impulsion initiale, le Big Bang, sur laquelle on ne sait rien.

– Peut-être est-ce le doigt de Dieu ? hasarda le père Ernetti.

Le père Manzoni se mit à rire.

– Notre idée de Dieu est si simple, père Ernetti, et la nature si complexe. Vous le saurez bientôt, car c'est là que vous irez !

23

Pendant ses quatre jours de veille, Alfonso Varela eut la joie de capter quelques phénomènes cosmiques qui valaient bien sa longue surveillance du ciel. Il les enregistra soigneusement.

– Bingo, dit Garcia à son retour, le ciel t'a gâté. Tu pars demain ?

– Ce soir. Pour l'occasion, je vais m'offrir un pique-nique sur l'antenne.

– Attention au soleil !

C'était devenu un rituel. Le jour de son départ, chaque astronome d'Arecibo allait se faire cuire un œuf au plat sur le rebord métallique brûlant de l'immense antenne parabolique. Il fallait emporter une serviette de bain pour éviter de se brûler les fesses.

Alfonso termina son déjeuner frugal par une courte sieste. Puis il rangea la petite valise en osier dans laquelle il avait emporté son casse-croûte et se mit au volant de sa voiture de service pour rejoindre le centre de commande du radiotélescope. Le chemin de terre n'était pas fameux, mais la vieille Jeep en avait vu d'autres. Soudain, il entendit le son strident d'un klaxon derrière lui.

Une Dodge cabossée le dépassa à grande vitesse, emportant au passage le rétroviseur de son véhicule, qui se brisa avec un bruit sec. Elle se gara en travers de son chemin. Alfonso écrasa la pédale de frein.

– Mais… qu'est-ce qu'il veut, cet imbécile ?

Deux jeunes gens sautèrent hors de la Dodge et se précipitèrent vers lui. L'un d'eux était armé.

– Viens avec nous.

Il reconnut l'accent nicaraguayen et sortit de sa voiture.

– *¿ Qué es lo que quiere ?*

– *Te cuento sobre tu familia en Managua.*

– *¿ Les sucedió algo*[1] *?*

Ils ne répondirent rien. Il comprit aussitôt que des militants d'ultra-gauche étaient en train de l'enlever. Leur parler ne servirait à rien, ils exécutaient des ordres.

Le type conduisait comme un fou. La Dodge gagna la route principale qui longeait la plage jusqu'à la petite ville d'Hatillo, à trente kilomètres d'Arecibo. Elle stoppa devant une petite maison isolée. Un homme les attendait sur le seuil. Il avait l'allure, reconnaissable entre toutes, d'un chef révolutionnaire du Front de libération. Le crâne dégarni, un petit collier de barbe, une chemise à manches courtes.

– Entre, Alfonso.

La pièce était vide, sauf une table en bois et deux chaises.

– Qui êtes-vous ? demanda Alfonso.

– Tu peux m'appeler *Comandante*. Je fais partie des services opérationnels du gouvernement sandiniste.

Un gros calibre, songea Alfonso, l'équivalent de la CIA au Nicaragua.

– Pendant que tu observais les étoiles, professeur Varela, le pays a connu des jours difficiles.

– Je sais, je lis les journaux. C'était mon oncle.

– Le pape l'a mis plus bas que terre parce qu'il appartenait à notre gouvernement. Il a choisi son camp, Alfonso, celui des

1. Qu'est-ce que vous voulez ? / Te parler de ta famille à Managua. / Il leur est arrivé quelque chose ?

États-Unis. Et toi, tu vas travailler avec ces gens-là ? Tu n'as pas honte ?

Alfonso n'en revenait pas. Comment pouvaient-ils être au courant ? Arroyo esquissa un sourire.

– Notre révolution a des yeux partout, camarade ! Un des nôtres, étudiant à Cambridge, nous a tenus informés. Il a reconnu une grosse pointure du Vatican, le père Salvatore Manzoni. Il est descendu chez Stephen Hawking. Tu étais présent, m'a-t-on dit.

À quoi aurait-il servi de nier ?

– C'est vrai, il est venu et j'étais là. Et alors ? Nous avons parlé d'astrophysique, rien de plus.

– Notre camarade a précisé qu'il y avait aussi un autre prêtre. De qui s'agit-il ?

– Du père Pellegrino Ernetti, un physicien.

Arroyo éclata de rire.

– Un astrophysicien et un physicien venus spécialement de Rome. Une vraie délégation du Vatican, dis donc !

– Le Vatican n'a rien à voir là-dedans, insista Alfonso, ce sont des rencontres entre scientifiques.

– Laisse-moi en juger, coupa le *Comandante.* À partir de maintenant, tu vas travailler pour nous.

Alfonso se leva.

– Désolé, je suis astronome, je ne fais pas de politique.

Arroyo frappa sur la table.

– Reste assis, camarade ! C'est un ordre de ton commandant en chef.

La violence soudaine de l'homme l'effraya.

– Que me voulez-vous ?

– Nous réservons une petite surprise au pape. Et tu vas nous aider.

Alfonso n'avait certes pas envie de défendre le pape, surtout pas celui-là. Mais le trahir, c'était trahir Stephen et Jane, qui s'étaient portés garants de lui. Cela, non, c'était impossible.

– Ne compte pas sur moi, je ne suis pas l'homme qu'il te faut.

Le ton d'Arroyo se fit menaçant :

– Réfléchis bien, Alfonso.

Le peu qu'il savait du *Comandante* Arroyo n'était pas rassurant. Cet homme avait du sang sur les mains, il n'avait pas hésité à faire exécuter des dizaines d'hommes et de femmes sans jugement. Peut-être allait-il brandir son revolver et le menacer d'une balle dans la tête ? Alfonso se prépara au pire. Mais Arroyo se contenta de murmurer à son oreille :

– Tu aimes ta femme, Alfonso ?

– Évidemment. Mais qu'est-ce que…

– Si tu l'aimes vraiment, ne nous cache rien.

Alfonso se mit à respirer avec difficulté. Il sentit une douleur monter dans sa cuisse gauche. Et une autre, lancinante, envahir son épaule.

24

– Allô, père Ernetti ?

C'était Salvatore Manzoni. Il venait juste de recevoir un télégramme d'Angleterre, qu'il lut au téléphone :

« NOUS AVANÇONS – STOP – AVONS LA BONNE PROGRAMMATION – STOP – RENDEZ-VOUS CHEZ MOI À CAMBRIDGE – STOP – SIGNÉ : STEPHEN HAWKING. »

– Cette fois, malheureusement, je ne pourrai pas venir avec vous. Je vous conseille d'emmener votre collaboratrice, madame Yadin-Drori.

– Très bien, je vais la prévenir.

Comme il n'y avait pas de vol direct entre Tel-Aviv et Cambridge, Natacha suggéra au père Ernetti de le retrouver à Londres. Ils pourraient louer une voiture pour se rendre chez le professeur Hawking.

– On s'attend à l'aéroport ?

– Non, votre avion arrivera après le mien. Retrouvons-nous plutôt à cette adresse…

C'est ainsi que le père Ernetti se fit conduire en taxi devant l'entrée principale des grands magasins Harrods, dans le quartier de Knightsbridge. Pour le voyage, il avait échangé sa soutane habituelle contre une tenue plus pratique de clergyman : un costume gris foncé et une chemise sombre, fermée par un col romain.

– Quelle allure, mon père !

À Venise, il l'avait trouvée un peu sombre et gênée. Cette fois, elle était aussi enjouée que lorsqu'elle était arrivée la première fois, dix-neuf ans auparavant, dans son laboratoire des archives secrètes. Ils tombèrent dans les bras l'un de l'autre.

– Pourquoi teniez-vous tant à venir ici ? demanda Pellegrino.

– Quand j'étais gamine, au kibboutz, je suis tombée sur un magazine anglais des années cinquante qui évoquait les magasins Harrods. C'était pour moi le comble du luxe et de l'abondance.

– Natacha, vous pensez vraiment qu'on a le temps de faire du shopping ?

Elle jeta un coup d'œil à sa montre.

– Nous avons trois heures devant nous. Pourquoi ne pas se faire un peu plaisir ? L'univers attendra !

Ils ne furent pas déçus, c'était la caverne d'Ali Baba. On y trouvait à peu près tout ce qu'on pouvait désirer, du moulin à râper à la joaillerie la plus sophistiquée. C'était la période des soldes, l'occasion de faire quelques bonnes affaires. Natacha essaya un petit ensemble en tissu écossais avec chapeau assorti.

– Comment me trouvez-vous, mon père ?

– Très élégante. Mais avez-vous vraiment besoin d'un vêtement aussi chaud à Jérusalem ?

– Que croyez-vous ? Parfois il neige, chez nous.

– Ah bon ?

– À peu près tous les quinze ou vingt ans ! Mais qui sait de quoi l'avenir sera fait ?

Ils évoluèrent encore un moment parmi les étalages. Soudain, elle se rendit compte qu'il avait disparu.

– Père Ernetti, où êtes-vous ?

Elle le vit revenir vers elle avec un petit sac Harrods entre les mains qu'il lui tendit.

– Mon cadeau, Natacha, pour les jours où Jérusalem sera envahie par la neige.

C'était un très joli bonnet en fourrure blanche.

– Mais il a dû vous coûter une fortune !

– Un prêtre n'a pas de gros besoins, Natacha. Essayez-le...

Ils trouvèrent un miroir en pied. Elle enfila la chapka, qui lui allait à ravir.

– On peut faire mieux, dit-il.

Il ajusta le bonnet en le faisant un peu pencher de côté.

– Comme Julie Christie dans *Le Docteur Jivago*.

Elle était magnifique.

– Puisque c'est comme ça, dit-elle, suivez-moi.

Elle le prit d'autorité par la main et lui fit essayer un gilet sans manches en velours brun côtelé, typiquement anglais.

– Natacha, croyez-vous que ce soit compatible avec ma chemise de prêtre ?

– Essayez...

Le père Ernetti, qui était mince, n'était guère difficile à habiller. Le gilet était parfaitement à sa taille.

– Faites quelques pas...

Il s'exécuta de bonne grâce.

– Un vrai gentleman. Je le prends, annonça-t-elle.

Tandis qu'elle passait à la caisse, le vendeur tendit le gilet à un jeune commis.

– Brandon, peux-tu faire un joli paquet pour le révérend ? C'est un cadeau de son épouse.

Le père Ernetti rougit jusqu'aux oreilles.

Ils finirent leur escapade en allant déjeuner dans un des nombreux restaurants de l'immense magasin.

– C'est cher, commenta le père Ernetti en consultant la carte.

– Prenez ce qui vous fait plaisir, c'est le Mossad qui invite.

Pour gagner Cambridge, ils prirent une petite voiture de location. Natacha proposa de prendre le volant.

– Vous vous en sortirez, avec la conduite à droite ?

– À l'armée j'ai conduit un char, je devrais arriver à piloter une Mini Cooper.

Elle constata vite qu'il n'était pas aisé de se défaire de ses réflexes. Un camion surgit brusquement en face d'eux.

– Attention ! cria Pellegrino.

Elle donna un grand coup de volant pour l'éviter.

– Ne me stressez pas, mon père, on prend l'autoroute.

Le reste du voyage se fit sans difficulté. Ils arrivèrent à Cambridge en début d'après-midi et sonnèrent à la grille de la propriété des Hawking. C'est Jane qui vint les accueillir.

– Hello !

– Bonjour, Jane. Je vous présente Natacha Yadin-Drori, qui travaille avec moi.

– Enchantée, Natacha. Venez, ils ont presque terminé.

Quand ils entrèrent dans le salon, qui servait aussi de lieu de travail, Alfonso Varela était debout devant un tableau noir rempli d'équations. Hawking, dans son fauteuil roulant, l'examinait avec attention.

– Ah, père Ernetti, dit l'astronome, vous serez satisfait, je crois.

Pellegrino nota que Varela avait les traits tirés.

– J'espère que vous n'y avez pas passé toutes vos nuits !

– Rien n'arrête un physicien qui s'approche d'une solution ! lança Jane. Ils ont travaillé jusqu'à deux heures du matin, Alfonso a dormi sur le divan.

– Le résultat... est là..., dit Hawking en montrant le tableau.

Pellegrino présenta Natacha aux deux physiciens. Hawking la salua comme il pouvait. La lumière qui brillait dans ses yeux traduisait sa satisfaction.

– Donc vous avez trouvé ?

– *A grain... of sand... in the gear*[1], répondit Hawking.

---

1. Un grain de sable dans l'engrenage.

– Pas plus que ça ?

– Mais il fallait le trouver, ajouta Varela. Nous avons repris toutes les équations de Majorana. Stephen a commencé seul, je l'ai aidé dès mon retour. Nous y avons passé plusieurs soirées. Tous les calculs nous semblaient corrects, c'est ce qui paraissait étrange.

– Majorana… était… un vrai génie, dit Hawking.

– Il a raison, confirma Varela, chacun de ses feuillets nous remplissait d'admiration. Sauf un, un seul.

Il montra une des pages du dossier que le père Ernetti leur avait laissé.

– Le grain de sable ! Une équation mal fichue qui a mis un beau désordre dans la suite.

– Comment ne l'a-t-il pas vue ?

– C'est le principe de l'« effet papillon », la sensibilité d'un système à ses conditions initiales. Un détail infime au départ peut provoquer un cataclysme à l'arrivée. L'erreur restait imperceptible tant que les trajets temporels restaient modestes. Mais au-delà de dix mille ans, le grain de sable a bloqué tout le système !

– Alfonso… écrivez… la bonne équation, proposa Hawking.

– D'accord, Stephen.

Le jeune homme effaça une partie du tableau et nota l'équation modifiée.

– Vous la connaissez par cœur ? s'étonna Natacha.

– À force, oui. La voici, plus simple et plus élégante. Moyennant quelques changements dans la programmation de votre machine, elle libérera toute sa puissance.

– Mais vous aurez besoin… auprès de vous… d'un mécanicien, corrigea Hawking en regardant vers Alfonso.

Jane encouragea le jeune homme.

– Allez-y, Alfonso, demandez-leur.

Pâle, le jeune astronome hésitait à poursuivre. Natacha, qui avait une sensibilité particulière pour repérer les détails incongrus, le remarqua. Par curiosité, elle l'encouragea :

– Il y a un problème, monsieur Varela ?

– Aucun, non. Mais je me demandais si vous m'accepteriez à vos côtés pour ce voyage.

Natacha se raidit. Elle repensa à la menace d'attentat contre le pape. D'autant que le jeune homme venait du Nicaragua, où la situation s'était tendue. Alfonso, encouragé par Jane, plaida sa cause.

– Je pourrais être le « mécanicien » qui corrigera les calculs, ajouta-t-il. Mais vous aurez aussi besoin d'un astrophysicien pour vous orienter et vous guider, l'univers est tellement vaste !

– Vous… ne trouverez… pas mieux qu'Alfonso…, renchérit Hawking.

Tous deux regardaient le père Ernetti, l'envoyé officiel du Vatican. Et celui-ci, comme toujours, n'écouta que son bon cœur.

– Eh bien, pourquoi pas ? Ce serait merveilleux de vous avoir avec nous, mon jeune ami.

Natacha pestait intérieurement. Elle avait songé à toutes sortes d'objections, mais le prêtre, trop confiant, lui avait imprudemment coupé l'herbe sous le pied. Elle essaya de tempérer l'enthousiasme général.

– Mon père, observa-t-elle, il nous faudra obtenir l'autorisation du pape. Peut-être le père Manzoni a-t-il prévu de nous associer un astronome du Vatican ?

– Ce serait tellement dommage pour Alfonso, se désola Jane, c'est un voyage si excitant !

– Alors nous plaiderons votre cause, lança le père Ernetti. N'est-ce pas, Natacha ?

Elle approuva. Que répondre d'autre ?

– Nous ne vous priverons pas trop de votre collaborateur, professeur Hawking ?

– Ne vous en faites pas, dit Jane. Stephen arrive à un point de sa maladie où il doit trouver d'autres moyens pour communiquer avec le monde extérieur. Il va essayer avec un ordinateur, il lui faudra plusieurs mois pour s'habituer. Alfonso nous rejoindra après et nous racontera tout, n'est-ce pas, Stephen ?

Hawking approuva avec enthousiasme.

– Et… saluez… le Seigneur pour moi !

25

Le pape était rentré fatigué et troublé de son voyage en Amérique latine. Après le Nicaragua, ses visites au Panama, au Salvador, au Guatemala, au Honduras et en Haïti s'étaient globalement bien déroulées. Mais une partie de la presse ne lui pardonnait pas son comportement avec monseigneur Cardenal, à Managua. Le pontife s'adressa à son secrétaire d'État :

– Prenez contact avec le cardinal. Dites-lui que je regrette…

– Je pense que c'est préférable, en effet. Euh… le père Ernetti attend une audience dans l'antichambre.

– Ah oui, faites-le entrer.

En quelques mots, Ernetti l'informa de sa rencontre avec Hawking.

– Donc nous progressons ?

– Je le pense, Saint-Père. J'ai pris sur moi d'accepter la présence d'Alfonso Varela sur cette mission. Sauf si vous vous y opposez, bien entendu.

Il y eut un court silence.

– Il vient du Nicaragua, n'est-ce pas ?

Le pape échangea un regard avec le cardinal Cipriano, qui ne savait quoi répondre. Pellegrino comprit que la nationalité de Varela posait un problème. Il insista :

– Alfonso est un pur astronome, Saint-Père.

– Et c'est le collaborateur attitré de Stephen Hawking, plaida le pape. Il semble en penser le plus grand bien. Ce serait une faute diplomatique, Cipriano, de le mettre de côté.

Cipriano s'inclina.

– Très bien, transmettez-lui mon accord. Maintenant, mes amis, au travail ! Si un danger nous menace, nous devons savoir lequel.

*

Natacha s'était envolée directement de Londres pour Jérusalem afin d'organiser son absence de plusieurs mois. Au musée, ce n'était guère difficile. Leur nouvelle exposition serait bientôt présentée au public, son assistante Dana Agron s'occupait de tout.

– Merci, Dana, sans toi nous n'aurions jamais été prêts.

Dana avait une vague idée de la manière dont sa collègue employait ses absences.

– Tu repars pour un long voyage ? lui chuchota-t-elle.

– Très très long, Dana.

– Mais tu ne m'en diras pas plus.

– Non, désolée.

– Bon séjour quand même.

Pour l'instant, elle était convoquée par Zvi Eizer, son supérieur du Mossad. Il piqua une terrible colère dès qu'il la vit.

– Un ressortissant du Nicaragua avec vous ! Et pourquoi pas un guérillero en armes ? explosa-t-il.

– Je n'ai pas pu l'empêcher, Zvi, le père Ernetti m'a devancée.

– Ce n'est pas une excuse, vous étiez là pour le surveiller !

Consciente de sa faute, elle essaya de le calmer :

– Franchement, je pense qu'on peut lui faire confiance.

Il lui agita une coupure de presse sous le nez.

– Vous savez ce qui est arrivé avec le pape au Nicaragua ?

– Oui, j'ai lu les journaux.

Dans un dernier geste de colère, Zvi envoya valser sa tasse de thé, qui se brisa sur le sol. Le silence était à couper au couteau.

– Zvi, je le surveillerai.

Il se laissa tomber sur son siège.

– Bon, ce qui est fait est fait. Mais veillez à tout, Natacha, et méfiez-vous de tous.

La méfiance, surtout pour un espion, est une maladie contagieuse. Zvi lui avait communiqué cet état d'esprit parfois gênant qui consistait à deviner les intentions derrière les paroles les plus anodines et les hypocrites derrière les personnalités les plus franches en apparence.

– Comptez sur moi, Zvi.

*

À quelques jours de son départ pour Rome, Alfonso ne tenait plus en place. Devant Hawking, il faisait à peu près bonne figure. Mais à peine rentré dans son petit studio, il cédait à la panique. D'autant que ses douleurs rhumatismales s'amplifiaient. Il se bourrait de calmants, sans parvenir à trouver le sommeil. Fébrilement, il composa le numéro de Rafaela à Managua. Elle lui raconta sa journée, comme elle le faisait d'habitude. Un professeur, à la faculté de droit, s'était fait agresser par des étudiants surexcités, mais d'autres avaient pris sa défense.

– Je me suis tenue à l'écart, dit-elle, à cause du bébé.

Elle ne se doutait de rien, heureusement. Que devait-il faire ? La prévenir et lui demander de se cacher ? C'était inutile et dangereux. Ces gens la retrouveraient, ils avaient des réseaux dans tout le pays. Et ils la maltraiteraient, pour la punir d'avoir essayé de leur échapper.

– Combien de temps vas-tu rester à Rome ?

– Un mois, peut-être plus. C'est ce qui m'inquiète.

Il y eut un silence.

– C'est plutôt moi qui aurais des raisons d'être inquiète.

– Pourquoi dis-tu ça ?

– J'ai appris à te connaître, Alfonso, tu as la tête ailleurs. Je l'entends au son de ta voix. Des problèmes au travail ?

Il inventa une histoire. Un administrateur, à Cambridge, qui s'opposait à sa titularisation au prétexte qu'il ne vivait pas en Angleterre depuis assez longtemps.

– Hawking t'aidera. Tu es son collaborateur favori, non ?

Il ne répondit rien. Dans la situation où il était, personne ne pouvait l'aider.

– Oui, tu as raison, je vais lui en parler. Dis-moi, chérie...

– Oui ?

– Personne n'est venu t'embêter, récemment ?

– Non, pourquoi veux-tu que...

Elle s'arrêta. Elle pensait à un détail.

– Avant-hier, un type est venu parler à la concierge, un *barbudo*. Il voulait vérifier que j'habitais bien à cette adresse.

– Il a dit qui il était ?

– Il s'est présenté comme un agent du recensement. J'ai réalisé qu'à la porte d'entrée de l'immeuble, il n'y a que ton nom. Il faudra changer ça, maintenant que j'ai emménagé chez toi.

C'était eux. Ils se rapprochaient d'elle, comme des fauves aux aguets. Et lui se sentait paralysé, impuissant, à des milliers de kilomètres du Nicaragua. Un seul chemin s'esquissait peu à peu : accepter de collaborer avec ces fous furieux.

26

Pour échapper à la nasse dans laquelle il se débattait, Alfonso choisit de partir pour Rome avec un jour d'avance. Un taxi le conduisit à l'hôtel que l'administration du Vatican lui avait réservé près de la place Saint-Pierre. Une fois installé, il se demanda comment occuper sa journée. Visiter la ville ? Il n'avait guère le cœur à jouer les touristes. Il préféra rejoindre le père Ernetti dans son laboratoire.

Il prit la direction de la place Saint-Pierre et se présenta devant le portail de la Via Angelica, à l'entrée du bâtiment des archives secrètes. Les gardes suisses étaient tels qu'il les avait toujours vus sur les photos, vêtus de leur costume caractéristique aux larges bandes jaunes, bleues et rouges. Ils vérifièrent son identité, appelèrent le père Ernetti et le secrétaire d'État Cipriano. Après avoir obtenu leur accord, ils le firent entrer dans ce qui restait un des lieux le plus fermés de la planète.

Les couloirs, chargés de documents de toutes les époques, étaient très impressionnants. Après une longue déambulation, le garde s'arrêta devant une porte blindée, fermée par un verrou électronique.

– Je vais vous demander de vous retourner, monsieur.

Alfonso le laissa pianoter sur les touches un code qui lui sembla assez long. La porte blindée s'ouvrit. Une bouffée d'air froid l'accueillit, celle qu'on retrouve dans toutes les salles techniques. Mais, là où il s'attendait à trouver une machine de science-fiction, comme dans les romans d'H. G. Wells, il n'y avait qu'une tour faite de plusieurs armoires disposées en forme de fer à cheval. Sa base était incluse dans un socle circulaire qui faisait tellement penser à un banc d'aéroport que le père Ernetti avait scotché un petit panneau écrit au stylo-feutre : « *Vietato sedersi*[1] ».

– Le dernier qui s'est assis dessus nous a coûté une réparation de plusieurs jours !

Alfonso reconnut le père Ernetti, qui l'accueillait avec un large sourire.

– Que pensez-vous de ma petite merveille ?

– Je m'attendais à un ordinateur classique, pas à un Cray-1. Vous ne vous privez de rien au Vatican !

Jusqu'à une date récente, le Cray-1 était le super-ordinateur le plus puissant du monde, surpassé seulement par son petit frère, le Cray-2.

– Le Saint-Père l'a acheté d'occasion à une société d'assurances qui voulait s'offrir le modèle au-dessus. Je ne dirais pas qu'il l'a acquis pour une bouchée de pain, mais il a fait une excellente affaire. C'est un très bon négociateur, savez-vous ?

– Je veux bien le croire, rétorqua Alfonso.

– Vous êtes en avance, nous n'avions rendez-vous que demain, en même temps que Natacha.

– Je voulais en profiter pour visiter Rome, mais la curiosité était plus forte.

Il fouilla du regard la salle informatique.

– Où se trouve votre chronoviseur ?

– Dans la salle des commandes, juste à côté, réduit à son cerveau électronique. À présent, le Cray occupe la majeure partie de la place, c'est lui qui fait tous les calculs.

---

1. « Interdit de s'asseoir. »

Alfonso fit le tour du super-ordinateur. Visiblement, il connaissait sa partie.

– Vous êtes informaticien, Alfonso ?

– C'était mon premier métier, oui. Mais comme je travaillais dans des observatoires, j'ai été pris de passion pour l'astrophysique et je n'ai jamais regretté mon choix.

Le père Ernetti s'approcha d'Alfonso et lui parla à voix basse :

– Si vous êtes un spécialiste, répondez-moi franchement : le bruit de cette climatisation est infernal. Les techniciens qui ont installé le Cray disent qu'ils ne peuvent rien y faire.

– Ils ont raison, hélas. C'est le problème avec ces grosses machines, elles consomment beaucoup d'énergie.

Le père Ernetti lui indiqua une petite cabine.

– C'est pourquoi nous travaillerons juste à côté. Suivez-moi.

Il l'entraîna dans la petite pièce garnie de trois grands moniteurs installés devant une table de contrôle.

– On dirait une régie de télévision.

– En effet, elle a été installée par notre service audiovisuel. Les téléviseurs de droite et de gauche reprennent sur des écrans plus grands l'image du moniteur central, qui agrandit lui-même les hologrammes minuscules formés au cœur de la machine.

– Impressionnant.

Pellegrino désigna son tableau de bord.

– Tous mes instruments de contrôle sont numériques. Et ce n'est pas tout…

Il montra deux haut-parleurs.

– Auparavant, nous devions nous satisfaire de scènes muettes. Mais j'ai trouvé le moyen de capter les ondes sonores. Nous ne nous contenterons pas de voir le passé, nous pourrons aussi l'entendre !

– Dans l'espace, vous savez, le son n'a guère d'importance.

– Notre voyage ne sera pas ordinaire, Alfonso. Qui pourrait dire ce que nous allons voir ?

Varela ouvrit son cartable et en sortit des pages couvertes de calculs.

– Voici les équations de Majorana, revues et corrigées par Stephen Hawking. Si vous me donnez votre accord, père Ernetti, j'effectuerai moi-même la nouvelle programmation.

– Combien de temps vous faut-il ?

Varela retourna dans la salle informatique pour examiner les systèmes installés.

– Disons une journée, peut-être deux.

– Allez-y. Pendant ce temps, je serai dans la salle de contrôle, juste à côté.

À ce moment, un garde suisse ouvrit la porte du laboratoire.

– Le Très Saint Père Jean-Paul II et son secrétaire d'État ! clama-t-il.

Le père Ernetti se précipita pour embrasser l'anneau du pontife.

– Nous venions voir votre installation, mes enfants. Tout va comme vous le souhaitez, père Ernetti ?

– Pour l'instant, tout va bien.

Le pape eut un regard vers Varela.

– Saint-Père, je vous présente le professeur Alfonso Varela, le collaborateur de Stephen Hawking dont je vous ai parlé.

Varela s'était levé. La tradition voulait qu'il aille embrasser l'anneau du pêcheur, mais il s'en abstint. Il avait devant lui l'homme qui avait humilié son oncle et celui qu'il allait trahir.

Le pape sentit sa réserve.

– Vous êtes arrivé avec un jour d'avance, m'a appris mon secrétaire d'État. Êtes-vous si pressé de commencer, professeur ?

– C'est que… c'est une très belle aventure, euh…

Il hésita. Pouvait-il l'appeler « Votre Sainteté » ? Non, c'était impossible. Le pape sourit.

– Appelez-moi « mon père », cela ira très bien.

– Le professeur Varela vient nous apporter la série d'équations qui nous permettront de débrider la machine, annonça le père Ernetti.

– Espérons que vous réussirez, monsieur Varela. Notre mission n'a pas qu'un caractère scientifique, elle nous permettra à tous d'échapper aux malheurs de la politique.

En disant cela, il l'avait regardé avec insistance. Alfonso comprit qu'il faisait allusion à sa nationalité.

– C'est bien ainsi que je l'entends, mon père.

– Vous venez du Nicaragua, m'a-t-on dit ?

– Oui, mais je travaille maintenant à Cambridge.

Le pape lui chuchota quelques mots à l'oreille. Alfonso s'efforça de sourire, puis il fit un léger pas en arrière. Cet homme, songea-t-il, est très habile, il sait attirer la sympathie. Tout serait évidemment plus simple s'il avait le visage d'une canaille !

Puis Jean-Paul II s'adressa à tous :

– Je vous laisse travailler. Père Ernetti, tenez informé à tout moment le cardinal Cipriano, afin que nous suivions vos aventures jusqu'au but final. Après, nous aviserons.

– C'est entendu, Saint-Père.

Quand il fut parti, le prêtre s'adressa en privé à l'astronome :

– Je crois que vous ne connaissez pas les usages du Vatican. On appelle le pape « Votre Sainteté » ou « Saint-Père », ou « Très Saint-Père ».

– C'est lui qui m'a demandé de l'appeler « mon père ».

– Parce qu'il vous a vu hésiter. « Mon père », c'est moi. Juste moi.

27

Étaient-ce les compétences personnelles d'Alfonso ? Ou l'ajustement parfait des nouvelles équations de Stephen Hawking aux besoins de la machine ? Toujours est-il que, dès le lendemain, Varela frappa à la porte de la cabine du père Ernetti.

– Je crois que j'ai terminé, mon père.

– Magnifique ! se réjouit Pellegrino.

– Le Cray est un supercalculateur très bien conçu. Le reprogrammer n'a pas présenté de difficultés, mais j'aimerais effectuer quelques tests.

– Allons-y.

Pellegrino alluma la machine.

– J'ai besoin de coordonnées géographiques pour programmer le lieu du saut dans le temps.

– Celles que vous voulez, proposa Alfonso. La basilique Saint-Pierre, par exemple.

Le père Ernetti entra donc les cordonnées de l'église du Vatican : 41° 54′ 08″ N, 12° 27′ 12″ E.

– Et pour la date ?

– D'après ce que vous m'avez dit, le chronoviseur se bloquait au-delà de dix mille ans ?

– Oui, il se mettait HS.

– Alors faisons un petit pas en avant, mon père : onze mille ans.

Le prêtre effectua la programmation.

– On y va ?

– *Vamos.*

Le son arriva avant l'image. C'était un bruit permanent et indistinct.

– Du vent ?

– On dirait.

Le prêtre et l'astronome fixaient attentivement les écrans, qui ne livraient toujours pas d'image.

– Je ne vous l'ai peut-être pas dit, Alfonso, mais l'image sera en noir et blanc. Pour une raison que j'ignore, les neutrinos transtemporels n'aiment pas la couleur. Mais au moins, nous aurons le son.

Enfin, le moniteur s'illumina. Les réglages intégrés équilibrèrent aussitôt la luminosité et le contraste de l'image. Là où se trouve aujourd'hui la basilique Saint-Pierre de Rome, on voyait une colline herbeuse balayée par le vent, en bordure d'une forêt.

– Le Vatican il y a onze mille ans, commenta le père Ernetti.

Alfonso écarquilla les yeux, Pellegrino lui sourit.

– Moi aussi, la première fois, j'ai été très impressionné.

– C'est comme une scène de film, commenta Alfonso. Sauf que c'est la préhistoire, la vraie.

– Aussi beau que la Lune vue à travers un télescope, n'est-ce pas ?

– Bien plus !

Le chronoviseur montrait une vue en plongée, comme une caméra située en haut d'un immeuble. Pour des raisons mal élucidées, les flux de neutrinos convergeaient vers un point virtuel situé un peu au-dessus du lieu ciblé. Heureusement, le levier de commande intégré au tableau de bord permettait au père Ernetti de caler l'image comme il le souhaitait. Il pouvait gagner ou perdre de l'altitude, virer à droite ou à gauche, zoomer sur des détails.

– Je m'approche d'une forêt.

C'était une forêt vierge, avec des chênes, des tilleuls, des hêtres, mais aussi des arbres fruitiers sauvages, comme des pommiers.

– En ce temps-là, ajouta le prêtre, toute cette région d'Italie était couverte de forêts. Pareil en France et en Allemagne.

Alfonso se pencha en avant. Il avait aperçu quelque chose.

– Là ! Quelqu'un ou quelque chose qui bouge...

Pellegrino zooma de manière à le cadrer en plan rapproché, quand il arriva dans un endroit moins boisé.

– C'est un *sapiens*, un chasseur.

Il était grand, avait une longue chevelure poivre et sel et une barbe épaisse. Il était vêtu d'une tunique en peau de bête serrée à la taille et d'une sorte de cape. Il portait un bonnet de fourrure.

– De la fourrure d'ours, je pense. À cette époque, il y avait donc des ours au Vatican.

Dans une main, l'homme tenait une sagaie, dont la pointe était faite d'un silex affûté. Devant lui courait une meute de chiens.

Un jeune chevreuil fut bientôt cerné par les chiens. La pauvre bête n'avait pas encore ses bois. Le chasseur s'arrêta et posa un genou à terre. Il ajusta l'extrémité arrière de sa sagaie dans un petit bâton muni d'un crochet en os sculpté.

– C'est un propulseur, dit Alfonso.

– Un propulseur ?

– Plus puissant encore qu'un arc, car il lance des sagaies. L'animal n'a aucune chance.

La seconde d'après, en effet, le jeune cervidé s'effondra, transpercé par la sagaie. Les chiens l'entourèrent. Il respirait encore. Avec son couteau, le chasseur l'égorgea, puis hissa sa proie sur ses épaules.

– Une scène de la vie ordinaire au paléolithique, conclut Alfonso. Votre machine se porte bien ?

Pellegrino consulta ses cadrans.

– En pleine forme.

– Alors poussons plus loin, proposa l'astronome.

– Vingt mille ans dans le passé ?

– Allons-y.

À cet instant, le téléphone sonna. Le père Ernetti décrocha.

– Natacha vient d'arriver, annonça-t-il.

Peu de temps après, elle franchissait la porte. Elle eut un choc en apercevant Alfonso.

– Vous êtes déjà là ?

Varela s'approcha d'elle pour l'embrasser, mais elle se déroba et accrocha sa veste au portemanteau. Le père Ernetti, qui avait senti son irritation, essaya de la calmer.

– Alfonso a préféré me rendre visite plutôt que découvrir Rome pendant son jour de liberté.

– Il a eu tort, Rome est une ville passionnante.

Alfonso baissa les yeux. Déjà, chez Hawking, il avait perçu la méfiance de la jeune femme. Il chercha une excuse.

– J'ai profité de ce temps d'avance pour entrer les nouvelles équations dans la machine. Je crois que ça fonctionne très bien.

– Je suis heureuse de l'apprendre. Vous auriez quand même pu me prévenir !

Elle s'approcha de l'écran, énervée.

– Vous avez commencé l'exploration ?

– Oh non, ce n'était qu'un premier test pour voir comment se comporte la machine.

– Et alors ?

– Jusqu'ici tout va bien, annonça Alfonso. Nous sommes remontés sans difficulté jusqu'à moins onze mille ans, plus loin que le chronoviseur n'est jamais allé. À présent, nous allons pousser jusqu'à moins vingt mille ans.

– J'arrive juste à temps, je vois.

Elle avait prononcé ces mots sur un ton froid et sec. Il y eut un instant de gêne, tandis qu'elle prenait une chaise et venait résolument s'asseoir entre eux. Elle fut surprise par les enceintes audio qui grésillaient.

– Il y a du son. C'est nouveau ?

– Oui, c'est une surprise que je vous réservais.

– Il ne nous manque plus que la couleur, s'amusa-t-elle.

– Vous verrez, le son donne bien plus de vie aux images.

– L'image arrive, prévint Alfonso. Voici le Vatican, mes amis, il y a vingt mille ans…

28

La végétation qu'on apercevait sur la colline n'était plus la même. Le paysage était celui d'une steppe, comme en Sibérie ou en Scandinavie. Peu d'arbres, mais de la mousse, des bruyères et de nombreuses plaques de neige.

– Nous sommes en pleine ère glaciaire, expliqua Alfonso.

– Ah oui ? s'étonna Natacha. Et où sont les glaciers ?

– Plus au nord. Souvent, quand je parle des glaciations dans mes conférences, le grand public imagine des glaces partout. C'est une erreur. Les glaciers restaient localisés, mais ils étaient bien plus massifs. Et la température moyenne, en Europe, était à peu près de quinze degrés.

Astronome, géologue, un peu paléontologue… ce garçon a beaucoup de talents, pensa Natacha. Par réflexe professionnel, sa méfiance grandissait.

– Vous en savez des choses ! lui lança-t-elle.

Il prit une attitude modeste.

– C'est que l'astronomie est au carrefour de nombreuses sciences. La géologie nous permet de comprendre comment sont faites les planètes, la chimie d'analyser leur atmosphère. Mais ma vraie spécialité, c'est l'étude des galaxies.

– Et l'informatique ?

– C'était mon premier métier.

L'avait-elle mis mal à l'aise ? Elle observa qu'il changeait souvent de position dans son fauteuil, comme si son corps était douloureux.

– Et voici les Italiens, mes amis !

Le père Ernetti avait indiqué quelque chose sur l'écran. C'était un camp de chasseurs-cueilleurs. On voyait des enfants jouer autour d'un feu. Une femme âgée remuait une sorte de soupe de légumes dans un tronc d'arbre évidé, qu'elle chauffait avec des galets brûlants.

– Où sont les hommes ?

Ils les trouvèrent non loin de là. Une dizaine de *sapiens*, armés de sagaies, guettaient quelque chose. Le père Ernetti élargit son cadre.

– Des mammouths !

Les chasseurs s'approchaient avec mille précautions d'un petit troupeau de cinq adultes, grands comme des éléphants d'Afrique.

– Comment peuvent-ils s'attaquer à d'aussi grosses bêtes ? s'étonna le père Ernetti.

– C'est très simple, répondit Alfonso, ils ne s'en prennent qu'aux petits.

C'est bien ce qui arriva. Un bébé mammouth s'était attardé loin du groupe. Les chasseurs l'encerclèrent. En fuyant, la petite bête tomba dans le piège qu'ils avaient préparé, une fosse plantée de piques. Ils lui sautèrent dessus et s'acharnèrent à plusieurs pour lui transpercer le corps. Natacha se leva.

– Arrêtez, c'est insupportable !

Les deux autres étaient médusés. Le père Ernetti interrompit la plongée dans le temps.

– Je ne peux pas supporter ces horreurs.

Elle avait les larmes aux yeux. Ses deux compagnons se consultèrent du regard, un peu désemparés.

– Voulez-vous rentrer à votre hôtel, Natacha ?

– Non, continuez. Mais évitez le sang, si vous pouvez. J'en ai vu assez ces derniers temps !

Le père Ernetti mit tout de même sa machine en veille.

– Je propose une pause. Nous reprendrons nos essais après le déjeuner.

Ils approuvèrent. Alfonso consulta sa montre.

– Si vous le permettez, je vous rejoindrai pour le café. Savez-vous où je pourrais téléphoner, mon père ?

– Local ou international ?

– Je voudrais appeler chez moi, à Managua.

– Suivez-moi dans la loge des gardes suisses, proposa le père Ernetti. Vous ferez le 001 pour obtenir l'international.

Alfonso le suivit. Il semblait avoir du mal à marcher.

29

Il était six heures trente à Managua. À cette heure, pensa Alfonso, Rafaela se prépare pour aller à l'université. Mais le téléphone sonna dans le vide. Il raccrocha et rappela. Aucune réponse. Il décida d'appeler chez ses parents. Il les réveillerait, mais tant pis. La voix de sa mère répondit :

– C'est toi, Alfonso ?

– Pardon de t'avoir réveillée, *mamá*. Tu n'as pas de nouvelles de Rafaela ?

– Non, pourquoi ?

– J'ai essayé de l'appeler ce matin, mais elle ne répond pas.

Sa mère s'inquiéta.

– Elle n'est pas malade, au moins ?

– C'est ce que j'aimerais savoir, ce n'est pas normal à cette heure. Peux-tu aller voir avec papa ?

– On ira ce matin. Où peut-on te joindre ?

– Vous ne pourrez pas, je suis en mission au Vatican. C'est moi qui vous téléphonerai à la maison.

– Ne te fais pas de souci, Alfonso, elle a une bonne santé.

Il raccrocha, de plus en plus inquiet.

À la cantine du Vatican, Natacha et Pellegrino se contentèrent de deux assiettes froides. C'était tout ce qu'il restait à cette heure.

Natacha regarda autour d'elle. À la différence des cantines en Israël, personne ne fumait. En revanche, les conversations allaient bon train et l'acoustique était déplorable. À la fin de leur court repas, elle vit le père Ernetti se lever de table.

– On n'attend pas Alfonso ?

– Toujours au téléphone. Il nous rejoindra à la cafétéria.

Ils se rendirent dans la salle voisine où retentissait le bruit des percolateurs. Elle sortit de son sac un miroir de poche et vit que son maquillage avait coulé.

– Je vais arranger ça aux toilettes, dit-elle en souriant. Après ma petite crise, ce pauvre garçon a dû me prendre pour une hystérique !

– C'est que vous ne l'avez pas ménagé, commenta le père Ernetti en souriant.

– C'est en taquinant le chat qu'on apprend à le connaître ! Proverbe israélien, répliqua-t-elle.

– Sur ce plan, vous êtes une experte, mon amie.

Quand elle fut de retour, Natacha jeta un coup d'œil autour d'elle.

– Toujours pas d'Alfonso ?

– Non, je vais chercher les cafés.

Elle leva la tête.

– Ah, le voilà !

Le père Ernetti lui fit signe d'approcher.

– Installez-vous. Un café pour vous aussi ?

– Avec plaisir.

L'astronome s'installa près de Natacha.

– Tout va bien à Managua ?

Alfonso paraissait absent. Elle insista :

– Des nouvelles du pays ?

– Oh, vous savez, à Managua le jour est à peine levé.

– J'espère que vous n'avez pas réveillé votre épouse ?

– Non, elle est matinale.

La conversation avait du mal à démarrer. Elle essaya de le dérider.

– Comment trouvez-vous notre machine diabolique ?

– Fascinante. Le père Ernetti est un homme charmant, un vrai passionné de science. Hawking est pareil. Quand ces deux-là sont lancés, on ne peut plus les arrêter.

– Désolée pour ma scène de tout à l'heure, avec le mammouth. J'ai vu tellement de sang au Liban…

– Je comprends. C'était difficile ?

– Très. Parfois, la vie nous rappelle qu'elle n'est pas qu'un jeu.

– Dans mon pays aussi, admit Alfonso, nous vivons des moments compliqués.

Elle essaya de le pousser un peu.

– L'embargo américain ne doit pas arranger les choses.

Il resta évasif.

– Je ne suis pas inquiet, nous en avons vu d'autres.

Nouveau silence.

– Puis-je vous poser une question un peu personnelle, Alfonso ?

Il se figea.

– C'est une entorse ?

Il ne comprenait pas.

– Votre douleur à la jambe droite.

– Ni entorse ni foulure, rassurez-vous. De simples rhumatismes à la cuisse, que je traîne depuis l'enfance. Parfois, ils se réveillent.

– Si vous avez besoin de calmants, parlez-m'en, j'irai vous en chercher à l'infirmerie.

– Non, pas la peine, j'ai ce qu'il me faut.

Le père Ernetti vint les rejoindre avec les cafés.

*

Quand ils remirent le chronoviseur en marche, Varela proposa d'en terminer avec les tests.

– Je vous propose d'effectuer plusieurs sauts de cent mille ans, dit-il, jusqu'à un million d'années.

– Allons-y.

Pendant que Pellegrino programmait les coordonnées temporelles, Alfonso l'observait avec curiosité.

– Que faites-vous, mon père ? Vous entrez le temps en secondes ?

Le père Ernetti sembla s'excuser :

– C'est un petit défaut que nous traînons depuis le début : le chronoviseur n'accepte que des sauts dans le temps exprimés en secondes. Une négligence dans les calculs de Majorana, que je n'ai jamais réussi à corriger. Au début, je faisais les conversions avec une règle à calcul, puis j'ai utilisé une calculette. Aujourd'hui, c'est l'ordinateur qui s'en charge.

Alfonso fit un signe désapprobateur.

– Même un supercalculateur prendra du temps pour convertir des milliards d'années en secondes. Ce sont des calculs inutiles, mon père, qui consomment du temps-machine. À l'occasion, si vous me laissez quelques heures avec le chronoviseur, je vous arrangerai ça.

– Très volontiers.

Natacha, restée un peu à l'écart, estimait que le prêtre se montrait imprudent. Elle ne pouvait lui communiquer les informations qu'elle tenait du Mossad, mais elle se promit de le mettre en garde d'une manière ou d'une autre.

– On est repartis ! lança le prêtre.

Saut après saut, la machine franchit allègrement les dizaines de millénaires, traversant quelques épisodes froids et d'autres plus cléments. À mesure qu'elle plongeait dans les profondeurs du temps, le film de l'évolution tournait à l'envers : les *sapiens*, puis les néandertaliens disparurent. Leurs prédécesseurs, les *homo erectus*, avaient une allure simiesque plus marquée : un front assez bas, une taille qui n'excédait pas le mètre cinquante.

Le père Ernetti mit la machine sur pause.

– Et voilà, nous sommes à un million d'années dans le passé, annonça-t-il. La machine répond parfaitement. Demain, je la pousserai autour de cent millions d'années. C'est d'accord pour vous, Alfonso ?

– Absolument. Nous pouvons remercier Stephen Hawking.

– À cent millions d'années, on verra les dinosaures ? demanda Natacha.

– Sûrement, répondit Alfonso, il y en avait partout. Pourquoi pas en Italie ?

À peine sorti du laboratoire, le jeune astronome repassa par la loge des gardes suisses et demanda une nouvelle fois à téléphoner. Il composa le numéro de son appartement à Managua. Sa mère décrocha. Cette fois, elle paniquait.

– Il s'est passé quelque chose, Alfonso !

– Raconte.

– Rafaela a disparu. Les meubles sont renversés.

Il ferma les yeux, comme si ses pires pressentiments s'étaient réalisés. Son père prit le combiné. C'était un ancien policier, il savait voir les choses en face.

– Vous aviez reçu des menaces ?

– Non, papa. Rafaela s'entend bien avec tout le monde, tu la connais.

– Je pense à toi, Alfonso. Tu avais des dettes ?

– Tu sais bien que je ne joue pas.

– Un problème politique ? C'est qu'ils sont nerveux, en ce moment.

Il ne répondit rien. Son père comprit qu'il avait touché juste.

– C'est bien ça, hein ?

Il y eut un silence.

– Papa, laisse-moi m’occuper seul de cette affaire. Surtout, n’appelle pas la police.

– Tu es sûr ?

– Oui. Et ne restons pas trop longtemps au téléphone.

30

Alfonso retrouva Natacha et Pellegrino qui l'attendaient devant le bâtiment des archives.

– Pardon, mes amis, je vais encore vous fausser compagnie. J'ai eu Stephen Hawking au téléphone. Il travaille en ce moment sur un chapitre difficile de son livre, il a besoin de vérifier un calcul. Je vais rentrer à l'hôtel, ce sont des équations un peu compliquées qui vont me demander des heures de travail. On se retrouve demain matin ?

Le père Ernetti avait du mal à cacher sa déception.

– J'aurais tant aimé vous faire connaître la vraie cuisine italienne.

– Ce sera pour une prochaine fois, mon père.

– À demain, alors.

– *Ciao !*

Il s'éloigna.

– Un véritable courant d'air, ce garçon.

Natacha réfléchissait. Puis elle se décida.

– Suivez-moi, père Ernetti.

– Où allez-vous ?

– Dans la loge du garde suisse.

Le capitaine des gardes fut surpris de les voir revenir.

– Vous aussi, vous voulez téléphoner ?

Natacha avait une demande un peu différente.

– Pouvez-vous me dire, capitaine, quel numéro a composé le professeur Varela, il y a cinq minutes ?

L'officier était ennuyé.

– Eh bien, je ne sais pas si je peux…

Natacha chuchota un mot à l'oreille du père Ernetti.

– Service du pape, précisa Pellegrino.

– Dans ce cas…, répondit le garde.

Il appela le standard, posa la question à l'opérateur, puis raccrocha.

– C'est un numéro à Managua, au Nicaragua.

– Il n'a pas appelé à Cambridge, en Angleterre ?

– Non c'était bien à Managua.

– Merci, capitaine.

Ils s'éloignèrent.

– Il nous a menti, conclut Natacha.

La nuit venait de tomber, les restaurants autour du Vatican étaient déjà bondés. Comme le temps était doux, ils s'installèrent en terrasse.

– Vous vous souvenez, père Ernetti ? C'est ici que vous m'aviez amenée, il y a presque vingt ans, quand nous nous sommes rencontrés pour la première fois.

– Un miracle que ce restaurant existe encore, avec toutes ces formules rapides qui poussent comme des champignons.

– Nous venions juste de découvrir le Temple de Jérusalem sur votre chronoviseur. Il était flambant neuf, avec ses dorures qui brillaient au soleil !

Il sourit en hochant la tête.

– Je me souviens. Mais la suite de l'exploration fut plus mouvementée…

– On peut le dire.

Ils se limitèrent à un plat chacun, des spécialités sardes qu'ils choisirent goûteuses et légères.

– L'Italie est un désastre pour la ligne, observa-t-elle.

– Nous n'avons qu'une vie, Natacha, et la cuisine sarde contribue à l'éclairer. Goûtez-moi ça...

Il remplit son verre.

– Pour moi, le vin de Sassari est le meilleur vin du monde.

Il était merveilleux en effet, parfumé et fruité. Mais l'esprit de Natacha était ailleurs.

– Je vois bien que vous pensez à notre ami Varela.

– Il n'est pas clair, mon père, fiez-vous à mon intuition.

Le père Ernetti savait, par expérience, que cette fille avait un instinct de limier.

Elle se pencha vers lui.

– Vous ne craignez pas de le laisser seul avec votre machine ?

– Je lui ai dit oui, Natacha, je ne peux pas revenir en arrière. Mais vous avez raison, ce garçon n'est pas dans son assiette. La situation au Nicaragua ?

– J'ai abordé le sujet à la cafétéria. Il a admis qu'il avait un problème de santé, mais je pense plutôt à sa situation personnelle. Un problème conjugal, peut-être.

– Déjà ? C'est mal parti, alors !

Il y eut un court silence. Puis le père Ernetti lui parla à voix basse :

– Euh... si je ne suis pas indiscret, où en êtes-vous sur ce plan, Natacha ?

Elle le regarda avec un air malicieux.

– Vous voulez m'entendre en confession, père Ernetti ?

– Oh non, je vous parle en ami. Mais vous pouvez garder le silence, si vous préférez.

– Ma situation est simple : depuis Gregory Parker, plus personne. J'aurais dû vous écouter.

– J'ai vite senti qu'il n'était pas fait pour vous. Mon travail d'exorciste, qui m'a fait visiter bien des familles, m'a montré toute l'étendue de ce que j'appelle la misère sentimentale. Tant de couples malades, ça donne le vertige !

– Parce que les gens sont paresseux, ils se satisfont du premier venu. J'ai connu ça avec mon premier mari, Dov. Une catastrophe. Pour Gregory, heureusement, j'étais vaccinée. Quand j'ai compris que ça ne collait pas, j'ai rompu net.

– Vous avez bien fait.

Elle soupira, pensive.

– Il faut reconnaître que je ne suis pas facile à vivre.

– Mais non, vous avez du caractère. C'est plutôt une qualité.

– Je suis moins naïve qu'avant. Pour que j'aime un homme, aujourd'hui, il doit m'inspirer du respect. Et j'en vois peu comme ça.

Elle lui lança son sourire direct, qu'il trouvait irrésistible.

– Que voulez-vous ? Depuis que je vous connais, mon père, je suis devenue difficile !

Il en rougit de plaisir et baissa la tête.

– Et depuis Gregory, vraiment personne ?

– Des propositions de mariage presque quotidiennes d'Ariel Bronstein. Vous vous souvenez de lui ? Nous avions exploré ensemble les sous-sols du mont du Temple.

– Un gentil garçon.

– Cultivé, attentionné, mais j'ai si peur de m'ennuyer avec lui ! Et quand on s'ennuie, on vieillit.

– Un problème qui ne vous menace guère.

– Je reconnais qu'ici, je rajeunis instantanément. Quand je pense à toutes ces aventures que nous avons vécues, vous et moi !

– Ce n'est rien à côté de celles qui nous attendent, ma chère. À commencer par demain, avec les dinosaures !

LE VOYAGE
VERS L'INFINI

31

Tôt le matin, le père Ernetti eut une courte entrevue avec le pape.

– Vous partez pour le grand voyage ?

– Oui, Saint-Père, nous avons exploré l'histoire de la colline du Vatican sur un million d'années. Nous pouvons donc partir plus loin.

Le pape le regardait avec un large sourire.

– Je vous découvre plus enthousiaste qu'auparavant, Ernetti !

– Je reconnais que je n'aurais laissé ma place pour rien au monde. C'est grâce à Natacha que je suis là. Et grâce à vous, évidemment.

Le pape lui prit les mains dans un geste affectueux.

– Avec le temps, mon fils, j'ai appris à vous connaître. Parfois, c'est vrai, nos désirs se heurtent durement à l'ordre du monde. Faut-il pour autant renoncer ? Je ne le crois pas. C'est en contournant la montagne qu'on découvre le sentier qui nous permettra d'aller au sommet.

Le père Ernetti se leva.

– Avec votre permission, je vais retrouver mes camarades. Si le chronoviseur tient la route, nous irons vraiment jusqu'au bout du monde !

– Attendez, l'arrêta le pape. J'ai un cadeau pour vous et vos amis…

Alfonso et Natacha attendaient le prêtre dans le laboratoire. Alfonso consulta sa montre.

– Il est en retard.

– Il devait rencontrer le pape, répondit Natacha. Il va arriver.

Pellegrino entra dans le bunker avec une bouteille de champagne à la main.

– Un cadeau du pape, pour inaugurer notre voyage !

Il montra l'étiquette.

– Dom Pérignon 1972, ce qu'il y a de mieux.

Alfonso alla chercher trois gobelets en plastique à la machine à café.

– Ce n'est pas l'idéal, mais...

– Qu'importe le flacon, mon ami.

Alfonso remplit les verres.

– À vous de porter un toast, père Ernetti.

Le prêtre leva son verre.

– Aujourd'hui, mercredi 6 avril 1983, à huit heures dix du matin, le chronoviseur prend la route pour le plus extraordinaire périple de son histoire. Au nom de Dieu, ajouta-t-il.

– ... et de la science, rectifia Alfonso.

Ils se tournèrent vers Natacha :

– Au nom de l'humanité, proposa-t-elle.

Ils burent, puis rangèrent la bouteille dans la salle informatique, rafraîchie par la climatisation.

– Puis-je faire une demande ? annonça le père Ernetti.

– Allez-y, mon père.

– J'aimerais commencer par un petit coin d'Éthiopie dans la vallée de l'Aouache, il y a 3,18 millions d'années.

Les deux autres s'interrogèrent du regard. Mais Alfonso comprit vite.

– Lucy ?

– Pour moi, elle s'appelle Ève, corrigea le prêtre.

Et il lança la machine.

Les anthropologues l'avaient surnommée Lucy à cause de la chanson des Beatles « Lucy in the Sky with Diamonds », mais son nom scientifique était AL 288-1. Le squelette de Lucy avait été découvert en 1974 dans cette région d'Éthiopie. Il s'agissait d'une femelle australopithèque bipède, considérée par la communauté scientifique comme l'ancêtre de la lignée humaine[1]. Il n'en fallut pas plus aux esprits religieux pour en faire une « Ève africaine ».

– Allons chercher Lucy, mon père, décida Natacha.

Le père Ernetti programma moins 3,18 millions d'années. Pour les coordonnées géographiques, ils choisirent sur une carte celles d'un point situé à trois cents kilomètres au nord d'Addis-Abeba, à l'ouest de la dépression de l'Afar.

– Nous ne verrons peut-être pas Lucy elle-même, mais ses proches parents.

Un paysage de savane défilait sous leurs yeux, semé de quelques rares arbres. Des petits êtres gambadaient sur leurs jambes courtes. La plupart ne dépassaient pas un mètre dix, un mètre vingt.

– Ce sont les premiers enfants de Dieu, mes amis, commenta Pellegrino.

Le prêtre s'agenouilla devant le tableau de bord du chronoviseur et se mit à prier à voix haute :

« Ô Dieu Tout-Puissant
Daigne bénir ces enfants et les sanctifier,
Accorde-leur l'abondance de la rosée du ciel
Ordonne à tes Anges de lumière de garder
Tous ceux qui habiteront ta maison. »

1. C'est ce que les anthropologues pensaient en 1983. Depuis, d'autres découvertes ont remis en question cette théorie.

Natacha recula d'un pas, afin de respecter son recueillement. Alfonso en fit autant. À la fin de sa prière, le père Ernetti sortit de sa poche une fiole d'eau bénite et en projeta quelques gouttes en direction de l'écran, en faisant le signe de la croix.

« Par Notre Seigneur Jésus-Christ
Ton Fils qui vit et règne avec Toi
En l'unité du Saint-Esprit
Pour les siècles des siècles.
Amen. »

Puis il se releva et se tourna vers Alfonso :

– Je sais bien que ce n'est qu'un petit singe, professeur Varela, mais je pense que Dieu a choisi ce moment de l'histoire de la Terre pour donner à l'homme son humanité. Qu'elle s'appelle Ève ou Lucy, je voulais la bénir.

– Je respecte vos convictions, mon père.

– À présent, mes amis, partons où vous voulez !

À son tour, Alfonso émit un vœu :

– Si personne n'a d'objection, je propose un saut de soixante-six millions d'années dans le passé.

– Pourquoi cette date ?

– Nous ferons d'une pierre deux coups. Nous verrons les dinosaures, mais j'en profiterai aussi pour tester l'hypothèse d'un ami géologue. Il pense que leur disparition fut provoquée par la chute d'un astéroïde dans le golfe du Mexique. Naturellement, il a été raillé par la plupart de ses confrères[1]. Grâce à votre machine, nous saurons enfin qui a raison.

1. Il s'agit du géologue américain Walter Alvarez. En 1983, l'hypothèse de l'astéroïde n'était guère prise au sérieux. L'expérience a prouvé, depuis, qu'elle était juste.

– Entendu, je mets le cap sur moins soixante-six millions d'années. Avez-vous des coordonnées géographiques ?

Alfonso fouilla dans son manuel.

– J'ai celles de la péninsule du Yucatán : 21°20′ 00″ Nord, 89°30′ 00″ Ouest. Vous pourrez…

Il fut interrompu par l'irruption d'un garde suisse. Eux seuls avaient le pouvoir de s'introduire dans le laboratoire sans avoir à s'annoncer. Il apportait un télégramme urgent.

– Pour le professeur Alfonso Varela, dit-il.

– Merci, capitaine.

Alfonso, qui avait à grand-peine chassé ses ennuis de son esprit, se rembrunit à nouveau. Il prit le télégramme, sortit de la salle de contrôle et s'isola pour le lire.

« UN AMIGO VENDRÁ A VERLOS MAÑANA – STOP – SE PREPARARÁ PARA MI LLEGADA – STOP – SU MUJER VA BIEN – ARROYO[1]. »

Tout était dit, Rafaela était entre leurs mains. Il s'appuya contre un mur, bouleversé.

– Alfonso ?

C'était le père Ernetti qui l'appelait. Comment, dans l'état de panique où il était, Alfonso pouvait-il encore s'intéresser à l'extinction des dinosaures ? Il devait donner le change, pourtant, car les ravisseurs attendaient quelque chose de lui en échange de la liberté de sa femme. Il enfouit le télégramme dans sa poche. Quand il retourna dans la salle de contrôle, Natacha l'observa avec curiosité.

– Rien de grave ?

Alfonso leur servit un petit mensonge, le premier qui lui vint à l'esprit :

– Mon père, dit-il. Il a fait un malaise cardiaque.

Devant l'attitude pleine de compassion des deux autres, il se voulut rassurant.

1. « Un ami viendra te voir demain – stop – Il préparera mon arrivée – stop – Ta femme va bien – Arroyo. »

– Oh, ce n'est pas grand-chose, ça lui arrive de temps en temps. Une journée à l'hôpital et il rentre à la maison.

D'un commun accord, le père Ernetti et Natacha se gardèrent d'insister. Ils reprirent donc leur exploration.

32

Sur l'écran apparut une longue plage de sable, en bordure de laquelle s'étendait une jungle épaisse.

– Nous sommes arrivés dans le Yucatán, annonça le père Ernetti, il y a soixante-six millions d'années.

La mer était calme, sous un ciel sans nuages. Natacha et le prêtre se tournèrent vers Alfonso.

– Je ne vois aucun météore, professeur Varela.

– Nous arrivons un peu tôt. Il faudrait avancer un peu dans le temps.

Le père Ernetti prépara la manœuvre. Natacha l'arrêta.

– Là, j'ai vu quelque chose bouger dans la forêt !

Ils regardèrent l'écran. Elle avait raison, on sentait une présence derrière les arbres.

– Je vais prendre un peu d'altitude.

Manipulé avec dextérité, le chronoviseur s'éleva lentement, comme un hélicoptère.

– Les voilà !

Dans une clairière, ils découvrirent un groupe de grosses bêtes éparpillées dans le paysage. Certaines étaient assoupies, d'autres broutaient tranquillement. Natacha était émerveillée.

– Vous avez vu celui-là ?

Elle parlait d'un mastodonte qui se déplaçait très lentement. Sans doute était-il ralenti par son poids. Il portait sur son corps une série de plaques épaisses, pareilles au blindage d'un char d'assaut. Sa tête était garnie de deux cornes, tandis que sa queue, longue de plusieurs mètres, se terminait par une sorte de massue.

– Malheur à l'audacieux qui lui chercherait des poux dans la tête, murmura le père Ernetti.

Alfonso, lui, avait aperçu autre chose. Il pressa le bras du père Ernetti.

– Là...

Une grosse masse grise semblait se déplacer, mais restait encore indistincte.

– Pourriez-vous grimper à cinquante mètres ? proposa Alfonso. Si j'ai raison, vous serez étonnés.

Pellegrino s'exécuta. Le chronoviseur vint faire un point fixe au-dessus de la jungle.

– Oh, mon Dieu, murmura Natacha.

Un corps énorme, aussi gros que dix éléphants d'Afrique, éleva sa tête à la hauteur d'un immeuble de sept étages.

– Un titanosaure, le plus grand de tous les dinosaures. Les paléontologues ont retrouvé des ossements en Argentine, mais nous avons la preuve qu'il est allé jusqu'au Mexique, peut-être en passant par l'isthme de Panama. On dit que c'est le plus gros animal de l'histoire du vivant.

– Effarant, murmura le père Ernetti. Comment s'étonner qu'ils aient dominé la Terre pendant des millions d'années ?

Le prêtre s'arracha aux images de l'écran et se tourna vers Varela.

– Et votre astéroïde ?

– Je pense que vous pourriez faire trois ou quatre sauts d'une dizaine d'années en avant. Si j'en crois les travaux de mon ami géologue, nous sommes au bon endroit. Quand il arrivera, on ne pourra pas le manquer.

Grâce à cette méthode empirique, ils finirent par apercevoir dans le ciel une lueur qui grossissait en se rapprochant de la Terre. C'était il y a 66,038 millions d'années. Le cadran du chronoviseur affichait même un 7 juillet, à huit heures cinq du matin. Un énorme rugissement envahit le paysage. Alfonso était fasciné :

– Il est plus grand qu'une montagne. Neuf mille mètres de diamètre, la hauteur de l'Himalaya !

– Mais d'où vient-il ?

– De la ceinture des astéroïdes, entre Mars et Jupiter. Il y a très longtemps, une collision a donné naissance à une multitude de fragments qui se sont dispersés dans le Système solaire. C'est comme un billard cosmique : une boule a fini par tomber dans un trou.

– Et le trou, c'est la Terre ?

– Exact. La boule nous a foncé dessus à une vitesse de cent mille kilomètres à l'heure.

Par réflexe, les trois amis reculèrent au fond de la pièce. Natacha serra le bras de Pellegrino, qui lui sourit et la prit par l'épaule.

– La première fois que j'ai vu un train, murmura-t-elle, j'étais terrorisée. Heureusement, mon père était là.

Le bruit furieux du bolide céleste fit vibrer les haut-parleurs connectés à la machine.

– Il se dirige droit vers le rivage, observa Alfonso.

Le père Ernetti se signa.

– Encore quelques secondes…

33

L'explosion illumina le ciel.

C'en était trop pour les haut-parleurs, qui se mirent en sécurité. Sur l'écran, dans un silence angoissant, se développa un majestueux champignon de fumée, pareil à celui d'une explosion nucléaire.

– Mille milliards de fois la bombe d'Hiroshima, commenta Alfonso. Et voilà le tsunami…

Le choc du bolide dans le golfe du Mexique provoqua un raz-de-marée géant, haut de dix mille mètres, qui ravagea les terres sur des centaines de kilomètres à la ronde.

– Seigneur ! s'exclama le père Ernetti, effrayé.

L'écran ne montra plus rien, aveuglé par les jaillissements de gravats et les trombes d'eau qui s'abattaient sur les terres. Pellegrino et Natacha étaient tétanisés par ce spectacle, comparable à nul autre. Alfonso, sans doute plus habitué qu'eux aux cataclysmes cosmiques, conservait son sang-froid.

– Avancez de trente-six heures…

Avec des gestes automatiques, le prêtre effectua à nouveau un saut dans le temps. Une immense colonne de cendres et de poussières continuait à grimper vers le ciel, formant un vaste panache gris.

– Les poussières que vous voyez vont monter dans la stratosphère. Quand elles seront à quinze mille mètres, elles entoureront la surface de la planète en quelques heures et feront obstacle à la lumière du Soleil.

– La nuit de l'Apocalypse, murmura le père Ernetti.

Cette vision d'épouvante était si prenante qu'Alfonso oublia pendant quelques secondes la situation tragique dans laquelle il se débattait. Il enfouit ses mains dans ses poches. Le contact du télégramme froissé le ramena à la réalité.

– J'avance encore de dix mois dans le temps, annonça le père Ernetti.

Ils découvrirent une planète entièrement plongée dans l'obscurité, illuminée seulement par les éclairs des incendies qui ravageaient les forêts.

– Dans un article célèbre, l'astronome Carl Sagan a baptisé ce phénomène « hiver nucléaire », leur apprit Alfonso. Il pensait aux conséquences d'une guerre atomique entre le bloc occidental et le bloc communiste.

Il ne put s'empêcher de laisser échapper ce constat :

– Les humains ne l'ont pas fait. Mais Dieu, lui, a osé.

Il regretta aussitôt d'avoir lâché cette phrase, inutilement agressive, devant le père Ernetti. Mais les évènements qui s'accumulaient avaient transformé l'intérieur de son crâne en une chaudière sous pression, qui laissait échapper sa vapeur amère. Ses douleurs musculaires, qui l'envahissaient chaque fois qu'il se sentait tendu, n'arrangeaient rien. Évidemment, le prêtre réagit au quart de tour.

– Je ne peux pas vous laisser dire ça, Alfonso. Vous êtes un astronome, vous savez parfaitement que les astéroïdes sont des petits astres errants, que ce n'est pas la main de Dieu.

Varela essaya de se rattraper en bredouillant :

– Pardon, mon père, je ne voulais pas blasphémer. Dans mon pays, les prêtres ont si longtemps façonné les consciences que nous, la jeune génération, aimons parfois les bousculer.

– Mais vous êtes en Italie, lui rappela Natacha.

Il ne pouvait se les mettre tous les deux à dos, pas en ce moment. Il opéra donc une piteuse reculade :

– Ce que nous avons vu s'est certainement produit plusieurs fois dans l'histoire de la Terre. Rien n'était prédestiné, ce n'est dû qu'à la malchance et au jeu de billard cosmique.

Le prêtre voulut aussi calmer le jeu :

– Oublions cet incident, mes amis. Nous serons au moins d'accord sur un point : notre chronoviseur a tenu ses promesses.

– Et comment ! s'enthousiasma Alfonso.

Il fila chercher ses affaires dans la salle informatique, Natacha en fit autant. Le père Ernetti les rappela tous les deux.

– Mes amis, je dois vous fausser compagnie pour le week-end, j'ai une obligation. Le jeune prêtre qui me remplace dans mes fonctions d'exorciste à Venise patauge un peu, je vais lui donner un coup de main. Voulez-vous continuer sans moi ?

Natacha était réticente, Alfonso aussi.

– Alors, nous nous reverrons lundi. Alfonso, vous pourriez profiter de cette interruption pour résoudre notre problème de comptage du temps.

Natacha dressa aussitôt l'oreille.

– Avec plaisir, mon père, je m'y mettrai dès demain.

– Ce sera long ?

Alfonso hésita. Quelques heures suffiraient, mais son télégramme lui avait annoncé une visite du Nicaragua.

– Disons une bonne journée.

– Alors, prenez le samedi entier et…

Il griffonna un numéro de téléphone sur un bout de papier.

– C'est mon numéro à Venise. Appelez-moi si vous rencontrez une difficulté. Ou laissez un message à l'accueil de mon monastère.

Natacha se tourna vers Varela.

– Je passerai dans la journée, dit-elle, pour voir si vous n'avez besoin de rien.

Elle ne précisa pas l'heure, une vieille astuce pour qu'il se sente surveillé. L'astronome serra chaleureusement la main du père Ernetti, comme s'il voulait faire oublier leur petit accrochage.

– Bonne chance, mon père. J'espère que vous chasserez le Diable.

– Ne vous inquiétez pas, je connais tous ses tours. La plus belle de ses ruses, c'est de faire croire qu'il existe[1] !

1. Le père Ernetti interprète à sa manière une célèbre citation de Baudelaire : « La plus belle des ruses du Diable est de vous persuader qu'il n'existe pas. »

34

Il était à peu près vingt-trois heures, en cette soirée de vendredi. Le téléphone sonna à la loge du concierge du monastère de San Giorgio Maggiore, à Venise.

– Pourrais-je parler au père Ernetti, s'il vous plaît ?

– À cette heure ? demanda le moine qui avait décroché.

– S'il est parti se coucher, je rappellerai demain.

– Je vais aller voir. Qui dois-je annoncer ?

– Natacha Yadin-Drori.

Elle attendit une trentaine de secondes en soupirant. Elle devait se calmer. Elle se dit qu'à force de s'inquiéter pour tout, elle finirait par raccourcir sa vie.

– Allô, Natacha ? Vous ne dormez pas ?

– Pas encore.

– Pardon de vous avoir faussé compagnie. Quelque chose vous préoccupe ?

– Oui : Varela.

– On ne juge pas un homme sur sa nationalité, Natacha.

– Je le sais bien, mais il y a quelque chose qui cloche. Je ne crois pas au malaise cardiaque de son père, je pense plutôt qu'il a été bouleversé par le télégramme qu'il a reçu.

– C'est mon avis aussi. Il a changé. Ce n'est plus le même homme que j'ai rencontré à Cambridge. Il était enjoué, enthousiaste. Puis il est parti au Nicaragua. Et depuis, quelque chose le préoccupe.

– Il faut dire que le Saint-Siège n'est pas dans les meilleurs termes avec son pays.

– C'est vrai, admit le père Ernetti, mais ce que nous faisons n'a rien à voir avec la politique.

– Quoi qu'il en soit, je passerai demain au laboratoire pour jeter un coup d'œil.

– Faites-vous discrète, Natacha. Si quelque chose vous inquiète, prévenez-moi.

– Entendu.

Ils n'avaient pas envie de raccrocher.

– Sans vous, mon père, j'aurais gardé mes inquiétudes pour moi.

– Et moi aussi.

– C'est l'avantage d'être deux. Avec les années, nous avons fini par nous synchroniser. J'ai vu ça chez un vieux couple à Jérusalem. Après trente-cinq ans de vie commune, Isaac et Hannah croyaient même pratiquer la transmission de pensée. Ils pensaient pareil, ressentaient pareil. En réalité, pour en arriver là, il faut s'aimer beaucoup. Mais c'est rare…

Un silence suivit.

– Père Ernetti, vous êtes là ?

– Quand cela arrive, admit-il, pensif, on a vraiment vaincu la solitude. Je croyais y parvenir, quand j'étais plus jeune, en me confiant à Dieu. Hélas, le Seigneur est un ami lointain et j'ai trop de respect pour lui, je ne peux pas tout lui dire. Vous, c'est différent.

– Vous me dites tout ? lui demanda-t-elle avec malice.

– Non, pas tout, répondit-il, laconique.

– Alors ?

Il préféra couper court.

– Il est bientôt minuit. Essayez de dormir, ces plongées dans le passé commencent à devenir éprouvantes. Les prochaines pourraient être pires.

– J'ai sommeillé une heure avant de vous appeler, lui confia-t-elle. J'ai revu en rêve les images dévastatrices de la comète.

– C'était effrayant !

– Dieu a-t-il pu vouloir cela, mon père, ce… massacre ?

– La disparition des dinosaures a favorisé l'émergence de la lignée humaine, Natacha, c'est peut-être la réponse.

– Fallait-il pour autant dévaster la planète ? Presque tous les êtres vivants ont péri.

– J'ai fait le matamore devant Alfonso, murmura-t-il, mais je n'ai pas la réponse. Il est parfois difficile de comprendre les desseins du Seigneur, encore plus de les accepter. J'en ai souvent parlé avec le pape.

– Et qu'en pense-t-il ?

– Que la foi va avec le doute.

– Que pensez-vous de cette réponse ?

– Un peu courte. Mais il a ajouté une parole de saint Augustin : « Les meilleurs prédicateurs sont ceux qui doutent. »

Elle eut un petit rire.

– Même ça, c'est court.

– Je pense comme vous. Bonne nuit, Natacha.

– Bonne nuit, mon père.

Elle raccrocha, se rendit dans la salle de bains et prit un autre somnifère.

35

Quand Natacha se réveilla, la matinée était bien avancée. Elle se leva, la langue pâteuse, et se glissa sous une douche brûlante. Elle s'habilla rapidement, décida qu'elle n'avait pas besoin de se maquiller, prit l'ascenseur et alla au bar commander un double expresso. Puis un taxi, qui la laissa sur la place Saint-Pierre. Il était près de onze heures quand elle se présenta à l'entrée des archives. Elle se rendit au poste de garde. Le capitaine la reconnut.

– Bonjour, madame.

– Le professeur Varela est arrivé ?

Le garde suisse fut affirmatif.

– Il est venu tôt ce matin, vers cinq heures, puis est reparti.

Elle eut un frisson dans le dos. Il était donc venu à l'aube !

– À quelle heure est-il reparti ?

Le garde consulta sa fiche.

– Euh… il y a environ trente minutes.

Elle se maudit intérieurement.

– Pourriez-vous me faire accompagner au laboratoire ?

Elle explora les lieux. Tout semblait en ordre. Aurait-il déjà fini ? « C'est un programmateur très efficace », avait reconnu le père Ernetti. Mais pourquoi disait-il avoir besoin d'une journée pour procéder à ce réglage si quelques heures suffisaient ? Avait-il pris de la marge ? Ou était-ce délibéré, pour avoir le champ libre ? Toutes ces questions tournaient dans son esprit quand elle regagna la sortie. Elle salua le garde.

– À demain.

– À demain, *signora.*

Elle s'éloigna, puis se ravisa.

– Si le professeur Varela revient dans la journée, pourriez-vous me laisser un message à mon hôtel ?

Elle donna au garde la carte de visite de l'hôtel.

– Surtout, ne lui dites pas que je suis venue.

Le garde avait un peu de mal à saisir le pourquoi de ces cachotteries, mais acquiesça.

Depuis sa chambre, Natacha appela le monastère de San Giorgio et laissa un message au père Ernetti. Il la rappela trente minutes plus tard.

– Je n'ai pas pu vous répondre tout de suite, l'exorcisme se terminait.

– Vous avez chassé le démon ? lui lança-t-elle sur le ton de la plaisanterie.

– Même pas. Le pauvre homme croyait que son épouse lui avait jeté un sort, il n'était que jaloux ! Je l'ai calmé avec quelques prières, mais la jalousie est un mal dont on guérit difficilement. Des nouvelles ?

Elle lui raconta sa visite aux archives et sa surprise devant l'absence d'Alfonso.

– C'est curieux, en effet. Ne laissons pas la méfiance nous gagner, Natacha. Alfonso est un as de la programmation. Le travail était sans doute plus simple qu'il le présumait. Il aura pris le reste de la journée pour visiter Rome.

– Admettons, dit-elle, mais j'ai quand même une question : pour faire ce travail, avait-il besoin d'accéder au chronoviseur ?

– Non, seulement à l'ordinateur central.

– Pourrez-vous savoir, demain, s'il s'est servi de la machine ?

– Oui, c'est facile.

– Faites-le discrètement.

Elle raccrocha et alluma la télévision. Des jeux, des jeux, des jeux, voilà à quoi ressemblaient les programmes italiens. Insupportable. La faute à ce Silvio Berlusconi qui faisait main basse sur toutes les chaînes. Si nous n'y prenons pas garde, voilà l'avenir de la télé israélienne, se dit-elle. Elle s'allongea sur le lit et prit un livre qu'elle avait acheté à l'aéroport de Tel-Aviv. La sonnerie du téléphone l'interrompit.

– Un appel du Vatican, *signora.*

– Merci, je le prends.

C'était le poste de garde des archives secrètes.

– Le professeur Varela est revenu. Nous l'avons conduit au laboratoire.

– Vous lui avez dit que je le cherchais ?

– Non, j'ai fait ce que vous m'avez demandé.

– Merci, capitaine. J'arrive.

C'était la fin de l'après-midi, la nuit commençait à tomber. Cette fois, pour plus de discrétion, elle se fit déposer à proximité de la place Saint-Pierre et fit le reste du trajet à pied. Elle ralentit le pas non loin de la Via Angelica, qui donnait accès au bâtiment des archives. Elle aperçut Varela, dehors, en train de parler avec quelqu'un. Elle s'appuya dans une encoignure et se dissimula dans l'obscurité. Elle se mit dans cet état d'alerte extrême que connaissent les bons espions : l'hypervigilance. Elle parvint à capter des bribes de conversation, apparemment en espagnol. Elle saisit deux noms : « Managua » et « Arroyo », rien de plus. Les deux hommes se saluèrent, puis se séparèrent. Elle décida de suivre Alfonso, qui franchit le Tibre par le pont Vittorio Emmanuel II et regagna son hôtel, près de la Piazza Navona. Natacha jugea inutile de s'attarder et reprit, songeuse, la direction de la place Saint-Pierre.

36

– Déjà là ?

En arrivant au Vatican le lendemain, Pellegrino s'étonna de découvrir Alfonso Varela au laboratoire.

– Les Nicaraguayens sont des lève-tôt, mon père.

– Une qualité que je n'ai pas, hélas.

Ils commençaient à préparer la machine quand Natacha fit son apparition. Alfonso essaya de plaisanter.

– Nous n'avons pas commencé, Natacha. Nous faisions seulement chauffer la machine !

Le trait d'humour de l'astronome tomba à plat. Il préféra prendre les devants.

– Je vous ai attendue hier.

Très habile, se dit Natacha. C'est donc moi la fautive.

– Je suis venue, répliqua-t-elle, mais vous étiez déjà parti !

– Désolé, je pensais que vous seriez là dès le matin. Le travail s'est révélé plus facile que je pensais.

– Autant pour moi, admit-elle. Votre jambe va mieux ?

– Pas vraiment, mais j'ai pris des calmants. Ils rendent ma fibromyalgie supportable.

– Je connais personnellement le médecin du Vatican, intervint le père Ernetti, c'est le praticien en charge du pape. Il pourrait peut-être vous aider ?

– Non, c'est une maladie peu fréquente, on en connaît mal les causes. Chez moi, c'est peut-être dû à l'anxiété.

Natacha lança un nouvel hameçon.

– Notre mission vous préoccupe ?

– Peut-être. Qui sait ce que nous allons trouver là-haut ?

Il se tourna vers la machine.

– Votre chronoviseur est prêt à fonctionner, père Ernetti.

– Vous avez corrigé le comptage en secondes ?

– Oui, c'était facile. J'ai aussi essayé d'amplifier nos sauts temporels, mais je n'ai pas directement obtenu ce que je voulais. Nous ne pourrons pas aller au but en une seule fois, il faudra procéder par sauts successifs.

– Quelle limite pour chaque saut ?

– Six cent cinquante millions d'années, ce qui est énorme. Au-delà, la machine s'embrouille et se remet en mode HS. Désolé, je n'ai pas pu faire mieux.

Natacha fit un bref calcul mental.

– Ce qui donne un peu plus de dix-sept sauts pour atteindre nos interlocuteurs. C'est acceptable, non ?

Le père Ernetti approuva, mais il avait la tête ailleurs.

– Moi aussi, je vous l'avoue, je redoute ce que nous trouverons au bout du voyage.

Alfonso lui posa une main amicale sur l'épaule.

– Des douleurs musculaires, vous aussi ?

Le prêtre n'avait pas le cœur à plaisanter.

– Alfonso, puis-je vous parler en privé ?

Le jeune homme pâlit. Le prêtre se doutait-il de quelque chose ? Ils s'éloignèrent dans la salle informatique.

– Nos discussions de ces derniers jours m'obligent à faire une mise au point.

– Je vous écoute.

– Quand a eu lieu votre fameux « Big Bang » ?

– Environ quatorze milliards d'années dans le passé.

– Par conséquent, lorsque nous parviendrons à notre objectif, à moins 12 milliards d'années, nous serons tout près de la Création ?

– Oui, assez près.

– Alfonso, je suis prêtre. Tout ce qui nous est dévoilé depuis le début de ce voyage met ma foi à l'épreuve.

– Je veux bien le croire, mon père.

– Le plus difficile pour moi reste à venir. M'approcher de cet instant sacré au cours duquel Dieu a créé le monde sera un moment redoutable.

– Ce sera une épreuve pour nous trois, père Ernetti.

– C'est pourquoi je tiens à vous prévenir. Le moment venu, je pourrais avoir des réactions que vous jugerez excessives ou incompréhensibles. Natacha me connaît, mais pas vous. À l'avance, je vous en demande pardon.

Alfonso respira intérieurement. Il fut même ému par la confession du prêtre.

– Merci, mon père, pour votre franchise. Je vous aiderai du mieux que je pourrai.

Il regarda autour de lui et indiqua le tableau électrique installé dans la salle informatique.

– Quoi qu'il arrive, rappelez-vous que vous aurez toujours un recours.

– Dites toujours.

Le père Ernetti fit signe à Natacha de s'approcher.

– Le chronoviseur est une machine, n'est-ce pas ? continua Alfonso. Une machine intelligente, mais une machine tout de même…

– Et alors ?

– Quand j'étudiais l'informatique à Managua, nous nous amusions avec nos professeurs à imaginer les progrès futurs de l'intelligence artificielle. Comme dans les histoires de science-fiction, nous redoutions une domination de l'espèce humaine par des robots plus avancés que nous. Notre professeur nous laissait dire, puis il nous arrêtait et disait : « Du calme, les gars, ce ne sont que des machines. Si elles vous embêtent, il vous suffit de débrancher la prise de courant ! »

Tous trois éclatèrent de rire. Varela se sentit honteux de trahir des gens aussi sympathiques. Natacha, elle, eut tout de même la présence d'esprit de repérer l'emplacement du disjoncteur. À tout hasard.

Le père Ernetti se remit au travail.

– Aidez-moi à faire la programmation, Alfonso.

L'astronome l'arrêta.

– Avec plaisir. Mais avant…

Il alla chercher un grand sac en papier, qui regorgeait de viennoiseries.

– En arrivant, je suis passé devant une boulangerie française, je ne savais pas qu'il y en avait à Rome. J'ai acheté des croissants, des brioches, des pains aux raisins et même une baguette française toute chaude. Avant de nous remettre au travail, je vous propose de goûter à ces merveilles.

Cette proposition détendit les relations entre les trois explorateurs. Pendant qu'Alfonso préparait le café, le père Ernetti se pencha à l'oreille de Natacha :

– J'ai vérifié à la sauvette le tableau de bord, personne n'a utilisé le chronoviseur au cours de la journée d'hier.

– Je préfère ça, soupira-t-elle.

37

Quand le voyage reprit, la machine répondait parfaitement aux commandes. Le trio effectua ainsi, en une seule journée, six sauts successifs de six cent cinquante millions d'années. Entre chaque saut, les trois voyageurs temporels s'attardaient sur le spectacle des aspects changeants de la Terre. Puis le père Ernetti programmait le saut suivant.

– Nouveau départ dans une trentaine de minutes !

Natacha contemplait le spectacle, fascinée.

– J'ai du mal à y croire : nous assistons au déroulement de l'histoire de la Terre en accéléré.

– Et en marche arrière, précisa Alfonso.

Le chronoviseur leur montra – à l'envers – comment, au fil des milliards d'années, les continents de la Terre s'étaient fragmentés, puis avaient fusionné en des supercontinents qui s'étaient une nouvelle fois disloqués, dans une danse incessante.

– La dérive des continents, commenta Alfonso, est la respiration même de la Terre.

– Elle continuera dans le futur ?

– Tant que la Terre durera. Dans deux cent cinquante millions d'années, tous les continents actuels se réuniront à nouveau pour former un nouveau supercontinent. On lui a déjà trouvé un nom : *Pangaea Proxima.*

Le père Ernetti était perplexe.

– Les hommes seront-ils plus sages quand ils habiteront un même sol ?

– J'en doute, répliqua Natacha. En Israël, on se déchire déjà pour une terre minuscule. Alors, sur un supercontinent…

– Nos descendants apprendront peut-être de nos erreurs, tempéra Alfonso.

– Je n'aurai pas de descendants, dit le père Ernetti.

– Moi non plus, regretta Natacha.

Elle se détourna. Elle venait d'être assaillie par la sensation d'un grand vide, aussi angoissant que les terres désolées qui défilaient sur l'écran. Oui, elle n'aurait sans doute pas d'enfants, pas de descendance. Elle avait fait ce choix, préférant une vie d'aventures à celle de mère de famille. Était-ce le bon choix ? Elle n'en savait rien, mais elle n'avait pas trouvé le bon partenaire. Son fichu caractère, évidemment. Elle se voyait morte, enterrée dans un petit cimetière de Jérusalem. Personne autour de sa tombe, sauf peut-être un vieux prêtre qui viendrait, parfois, partager sa solitude.

– Natacha, vous êtes avec nous ? s'inquiéta le père Ernetti.

– Pardon, mon père, je rêvais.

*

En fin d'après-midi, chacun ressentit le besoin de s'isoler pour la soirée. Pellegrino se retira dans le petit appartement que le Vatican avait mis à sa disposition. Sa détente, c'était la musique. Il reprit quelques partitions de l'Antiquité romaine, sur lesquelles il travaillait. Natacha, dans sa chambre d'hôtel, oublia le chronoviseur en plongeant dans le dernier John le Carré, devenu un best-seller en Israël, *La Petite Fille au tambour*. Elle avait elle-même trop de points communs avec l'héroïne, cette jeune actrice obligée de jouer les espionnes, pour ne pas déceler les artifices romanesques du personnage. Mais l'auteur était un maître du thriller et savait rendre son histoire captivante.

Varela, lui, arrivait à son hôtel quand une voix discrète l'appela dans l'ombre de la rue. Il s'approcha et fut parcouru d'un frisson en reconnaissant le *Comandante* Arroyo. Avant même qu'il ouvre la bouche, Alfonso l'interrogea sur Rafaela :

– Ma femme, comment va ma femme ?

L'autre lui fit signe de se taire.

– Suis-moi. Il y a un petit square, à cinq cents mètres d'ici. Il est fermé à cette heure, mais on passera par-dessus la grille.

Alfonso lui emboîta le pas sans dire un mot. La nuit était noire et humide. Ils prirent place sur un banc. Arroyo, en civil, était à peine reconnaissable.

– J'ai fait le voyage avec plusieurs de nos combattants, lui apprit-il.

– Comment va ma femme ? répéta anxieusement Alfonso.

– Bien. Pour l'instant.

– Que veux-tu dire ?

– Le reste dépendra de toi.

Alfonso eut l'impression de recevoir un coup dans le ventre. Il imaginait Rafaela dans une prison insalubre, encore plus inquiète pour son bébé que pour elle-même. Oui, se dit-il, il ferait tout pour la sortir de là, quoi qu'il lui en coûte.

– Qu'attends-tu de moi, *Comandante* ?

– Tu t'entends bien avec l'équipe du pape ?

– Assez bien. Le prêtre est un très bon physicien, même si je ne suis pas toujours d'accord avec ce qu'il dit. Comme tous les croyants, il voit la main de Dieu partout.

Arroyo sauta immédiatement sur ce qu'il considérait comme une aubaine.

– Très bon, ça ! Emmène-le sur ses croyances, provoque-le, incarne ce que les prêtres détestent le plus : les matérialistes athées.

– Mais pourquoi ?

– Parce que vos chamailleries détourneront leur attention de ton véritable objectif.

– Que projetez-vous ?

– Tu le sauras en temps voulu, patience. Et la fille ?

– Elle se méfie de moi.

– Qui est-elle ?

– Une Israélienne, archéologue.

– Elle pourrait être liée aux services secrets.

– Non, elle collabore depuis des années avec le père Ernetti. Elle a aussi la confiance du pape.

– Sois prudent. Qu'avez-vous découvert avec votre machine ?

– Rien qui puisse intéresser votre révolution.

– *Notre* révolution, corrigea le *Comandante*.

Il haussa les épaules.

– Franchement, je me fiche de vos recherches. La seule chose qui m'intéresse, c'est de lever l'embargo de Reagan.

Alfonso n'y comprenait rien.

– Mais que puis-je faire, à mon niveau ?

À voix basse, le *Comandante* dévoila une partie de son plan :

– Nous venons d'apprendre que dans trois jours, le pape présidera une série de conférences sur la bioéthique dans sa résidence d'été, à Castel Gandolfo. Je te dirai bientôt ce que tu devras faire.

38

Alfonso était dévasté. Il se bourrait de médicaments. Pour calmer ses douleurs, pour maintenir son attention en éveil. Le mélange ne faisait pas bon ménage. Mais il voulait éviter que son anxiété se change en panique et risquer de perdre Rafaela. Dès le lendemain, il enfila de nouveau son habit d'astronome-géologue.

Les trois voyageurs du temps avaient atteint une époque cruciale, celle de la naissance de la Terre. À l'aube de sa formation, il y a quatre milliards et demi d'années, le monde ressemblait à l'Enfer. Une planète en fusion, comme l'acier d'un haut-fourneau. Le son appauvri que captaient les haut-parleurs de la machine peinait à rendre les rugissements incessants de ce monde livré aux flammes.

– Baissez le volume, mon père ! supplia Natacha en se bouchant les oreilles.

Pellegrino obtempéra.

– On se croirait en pleine guerre.

Une guerre livrée par une nature déchaînée. Là où se trouverait la colline du Vatican, on ne voyait qu'un magma brûlant, chauffé à des milliers de degrés. En dépit de la brume, on devinait à l'horizon des formations volcaniques crachant des gerbes de feu, associées à de grands panaches noirs. Le ciel, illuminé par des éclairs, était strié par les flèches lumineuses des bolides qui s'écrasaient à la surface de ce monde naissant, en de gigantesques explosions.

Le père Ernetti joignit ses mains et se mit à prier :

« Car tu es mon refuge, ô Éternel !
Ange de Dieu, Toi mon gardien.
Veille à tout instant sur tes créatures.
Délivre-nous du mal et guide-nous vers la vie éternelle.
Amen. »

Alfonso lui-même était impressionné.

– Certains jours, à cette époque, la Terre recevait deux ou trois bolides comparables à celui qui a tué les dinosaures.

– Regardez celui qui arrive, il est énorme !

Une nouvelle explosion illumina le paysage, suivie de son sinistre panache de fumées.

– Cette apocalypse durera des millénaires, jusqu'à ce que les plus gros météores soient tombés et que la Terre se refroidisse.

– J'avais vu des images dans des magazines, avoua Natacha, mais ça dépasse tout ce que je pensais.

– Qu'en dit le prêtre ? demanda Alfonso.

– Que le monde est né dans la douleur. Dieu a souffert en mettant le monde au monde. Nous devons le remercier pour ce cadeau qu'Il nous a fait.

Alfonso approuva sans rien dire. Ses pensées étaient mitigées. Il s'en voulait de se passionner pour ce spectacle, quand l'être qui lui était le plus cher au monde était retenu par les brutes d'Arroyo. Mais ce qu'il découvrait sur l'écran était unique, personne avant eux ne l'avait vu. Pour dissimuler son trouble, il recula dans la pénombre. Il surprit Natacha lui lançant un regard à la dérobée. Il comprit pourquoi en se frottant les yeux. Ils étaient humides. Sans y prendre garde, il avait pleuré comme un enfant. Elle s'avança vers lui.

– Vous ne voulez vraiment pas que je vous accompagne à l'infirmerie ?

– Laissez-moi en paix, Natacha !

Cette sollicitude lui était devenue insupportable.

– Je ne voulais que vous venir en aide, répliqua Natacha, surprise.

Il sortit précipitamment et s'enferma dans les toilettes. Le père Ernetti jeta un coup d'œil interrogatif à Natacha.

– Il pleurait, j'en suis certaine.

– Mais pourquoi ?

– Il nous cache quelque chose.

Quand Alfonso retourna dans la salle de commande, le père Ernetti proposa une pause. Alfonso n'en voulait surtout pas, son état de tension était tel qu'il pourrait se trahir. Ignorant l'incident, il s'approcha de l'écran du chronoviseur.

– Je vais vous montrer, mon père, comment l'Enfer peut accoucher d'un merveilleux bénéfice. Que dit votre compteur ?

Le père Ernetti consulta les cadrans.

– Que nous sommes à moins 4,425 milliards d'années.

– Pourriez-vous reculer encore de dix millions d'années ?

Pellegrino effectua la manœuvre. Le spectacle était encore identique.

– Encore un peu, procédez par petits sauts de dix mille ans.

S'il s'agit d'une diversion, se dit Natacha, elle est réussie car il a capté l'intérêt général. Soudain, Alfonso désigna quelque chose.

– Le voilà !

Ils furent éblouis par une masse énorme qui tombait du ciel. Elle finit par envahir tout l'horizon.

– On dirait une planète ! s'écria le père Ernetti.

– C'est un énorme astéroïde, aussi gros que la planète Mars. Les astronomes l'ont baptisé Théia. Il va entrer en collision avec la Terre.

– C'est ça, votre bonne nouvelle ? s'étonna Natacha.

– Attendez, dit Alfonso d'un air mystérieux.

– Comment savez-vous ce qui va arriver ?

– Parce que c'était mon sujet de thèse en astrophysique : « Une théorie nouvelle pour expliquer la formation de la Lune. »

La collision entre les deux astres fut d'une puissance telle que la Terre fut pulvérisée. Des milliers d'astéroïdes se mirent à flotter dans l'obscurité de l'espace.

– Théia a détruit la Terre ?

– Oui. Et les milliards de fragments que vous voyez vont à nouveau s'agréger pour reformer notre planète… et sa nouvelle compagne, la Lune. Sans notre amie Théia, nous n'aurions pas de Lune. Et sans la Lune, la vie sur Terre serait très difficile.

– Pourquoi ?

– Parce que notre satellite exerce une influence décisive sur sa rotation. Sans elle, notre planète aurait un comportement chaotique qui bouleverserait le climat. Elle tournerait si vite autour de son axe que les journées ne dureraient que six heures. Vous voyez, mon père ? L'univers est ainsi fait : un bien peut jaillir d'un mal.

– Comme pour les dinosaures, finalement, admit le père Ernetti.

– Oui. *« Wo aber Gefahr ist, wächst das Rettende auch. »* C'est un vers de Hölderlin : « Là où croît le péril, croît aussi ce qui sauve. »

Une bonne manière d'éviter de s'expliquer, pensa Natacha.

39

Le président Ronald Reagan fumait peu, mais appréciait une bonne cigarette blonde après son café du matin quand Nancy, son épouse, regardait ailleurs. Il rêvassait. Sa vie était plutôt une réussite. Il était devenu une star de Hollywood (pas la plus grande de toutes, mais une star tout de même), il avait été élu gouverneur de Californie, puis président des États-Unis. Bientôt, il aurait le problème qu'ont tous les *winners* quand ils sont arrivés sur les plus hautes cimes : de quoi sera faite la suite ?

Les perspectives n'étaient guère enthousiasmantes. Il lui suffisait de penser à tout le travail qui l'attendait (réunions, voyages officiels, rapports à étudier, décisions à prendre) pour lui donner envie de retourner illico sous son soleil de Californie et prendre sa retraite. À soixante-douze ans, il l'avait bien gagnée, non ?

À peine avait-il fini son café dans le bureau ovale que son secrétaire lui rappela le conseil restreint qu'il devait présider. Il y alla en traînant les pieds.

Étaient présents : le vice-président George H. W. Bush, le secrétaire d'État George Schulz et le secrétaire d'État à la Défense, Caspar Weinberger.

– Allez-y, ouvrez le feu, Schulz.

Après un rapport succinct du secrétaire d'État, la discussion porta sur la guerre en Afghanistan, la situation en Amérique du

Sud et au Chili, les alliances tissées avec le dictateur du Guatemala Ríos Montt et le major Roberto d'Aubuisson, au Salvador. Puis on aborda l'épineuse question du Nicaragua.

– Des nouvelles de l'embargo ?

– Il a clairement affaibli le pays, mais les sandinistes se serrent les coudes. Et ils savent parler au peuple.

– Ils sont aidés par les Russes ?

– Andropov a envoyé des observateurs, ils leur livreront des armes.

– *Sh...*

Il avait failli dire « *shit* ». Chaque fois qu'il l'avait fait, Nancy le lui avait reproché. Un président ne s'exprime pas comme un cow-boy.

– Vous avez envisagé une opération militaire ?

– Impensable, répondit le secrétaire à la Défense Weinberger. Trop dangereux.

– Alors, accentuez l'embargo, insista Reagan, il faut étouffer leur révolution. Nous ne pouvons pas accepter la présence d'un régime communiste aux portes des États-Unis. Vous me rendrez compte, Caspar. Quoi d'autre ?

Reagan trouvait que la discussion avait assez duré, il détestait perdre son temps en bavardages.

– Monsieur le président, dit le vice-président Bush, il y a toujours cette affaire du message que les radioastronomes ont reçu des étoiles…

– Le message pour le prêtre ? demanda Reagan d'un air accablé. Vous prenez vraiment cette histoire au sérieux, George ?

– Les astronomes ont confirmé que ce signal avait bien traversé l'espace sur douze milliards d'années-lumière, c'est considérable.

– C'est surtout invraisemblable, lança Reagan avant de se tourner vers son secrétaire d'État à la Défense. Caspar, je croyais que cette affaire avait été enterrée ?

– Hélas non, le pape a été prévenu.

Reagan eut un geste d'agacement. Il n'avait jamais entretenu de bonnes relations avec les scientifiques.

– Les astronomes ont quand même bavardé ?

– Nous avons coupé leurs moyens de communication, expliqua le vice-président Bush, mais nous ne pouvions pas leur couper la langue !

– Le pape a été indiscret, lui aussi ?

Le secrétaire d'État George Schulz eut un geste d'impuissance.

– Assez pour tenir Stephen Hawking au courant.

– Le physicien anglais ? Celui qui…

Il fit une grimace déplaisante, imitant le savant handicapé. Les autres, gênés, préférèrent rester de marbre.

– C'est inquiétant, reprit Reagan. Dans cette histoire, nous n'avons que des coups à prendre.

– Que voulez-vous dire ?

– On va se moquer, nous prendre pour des naïfs. Il y a de quoi, avouez. Des extraterrestres, depuis le bout de l'univers, adressant un message incompréhensible à un curé !

– Mais s'il s'avère que c'est la réalité ? argumenta George Schulz.

– La réalité, je m'en fous. Ce qui compte, c'est la politique. Si la nouvelle se répand, les gens seront tellement déboussolés qu'ils négligeront le plus important : la lutte contre l'influence communiste. Ils se mettront à braire en regardant le ciel, dans l'attente de soucoupes volantes.

– C'est possible, approuva Weinberger.

– Par ailleurs, vos extraterrestres ne peuvent rien contre nous. Sauf si leurs canons ont une portée de douze milliards d'années-lumière, ce qui donne, attendez…

Il sortit un papier de sa poche, puis il abandonna.

– Vous donnerez ce calcul à faire à vos gamins, moi, j'ai passé l'âge !

Il y eut un rire général.

– Bref, je vous le répète : silence total sur cette affaire.

– Encore faut-il que le pape accepte votre décision, monsieur le président, répliqua Weinberger.

– Schulz, arrangez-moi un rendez-vous téléphonique avec le Vatican, j'en parlerai au pape moi-même. Je ne vois pas pourquoi il serait contre. Les catholiques non plus n'ont rien à gagner à cette révélation, l'existence d'êtres intelligents dans l'univers aurait des conséquences fâcheuses pour leur religion.

– Que voulez-vous dire ?

– Réfléchissez un peu : le Christ est-il allé jusque là-bas ?

Les autres adoptèrent une mine perplexe.

– Ce n'est pas tout : y a-t-il un Sauveur sur chaque planète de l'univers ? Vous voyez le genre de questions ?

Il s'adressa à un conseiller :

– Bill, demandez au révérend Lindsay de me faire un topo sur ces questions sans réponses. Qu'il fasse le travail sérieusement, c'est pour le pape.

Il se leva.

– Comme disait Harry Truman, il y a des moments où un bon silence vaut mille canons !

40

– À présent, nous savons de source sûre que le pape inaugurera après-demain le colloque de Castel Gandolfo. Tout le gratin du Vatican sera là !

À nouveau, le *Comandante* Arroyo avait retrouvé Alfonso dans le petit square.

Alfonso ferma les yeux. Il s'attendait au pire. Arroyo détacha ses mots.

– Nous allons enlever le pape !

L'astronome en resta sans voix.

– Et tu vas nous aider.

Quand il était gamin, Alfonso faisait souvent le même cauchemar : un gouffre s'ouvrait sous ses pieds et il tombait, tombait, tombait jusqu'au moment où il se réveillait. Cette fois, il ne rêvait pas, la chute avait commencé.

– Nous avons tout prévu. Nos hommes font partie des forces spéciales, ils sont parfaitement entraînés. Voilà le plan…

*

Cette nuit-là, en dépit des somnifères, Alfonso ne parvint pas à dormir. Des images désagréables dansaient dans son esprit. Dans une logique incompréhensible, elles associaient honte, peur et désir de vengeance. Le pape, l'homme qui avait humilié son oncle, était humilié à son tour, comme par un juste retour des choses. Alfonso le voyait assis dans un endroit sombre, au désespoir. Le *Comandante* le fixait, le sourire aux lèvres. Puis d'autres images chassèrent les premières : Hawking, qui observait la scène sans comprendre. Et Rafaela, qui pleurait.

Il ouvrit les yeux, secoua la tête et alla se passer un peu d'eau sur le visage. Il était déjà sept heures du matin. Le père Ernetti et Natacha l'attendaient au laboratoire. Il s'habilla rapidement et prit la direction du Vatican.

– Vous êtes en retard, mon ami, lui reprocha gentiment le prêtre.

– Pardon, mon père, j'ai très mal dormi.

Natacha désigna aussitôt l'écran qui affichait un ciel noir, piqueté d'étoiles.

– Qu'est-ce que c'est ? Nous avons quitté la Terre ?

L'exploration reprenait son cours.

– C'est tout simple, expliqua l'astronome : nous avons reculé de cinq milliards d'années. À cette époque, notre planète n'était pas encore formée.

L'espace était rempli d'un vaste nuage gris, qui s'étendait sur des distances considérables.

– Avec le temps, toute cette poussière va s'agréger et façonner le Soleil et les planètes.

– Tout vient donc de cette déchetterie cosmique ?

– Tout. Les hautes montagnes, les arbres fruitiers, les prairies semées de fleurs, les poissons, les insectes, les humains.

Le père Ernetti s'invita dans la discussion.

– Notez, mes amis, que sans la volonté d'un Dieu créateur, cette poussière serait restée poussière. Il a bien fallu une ménagère pour balayer ces déchets et en faire des corps célestes. Et cette ménagère, c'est Dieu.

Natacha éclata de rire.

– Dieu, une ménagère ? Vous y allez un peu fort, mon père !

– Peu importe son nom, il a bien fallu une volonté pour que l'univers s'organise. Vous ne pensez pas, professeur Varela ?

C'était le moment de suivre les instructions d'Arroyo : provoquer Ernetti pour détourner l'attention de Natacha, décidément trop curieuse.

– Pour moi, la ménagère, c'est cette étoile !

Il montra un point sur l'écran. Le père Ernetti ne voyait pas où il voulait en venir.

– C'est une étoile très massive en fin de vie, une future supernova. Quand elle explosera, son onde de choc agrégera les poussières en morceaux de plus en plus gros, puis en planètes.

– Un point pour Alfonso, annonça Natacha, qui prenait cette joute comme un jeu.

Mais le père Ernetti ne se démonta pas.

– *Qui* a fait l'étoile, mon jeune ami ? *Qui* lui a ordonné de mourir en explosant avec une puissance très précisément calculée pour que la poussière s'agrège et ne se disperse pas dans l'espace ? *Qui* ?

– Match nul ! annonça Natacha. On se serre la main.

– Vous ne cédez donc jamais, père Ernetti ? répliqua l'astronome en souriant.

– Dans la vie, répondit le prêtre, je suis le plus accommodant des hommes. Mais quand le Dieu auquel je crois est mis en cause, je me transforme en croisé !

*

Après le saut suivant, Pellegrino jeta un coup d'œil à sa montre.

– Mes amis, nous allons arrêter une demi-heure, je vais déposer mon rapport chez le cardinal Cipriano.

– Pourquoi faut-il encore vous déplacer, s'irrita Natacha ? Le secrétaire d'État pourrait venir aux nouvelles, non ? C'est à cause de lui et du pape que vous êtes là, pas de votre plein gré.

– Natacha, j'ai accepté cette mission. Le cardinal est mon supérieur, il a l'Église à diriger. C'est à moi de rendre compte.

Il n'avait pas envie de discuter. Il prit son cartable où il avait rangé ses dossiers et s'en alla.

– À tout à l'heure.

D'un air résigné, Natacha se prépara une boisson chaude. Alfonso l'observait en silence. Elle éprouva le besoin de s'expliquer :

– Je n'aime pas le voir courir après sa hiérarchie. Ce sont des gens respectables, mais qui ne le valent pas.

L'astronome approuva en souriant.

– Vous l'aimez bien, n'est-ce pas ?

– Nous nous connaissons depuis si longtemps. Et puis…

– Oui ?

– Je vais vous dire. Au cours de ma vie, j'ai croisé des individus de tous les calibres, mais aucun comme lui. Je l'ai rencontré il y a vingt ans, dans des circonstances difficiles, pris en tenaille entre le dogme, le pape et le souci de la vérité. Je l'ai vu à l'œuvre. Ce prêtre est plus courageux que tous les guerriers faussement virils que j'ai croisés, en Israël ou ailleurs.

– Je vous crois, dit Alfonso.

– J'irai plus loin, poursuivit Natacha. C'est le seul homme au monde à qui je livrerais le fond de mon âme, si j'en avais une. J'ai une confiance totale, absolue en lui.

– Il ne voulait pas de cette mission ?

– Non, il avait même décidé de leur résister. C'est moi qui l'ai persuadé d'y aller, sur l'insistance du pape.

– Parce que vous avez estimé qu'elle était nécessaire, non ?

– Je l'ai quand même manipulé. Il le savait, mais s'est laissé faire. Je n'ai jamais compris pourquoi.

Il y eut un silence. Puis Alfonso prit la parole :

– Il y a deux ans, j'ai rencontré à Managua celle qui est devenue ma femme, Rafaela. Je me souviens, c'était chez des amis. Entre nous, ce fut immédiat. Je l'ai épousée trois mois après. Nous formions un couple comme...

Il hésita, mais ne voulait pas la gêner.

– Vous voulez dire comme le père Ernetti et moi ?

– Oui, un vrai couple, avec la même relation authentique que la vôtre. La sensualité en plus, bien entendu.

– Mais pourquoi en parlez-vous au passé ?

– Au passé ?

Il ne s'était pas rendu compte qu'il avait employé l'imparfait. Ce détail ramena Natacha à ses doutes.

– Votre épouse va bien ?

– Oui, ne vous inquiétez pas.

Natacha avait le sentiment qu'il ne lui disait pas tout.

– Tant mieux.

Alfonso baissa les yeux, puis murmura :

– Excusez-moi encore pour l'éclat de tout à l'heure, Natacha, j'étais sur les nerfs.

Elle sourit.

– J'ai vu.

– Je sais que vous vous méfiez de moi, ajouta-t-il.

Elle nia, évidemment.

– Je le sens, reprit-il. Eh bien, quoi qu'il arrive, sachez que tout ce que je fais, je le fais pour Rafaela.

– De quoi parlez-vous, Alfonso ?

Il coupa court.

– Rien d'important. Comme tous les maris, je veux rendre ma femme heureuse, c'est tout.

Il se leva et lui sourit.

– Quels bavards nous sommes ! Je vais prendre l'air. On se retrouve dans une petite heure ?

– Si vous voulez.

Il ne lui avait pas proposé de venir avec lui.

41

Deux sauts de six cent cinquante millions d'années plus tard, ils se trouvèrent à 6,2 milliards d'années dans le passé. Natacha remarqua alors un détail insolite.

– Je rêve ou quoi ? Nous n'avons pas changé de place, mais j'ai le sentiment que le décor a changé, on dirait que les étoiles se sont rapprochées.

– Ce n'est pas une illusion, expliqua Alfonso. À mesure que nous plongeons dans le passé, l'univers devient plus petit, il rétrécit. Tel que vous le voyez, il fait à peu près un tiers de la taille qu'il aura en 1983.

– Comment l'expliquez-vous ?

– Très simplement : le chronoviseur rembobine le film de la Création à l'envers. Souvent, on compare le Big Bang à une explosion. En réalité, c'est l'espace lui-même qui est entré en expansion, comme un cake aux raisins qui cuit au four. Les raisins, ce sont les milliards de galaxies, dont la nôtre. Pendant la cuisson, le cake s'est mis à gonfler, avec tout ce qu'il contient. Mais nous, avec notre machine, nous remontons le temps à rebours…

– Et donc le cake se dégonfle ?

– Exactement. Et les raisins se rapprochent !

– J'ai compris, dit Pellegrino.

– En réalité, nous ne plongeons pas vers le bout de l'univers. C'est lui qui se rapproche de nous, parce que le cake se fait de plus en plus petit !

– Je n'ai jamais fait un voyage pareil, marmonna Natacha.

– Personne ne l'a fait.

*

Dans cet univers qui rétrécissait, ils virent filer à l'envers, à une vitesse toujours plus accélérée, des galaxies qui semblaient reculer vers un gouffre invisible, celui du Big Bang, le commencement explosif de l'univers.

Certaines étaient elliptiques, composées surtout de vieilles étoiles rouges. D'autres, comme notre Voie lactée, déployaient leurs immenses bras autour d'un noyau sphérique. Toutes se regroupaient en amas de plusieurs centaines de galaxies. Et ces amas se regroupaient eux-mêmes en super-amas.

– Dieu a fait des mondes merveilleux ! s'exclama le prêtre.

Ils étaient comme des explorateurs du siècle dernier, remontant le cours d'un grand fleuve au cœur de l'Afrique inconnue et découvrant au passage des paysages inouïs. Quelques-uns, comme les déserts intergalactiques dépourvus d'étoiles, avaient la noirceur de la mort. D'autres étaient flamboyants, illuminés par les éclats fabuleux d'étoiles très massives.

– Et la vie ? demanda Natacha, où est-elle là-dedans ?

– Sans doute disséminée un peu partout, supposa Alfonso. Nous ne pouvons pas être les seuls, sur notre petite Terre.

– Sauf si Dieu en a décidé ainsi, insista le père Ernetti.

Alfonso ne voulut pas le contredire.

– Je dirais alors que si Dieu ne s'y oppose pas, il suffit de réunir les bonnes conditions physiques et chimiques pour qu'une vie à base de carbone, comme la nôtre, fasse son apparition.

– La vie, mais pas l'intelligence ?

– L'intelligence, c'est autre chose. C'est peut-être un phénomène très rare dans l'univers. Pour l'instant, nous ne connaissons que deux races intelligentes : nous, et ceux qui nous ont adressé ce message, à l'autre bout du cosmos. Il y en a peut-être d'autres, mais comment savoir ? Nous les trouverons peut-être.

42

Finalement, leur patience fut récompensée. Alfonso désigna un point sur l'écran.

– Cette étoile a quelque chose de spécial. Pouvez-vous zoomer dans sa direction, mon père ?

– Je vais essayer.

L'étoile avait l'allure d'un soleil enfermé dans une coque, comme une espèce de cage faite de cerceaux métalliques.

– Vous croyez que ce sont nos messagers ?

Alfonso jeta un coup d'œil à son tableau de bord.

– Pas encore, nous ne sommes qu'à neuf milliards d'années-lumière, les messagers sont à douze milliards. Ceux que nous voyons sont une race extraterrestre avancée, comme il y en a certainement des millions dans l'univers.

– Ils ont mis leur soleil en prison ?

– Presque. Pouvez-vous vous approcher, mon père ?

Le père Ernetti zooma au maximum de ses possibilités. Le soleil était du même type que le nôtre, mais se trouvait encapsulé dans une coquille construite dans une matière inconnue, bleu sombre et semi-transparente. Sur sa face interne courait une construction cylindrique, une sorte d'anneau-monde de plusieurs milliards de kilomètres de circonférence.

– Ils vivent là-dedans ?

– Oui, ils ont probablement quitté leur planète et ont construit cette coquille qui emprisonne toute l'énergie de leur étoile. Les astronomes appellent ce genre d'édifice une sphère de Dyson[1].

– C'est immense ! Combien peuvent-ils être ?

– À en juger par la taille de leur anneau, je dirais une centaine de milliards. Peut-être peuvent-ils voyager dans leur monde artificiel, où ils ont pu édifier des villes, des montagnes et des mers.

– Vous en parlez comme si vous les connaissiez, s'étonna le père Ernetti.

– Les astronomes ont réfléchi à l'avenir de l'humanité, mon père. Ce que nous voyons préfigure peut-être notre propre avenir, quand nous aurons épuisé toutes les ressources de notre planète.

– Il y a quand même quelque chose qui m'intrigue, murmura Natacha, songeuse.

– Dites…

– Si une telle civilisation existe, avec un si haut niveau de technologie, elle devrait maîtriser le voyage spatial.

– C'est probable, oui.

Alfonso se demandait ce qu'elle avait en tête.

– Alors expliquez-moi pourquoi on ne voit rien autour de leur sphère. Aucun satellite artificiel, aucune station spatiale, rien !

Elle disait vrai. L'anneau-monde qui abritait cette brillante civilisation avait l'allure insolite d'un château construit au milieu du désert.

– Il n'y a peut-être rien d'intéressant dans ce coin du cosmos, supposa l'astronome.

– Ou alors, suggéra le père Ernetti, ils se trouvent si confortables dans leur maison bien chauffée qu'ils n'ont guère envie d'aller voir ailleurs.

---

1. Du nom du physicien américain Freeman Dyson, qui l'a imaginée en 1960 dans un article de la revue *Science*. Une telle sphère capterait une énergie solaire équivalente à 3,86 * 10^{26} watts pour un soleil comme le nôtre.

– Je pense que vous tenez l'explication, mon père, approuva Natacha. À la longue, ils se sont repliés sur eux-mêmes. Leur solitude a pu les rendre méfiants, les conduire au rejet des autres. J'ai vu ça partout.

Le prêtre était pensif.

– Nous aurions là une civilisation hyper-évoluée de vieillards égocentriques ?

– Peut-être bien.

– Ce n'est qu'une hypothèse, tempéra Alfonso.

– Ou une préfiguration de ce qui nous attend dans l'avenir.

Chacun, pendant un instant, médita sur les images de cette étrange coquille de l'espace. Puis Varela les tira de leur rêverie.

– On poursuit le voyage ?

Natacha fut surprise par son empressement.

– C'est vous, l'astronome, qui parlez ainsi ? Devant la première civilisation extraterrestre que nous rencontrons ?

Il essaya de se rattraper.

– Encore deux sauts dans le temps et nous serons à douze milliards d'années-lumière. J'ai hâte de savoir ce que nous veulent ces messagers. Pas vous ?

Ils approuvèrent.

L'astronome pensait surtout aux épreuves sans nombre qui l'attendaient. Car il fallait en finir. Si la vie de Rafaela était en jeu, il boirait la coupe jusqu'à la lie.

43

Dans le silence de son grand bureau, le pape lisait attentivement les articles de presse sélectionnés par ses collaborateurs. Les journalistes de gauche n'étaient guère tendres avec lui. L'embargo américain affectait gravement le Nicaragua, des enfants souffraient de la famine. L'attitude du pape pendant sa visite était fortement critiquée, d'autant qu'il avait manifesté son soutien aux régimes réactionnaires du Salvador et du Guatemala. Ces critiques affectaient Jean-Paul II, qui craignait d'être allé trop loin dans l'invective. Et il y avait cette longue lettre, reçue le matin même…

Le cardinal Cipriano entra discrètement.

– Saint-Père, je vous rappelle que vous avez un rendez-vous téléphonique dans quelques minutes avec le président Reagan depuis la Maison-Blanche.

– Je sais, Cipriano, je sais.

Il lui montra la lettre.

– C'est un courrier, très émouvant, d'Ernesto Cardenal.

Cipriano parcourut rapidement les feuillets.

– Il me reproche, par mon attitude, de justifier les pires régimes oppressifs en Amérique latine et de saboter leur révolution. Il cite longuement son livre *El Evangelio en Solentiname,* où il plaide pour une révolution sans vengeance.

– Oui, mais il justifie dans ce même livre la Théologie de la Libération, qui n'est pas notre doctrine, répliqua Cipriano. Il a aussi accepté d'être ministre dans un gouvernement d'inspiration marxiste.

– Il m'a désobéi en connaissance de cause, c'est vrai, mais il s'est humilié à genoux devant moi, Cipriano. J'ai été trop dur, et je le regrette.

Le secrétaire d'État, qui était un fin psychologue, comprit que le pape était plus touché qu'il ne croyait. Il devait lui venir en aide.

– Répondez à sa lettre, Saint-Père, proposez-lui de venir à Rome pour en parler calmement et pour explorer les voies d'un pardon. C'est la meilleure des solutions.

Le téléphone du pape sonna. Jean-Paul II décrocha.

– Oui ? Très bien, passez-le-moi.

– Reagan ? lui demanda Cipriano à voix basse.

Le pape prit le combiné. Il laissa parler le président des États-Unis, qui le salua avec respect.

– Je vous salue aussi, monsieur le président. Puis-je mettre le téléphone en mode haut-parleur ? Je suis avec mon secrétaire d'État, le cardinal Cipriano. Oui, lui seul, personne d'autre.

Le reste de la conversation se déroula en anglais. On entendait les conseillers de Reagan chuchoter des réponses plausibles à leur président.

– Je voulais savoir, demanda Reagan, où en est votre enquête à propos de ce message venu de l'espace ?

Reagan ignorait tout du chronoviseur et le pape lui fit un petit mensonge, préparé de longue date avec Cipriano.

– J'en ai longuement parlé avec le père Pellegrino Ernetti. Il pense qu'il s'agit d'une farce montée par de jeunes astrophysiciens, ils auraient trouvé son nom par hasard dans un annuaire.

Reagan, encouragé par son conseiller scientifique, ne fut qu'à moitié dupe.

– Saint-Père, il faudrait aussi examiner l'hypothèse que le message provienne *vraiment* d'une civilisation extraterrestre. J'y ai beaucoup réfléchi.

– Oui ?

– Je voudrais connaître votre position : avez-vous l'intention d'en parler avec les journalistes ?

– Nous n'avons encore rien décidé, monsieur le président.

Cette fois, le révérend Lindsay souffla au président une préoccupation plus « spirituelle ». Reagan la reprit à son compte :

– Ce serait ennuyeux. Il y a de nombreux mouvements créationnistes, dans mon pays, qui militent pour une compréhension littérale de la Bible. Ils sont très pieux et très puissants, dotés par les familles les plus riches du Sud.

– Je le sais parfaitement, monsieur le président.

– L'annonce de la découverte d'autres intelligences dans l'univers choquerait profondément nos communautés évangélistes.

– Je le conçois, mais qu'y puis-je, si c'est la vérité ?

– Je ne suis pas théologien, Saint-Père, reprit Reagan, mais cette histoire mettrait en difficulté notre foi chrétienne elle-même.

– Et pourquoi donc ? « Il y a plusieurs demeures dans la maison de mon Père », a dit le Christ dans l'Évangile de Jean.

Silence de Reagan. Lindsay suggéra une réponse.

– Donc plusieurs Créations ? Ou une seule, celle que raconte le Livre de la Genèse ?

– Il faudra y réfléchir, en effet.

Reagan se fit plus offensif :

– Pendant ce temps, Saint-Père, les Russes se tordront de rire !

– Ça, c'est de Reagan, murmura le cardinal Cipriano au pape.

– Vous le pensez vraiment ?

– Oui. Pardonnez ma franchise, mais je vous rappelle que les Soviétiques sont en Afghanistan, qu'ils disposent de bases rapprochées à Cuba et au Nicaragua. Est-ce le moment de nous affaiblir ?

Le révérend Lindsay suggéra à son président une nouvelle raison de garder le secret.

– Ce n'est pas tout, Très Saint-Père…

– Ah ?

– Il y a toute la question de la Rédemption, le problème du Salut.

L'argument était si complexe pour lui que Reagan ne fit plus semblant. Il lut carrément la note que Lindsay lui avait préparée.

– Le Christ s'est-il incarné sur notre Terre, ou aussi sur d'autres mondes ? Dieu a-t-il sacrifié son Fils pour nous sauver, nous les habitants de la Terre, ou pour sauver également des êtres avec une trompe et trois yeux, qui respirent du gaz carbonique ? Et d'ailleurs, ces êtres ont-ils été marqués, comme nous, par le péché originel ? Ce sont des questions graves, Saint-Père.

Le pape essaya de garder son sérieux.

– Je vous l'accorde, monsieur le président. Mais je ne sais rien, à cet instant précis, de ces extraterrestres.

– Mon avis est qu'il ne faut prendre aucun risque. Nous avons, vous et moi, le même ennemi : les communistes athées. Il nous suffira de montrer un instant de faiblesse sur les fondements de notre foi pour qu'ils en tirent profit et nous ridiculisent. C'est pourquoi, je le répète, j'ai décidé de ne pas diffuser la nouvelle et je vous demande d'en faire autant.

– J'ai bien compris votre intention, monsieur le président, je préfère attendre d'avoir une certitude pour vous donner ma réponse.

– Je vous remercie.

– Recevez ma bénédiction.

Il raccrocha.

– Entendre Ronald Reagan parler de théologie, c'est imaginer John Wayne tenir un discours sur la philosophie d'Emmanuel Kant !

Ils échangèrent un sourire complice.

– De mon point de vue, Reagan n'a pas complètement tort, tempéra le cardinal Cipriano.

– Très bien, gardons le silence pour l'instant, et attendons les résultats de l'enquête du père Ernetti. Vous avez des nouvelles ?

– Rien de décisif. Ils remontent progressivement le temps afin de ménager la machine. Ils atteindront leur destination dans un jour ou deux. Le père Ernetti nous appellera à Castel Gandolfo dès qu'il touchera au but.

Il faisait allusion au colloque sur la bioéthique qui s'ouvrait le lendemain.

– Je me contenterai d'ouvrir la discussion et d'exposer les enjeux, Cipriano, mais je ne m'étendrai pas.

– Faites comme vous l'entendez, Saint-Père. Les jardins de Castel Gandolfo sont le lieu idéal pour oublier vos soucis.

44

Saut après saut, ils finirent par atteindre les confins de l'univers.

– D'après les chiffres, annonça le père Ernetti, nous approchons de la limite de douze milliards d'années-lumière.

Alfonso scrutait attentivement l'écran.

– Approchez-vous de cette petite boule bleue, mon père.

– Pourquoi ?

– Je crois qu'ils sont là.

Il parlait des messagers. Il désigna une petite galaxie de forme globulaire, au sein de laquelle brillait un objet lumineux à l'éclat intermittent. Pour Alfonso, ce fut comme une révélation.

– Ils ont utilisé un pulsar pour composer leur message !

Natacha et le père Ernetti se regardèrent, étonnés. De quoi parlait-il ?

– Un *pulsar*, contraction de *pulsative star*, une étoile pulsante. C'est une source radio très intense. Je pense que nous avons atteint notre but.

Le tableau de bord marquait en effet moins 12 milliards d'années. En l'observant attentivement, ils virent que l'objet pulsait d'une manière qui semblait régulière.

– Il émet en binaire ? demanda Natacha.

– Oui, de la manière la plus simple : une pulsation lumineuse longue pour « 1 », une brève pour « 0 ».

– Je vais essayer de m'approcher, dit Pellegrino.

Il orienta sa machine vers l'amas. Bientôt, le pulsar se dessina sur l'écran du chronoviseur. Il ressemblait à une étoile bleu-gris de dimension modeste, en rotation rapide sur elle-même.

– Ne vous laissez pas abuser par sa petite taille, c'est un objet extrêmement massif. Un seul litre de sa matière pèse mille milliards de tonnes !

– Et nos messagers auraient la faculté de manipuler une telle chose ? demanda Natacha.

– Oui, comme nous utiliserions, nous, un sémaphore pour lancer des signaux sur la mer.

– Mais où sont-ils ? demanda Pellegrino.

Alfonso peinait à répondre.

– Quelque part dans cet amas globulaire, qui doit compter plusieurs milliards d'étoiles. Mais peut-être que…

Il sembla frappé par une idée.

– Une autre sphère de Dyson ? interrogea Natacha.

– Mieux que ça. Les habitants d'une sphère de Dyson utilisent l'énergie de leur soleil, alors que ces êtres, devant nous, utilisent toute l'énergie de leur galaxie. Et donc…

Il traça un cercle dans l'air avec son bras gauche.

– Donc ils sont partout ? dit Natacha.

– Oui, ils ont colonisé la totalité de leur amas galactique, des milliards et des milliards d'étoiles !

– Un empire comme dans *Star Wars* ?

– Non, non. Ils ont sans doute dépassé les anciennes classifications comme « nation » ou « empire ». N'oubliez pas que c'est probablement la première civilisation de l'univers, apparue peu de temps après le Big Bang.

– Des intelligences très anciennes, donc ? questionna Natacha.

– Incroyablement anciennes. Plusieurs milliards d'années, peut-être. Vous imaginez ?

– Non, je n'imagine pas, murmura le père Ernetti.

Ce qu'ils découvraient était trop grand pour eux, pensa-t-il. On ne regarde pas Dieu en face. Et ces êtres, pour lui, étaient comme des émanations de Dieu.

– Écoutez ! cria Natacha.

Un sifflement strident venait de jaillir dans le laboratoire.

– Ah, c'est insupportable ! dit Pellegrino qui voulut couper le son.

Alfonso l'arrêta.

– Attendez, mon père. C'est une onde porteuse…

La note tenue qui jaillissait du système audio était en effet modulée, comme dans les fax ou les modems.

– Ils nous parlent !

45

À une vingtaine de kilomètres au sud de Rome, Castel Gandolfo est indubitablement une des plus jolies villes d'Italie. Et pour cause : depuis le XVIIe siècle, le palais édifié par Urbain VII est la résidence d'été des papes.

Dans un cortège incessant de voitures, les participants au colloque arrivèrent du monde entier. Biologistes, philosophes, théologiens, tous étaient conviés par l'Académie pontificale des sciences. L'auguste assemblée devait statuer sur quelques questions cruciales de bioéthique, à l'heure où les progrès de la médecine ouvraient la possibilité d'utiliser des cellules embryonnaires ou fœtales à des fins médicales. Un pavillon entier avait été réservé aux discussions.

– Le pape ! annonça un majordome.

Tout le monde se leva. Jean-Paul II salua la centaine de présents et prononça son discours d'ouverture. Précis et concis, il ne dura qu'une quinzaine de minutes. Il arriva à sa conclusion : « Invoquant le Christ, à l'aube de ce colloque, je vous accorde de grand cœur la bénédiction apostolique. »

Les applaudissements crépitèrent. Le président de l'Académie pontificale des sciences se leva et précisa, dans une courte allocution, comment seraient organisés les différents ateliers de discussion, qu'il invita à se réunir dans les salles mises à leur disposition.

La porte du fond s'ouvrit. Le père Salvatore Manzoni s'avança à la hâte vers le pape. Il lui parla à l'oreille.

– Karol, il se passe quelque chose avec le père Ernetti.

Jean-Paul II se leva aussitôt.

– Je te suis, Salvatore.

Aussi discrètement qu'il le pouvait, Jean-Paul II sortit de la salle.

– Cipriano nous attend au premier étage, dit Manzoni.

Quand le pape entra dans le petit salon, le cardinal Cipriano était au téléphone.

– Entendu, rappelez-moi dès que vous leur aurez parlé !

Cipriano raccrocha.

– Que se passe-t-il ?

– J'essaye en vain de prendre contact avec le père Ernetti. Aux dernières nouvelles, ils étaient tout près du but. Mais un capitaine des gardes suisses nous rapporte qu'il a entendu un son aigu dans la salle. Il est allé frapper à la porte du laboratoire, mais ils ne répondent pas.

– Ils se sont peut-être absentés ?

– Non, ils sont à l'intérieur. Le capitaine me dit qu'il entend des voix et même des cris, mais la porte est close. Il me demande des instructions.

– Ils sont peut-être en communication avec nos messagers, suggéra Manzoni.

Le pape se mit en colère.

– Raison de plus pour nous informer. Dites aux gardes suisses que j'exige de parler au père Ernetti. S'il le faut, qu'ils enfoncent la porte !

Le cardinal recomposa à la hâte le numéro des archives pour transmettre les instructions du pape. Celui-ci était envahi par l'angoisse.

– Calme-toi, lui murmura Manzoni, tu vas te rendre malade.

Mais le pape respirait avec difficulté.

– Salvatore, je ne sais pas pourquoi, mais je suis sûr que quelque chose de terrible va arriver.

46

Trente minutes auparavant, Alfonso avait soigneusement noté le nouveau message qu'ils venaient de capter.

– Que disent-ils ?

– Je n'ai que des bribes : *« ... pas nous voir... votre sécurité »*

– Qu'est-ce que ça signifie ?

– Qu'ils ne sont pas loin, mais ne se montrent pas pour éviter de nous effrayer. Ils ont peut-être une apparence qui pourrait nous paraître terrifiante.

– Ils nous sous-estiment, commenta Natacha, nous avons les nerfs solides.

Alfonso tendit l'oreille.

– Attendez, voici la suite…

Il lui communiqua une nouvelle partie du message.

– *« ... interdit... zone obscure... »*

– Quelle zone obscure ? demanda le père Ernetti.

– Je pense qu'ils font allusion à la limite de l'univers observable, à moins 380 000 ans après le Big Bang. C'est le moment où l'univers est sorti de l'obscurité. Avant, la lumière n'existait pas, c'est ce qu'ils appellent sans doute la « zone obscure ». Le milieu était si chaud que les particules de lumière ne parvenaient pas à s'échapper.

– Si je traduis en langage simple, résuma Natacha, c'est une frontière qu'ils nous interdisent de franchir. Mais pourquoi ?

– Attendons la suite, dit Alfonso.

Il recopia le message suivant :

– Ils reprennent leur premier message : *« ... Père Ernetti... prenez garde... »*

Le trouble du père Ernetti s'accentua.

– Comment peuvent-ils connaître mon nom ? Comment savent-ils que je suis là ?

Natacha posa une main consolatrice sur son épaule et reprit l'explication de Zvi :

– Ils le savent, c'est tout, ils ont les moyens de savoir. Ne cherchons pas plus loin, mon père, c'est inutile.

Alfonso, pendant ce temps, poursuivait son déchiffrage.

– Il y a aussi ce mot : *« délignement »*. Je ne sais pas ce qu'ils veulent dire.

Soudain, il poussa un juron.

– *¡ Joder de mierda*[1] *!*

– Que se passe-t-il encore ?

– La communication est coupée. Venez voir, père Ernetti.

Alfonso désigna les cadrans du tableau de bord qui s'affolaient. Les chiffres défilaient à grande vitesse.

– On continue à reculer dans le temps, constata le père Ernetti.

Il manipula plusieurs commandes qui ne répondirent pas.

– Je ne peux plus l'arrêter !

– Nous avons perdu la communication, s'alarma Alfonso. Freinez !

– Impossible...

Les haut-parleurs se mirent à crachoter, puis se firent muets.

– Plus d'onde porteuse, nous sommes trop loin, jugea Alfonso. Il faut revenir vers moins douze milliards d'années.

Pellegrino manipulait fébrilement son tableau de bord. Il eut un geste d'impuissance.

1. « P... de merde ! »

– Aucun effet.

Natacha, qui voyait le père Ernetti paniquer, chercha à le calmer.

– Essayons de comprendre, mon père. Les messagers nous déconseillent de franchir cette frontière de moins 380 000 ans, mais le chronoviseur nous y emmène tout droit. C'est bien ça ?

– Oui, c'est très inquiétant.

– Dans combien de temps atteindrons-nous cette zone interdite ?

– Encore un milliard et demi d'années, estima Pellegrino. Mais la machine s'emballe.

Ils entendirent des coups frappés à la porte. Natacha alla ouvrir.

– Enfin ! dit le capitaine des gardes suisses. Nous étions très inquiets, madame, vous ne répondiez pas.

– Pardon capitaine, nous avions fermé la porte de notre salle de contrôle. Tout va bien, ne vous inquiétez pas.

Devant le visage défait de Natacha, l'officier sentit pourtant que la situation était anormale.

– Dites au père Ernetti que le cardinal Cipriano veut lui parler au téléphone. Et le pape aussi.

– Merci, capitaine, il monte vous rejoindre au poste de garde.

Elle alla prévenir les autres.

– Le pape vous réclame, mon père.

Dans un état de grande tension, Pellegrino passa en revue toutes les commandes du chronoviseur. Il semblait perdu.

– Je n'ai pas le temps, Natacha, la machine est devenue incontrôlable. Il faudrait démonter le panneau…

Il paniquait et cherchait ses outils.

– J'ai besoin d'une clé Allen à six pans. Où ai-je…

– Je vais vous trouver ça, dit Natacha.

Elle se rappelait avoir vu la caisse à outils dans la salle informatique. Elle courut la chercher.

Pendant ce temps, Alfonso Varela était à l'agonie. Ses douleurs musculaires avaient atteint une intensité presque insupportable. Il se sentait tiraillé entre des impulsions contraires, assailli de questions sans réponses : pourquoi le chronoviseur s'était-il emballé ? Pourquoi plongeait-il tout droit vers la zone interdite ? Qu'y avait-il au-delà ? Et que devait-il faire à présent ? Car le *Comandante* Arroyo et ses hommes, à Castel Gandolfo, attendaient qu'il passe à l'action.

Le capitaine des gardes suisses frappa de nouveau à la porte.

– Père Ernetti, le secrétaire d'État Cipriano vous attend toujours au bout du fil.

Parfois, les fils du destin s'arrangent spontanément entre eux pour offrir une opportunité inattendue. En un éclair, comme si un mauvais génie lui avait soufflé à l'oreille, Alfonso sauta sur l'occasion. D'autant que Natacha était dans l'autre pièce.

– Je vais répondre, père Ernetti, proposa-t-il.

Pellegrino avait la tête ailleurs.

– Allez-y, oui, dites au pape que j'ai un gros ennui technique.

Varela sortit du laboratoire et suivit le garde suisse. Quand Natacha revint dans la salle de contrôle, elle le chercha du regard.

– Alfonso a disparu ?

– Il téléphone au pape. Vous avez les outils ?

Elle lui tendit une trousse de clés Allen tout en guettant le retour d'Alfonso. Mais le père Ernetti réclama son attention :

– Aidez-moi, Natacha !

Ils dévissèrent le panneau avant du chronoviseur.

47

Le cardinal Cipriano avait l'oreille collée au téléphone. Enfin, quelqu'un était au bout du fil. Il se tourna vers le pape.

– C'est le professeur Varela.

– Mettez l'appareil en mode haut-parleur.

On entendit la voix essoufflée d'Alfonso.

– Mes respects, Excellence. Le père Ernetti ne peut pas vous répondre, il doit résoudre un important problème technique. Pouvez-vous m'envoyer une voiture ? Je dois impérativement parler au pape.

– Pourquoi ne pas en parler au téléphone ? demanda Cipriano.

– Parce que c'est trop grave.

Jean-Paul II saisit le combiné.

– Que se passe-t-il, professeur Varela ?

– Nous avons pris contact avec les messagers, Saint-Père. Leur révélation est terrifiante, mais vous devez être le seul à savoir.

Il y eut un silence.

– Ne pouvez-vous rien me dire, là tout de suite ?

– Non, uniquement quand nous serons face à face. Vous comprendrez mieux ma prudence quand vous saurez.

Il avait trouvé les mots qu'il fallait pour affoler ses interlocuteurs. Le secrétaire d'État intervint.

– J'ai commandé une voiture, professeur Varela. Elle sera devant le bâtiment des archives dans quelques minutes.

– Merci, Excellence.

Alfonso raccrocha. Il constata alors que ses douleurs avaient disparu.

Il avait choisi son camp.

Le pape, lui, peinait à dissimuler son trouble. Le secrétaire d'État fit la grimace.

– J'aurais préféré parler directement au père Ernetti, dit-il.

– Non, laissez-le travailler, décida le pontife. Dans l'immédiat, organisons-nous. Cipriano, dites à nos invités que je ne pourrai pas déjeuner avec eux. Dès que le professeur Varela sera arrivé, faites-le monter dans mes appartements privés.

Salvatore Manzoni semblait sur la réserve. Le pape le remarqua.

– Qu'est-ce qui te gêne, Salvatore ?

– J'espère qu'ils ne vont pas nous refaire le coup du troisième secret de Fatima[1] ?

– Non, Varela est un homme de science. S'il dit que c'est grave, il faut le prendre au sérieux.

*

Il fallut quarante-cinq minutes à la voiture de Varela pour arriver à Castel Gandolfo. Cipriano alla l'accueillir dans la cour d'honneur.

– Suivez-moi, le Saint-Père vous attend.

Il remarqua le visage très pâle du jeune homme.

– La situation est-elle si grave ?

Alfonso était perdu dans ses pensées.

– Pardon ? Euh… oui.

1. En 1917, la Vierge Marie révéla trois secrets à trois jeunes enfants, dans la petite ville de Fatima, au Portugal. Le troisième ne devait être révélé qu'au pape.

– Nous arrivons.

Ils montèrent à l'étage, dans le salon où les attendait le pape et Manzoni.

– Mes respects, Saint-Père.

– Professeur, voulez-vous boire quelque chose ?

Alfonso avait la bouche sèche, les heures qui allaient suivre seraient redoutables.

– Juste un verre d'eau, merci.

Tous quatre prirent place autour d'une petite table ronde.

– Alors ? demanda le pape.

Varela commença son récit :

– Nous avons réussi à atteindre la date prévue, à douze milliards d'années dans le passé. Les êtres qui nous ont contactés utilisent un pulsar pour envoyer leurs messages.

Le pape fronça les sourcils.

– Il s'agit d'une source radio très puissante, expliqua Manzoni.

– C'est donc une civilisation très évoluée, reprit Alfonso. Dès qu'ils ont détecté notre présence, ils nous ont fait parvenir un nouveau message.

Le Saint-Père appréhendait la suite.

– Et... ?

Alfonso regarda les deux prélats qui entouraient le pape.

– Je n'en parlerai qu'à vous seul, Votre Sainteté. C'est préférable, je vous assure.

Il y eut un instant de gêne.

– Le cardinal Cipriano et le père Manzoni sont des personnes de toute confiance. Ce que vous direz restera un secret de l'Église, je me porte garant de leur discrétion.

Alfonso resta inébranlable.

– J'ai juré à mes deux amis de procéder ainsi. Ils se débattent en ce moment dans des difficultés considérables, c'est pourquoi ils ne peuvent vous parler.

Le pape se leva.

– Très bien, professeur. Suivez-moi dans le bureau.

L'esprit d'Alfonso était en ébullition. Il devait trouver un prétexte pour entraîner le pape dans le parc de Castel Gandolfo. L'anxiété du pontife lui facilitait la tâche.

– Je ne prendrai aucun risque, Saint-Père. Un bureau ou un salon ne sont pas des endroits sûrs. Pourrions-nous en parler en privé dans les jardins ?

Le pape hésita.

– Eh bien… pourquoi pas ?

Il se tourna vers son secrétaire d'État.

– Cipriano, comment s'appelle cet endroit où se trouve la statue de Michel-Ange ?

– La fontaine d'Apollon.

– Nous irons là-bas, décida le pape. C'est un endroit agréable et discret.

Il appela un majordome.

– Conduisez le professeur Varela à la fontaine d'Apollon. Je vous rejoins dans quelques minutes, professeur, j'ai quelques ordres à donner pour notre colloque.

Honteux mais satisfait, Alfonso constata que le piège se refermait. Il ne restait plus qu'à prévenir le *Comandante.* Il suivit le majordome.

Cipriano était de plus en plus méfiant.

– Pourquoi tient-il à vous parler sans témoin ?

Manzoni partageait ses doutes.

– Je pense aussi qu'il dramatise.

Le pape les calma fermement :

– Mes amis, ne compliquons pas les choses. Je trouve comme vous que la situation est curieuse. J'irai dans le parc et l'écouterai, comme il le demande. Nous en reparlerons après.

Cipriano décrocha le téléphone.

– Je vais quand même appeler le père Ernetti, nous verrons si…

– Non, Cipriano !

Cette fois, c'était un ordre.

– Laissez-moi faire. Nous sommes à Castel Gandolfo, je ne risque rien.

48

Les chiffres du tableau de bord en témoignaient : le chronoviseur plongeait vers un gouffre. Le contact avec les messagers semblait rompu.

En tremblant, le père Ernetti avait réussi à démonter le panneau de protection du cerveau électronique, mais n'avait rien trouvé d'anormal dans les circuits. Le système audio émit un nouveau sifflement.

– Natacha, c'est l'onde porteuse. Les messagers nous ont rattrapés !

Cette fois, le message était impératif : *« Reculez. »*

– Ils pensent que nous avons délibérément ignoré leur avertissement, ils n'ont pas compris ce qui nous arrive.

Une fois encore, le père Ernetti appuya avec force sur le bouton d'arrêt.

– Inerte ? s'inquiéta Natacha.

– Hélas.

Elle eut un regard vers la salle informatique.

– Alors, il faut faire ce que disait Alfonso : débrancher la machine.

La réaction du père Ernetti fut immédiate.

– Surtout pas ! Si vous le faites, au point où nous en sommes, vous prenez un gros risque. J'ai essayé, un jour où le *reset* ne fonctionnait plus. Ce fut une catastrophe, il a fallu la reconstruire de A à Z. Aujourd'hui, compte tenu de l'appoint de puissance du supercalculateur, nous pourrions provoquer de gros dégâts. Pas seulement dans le laboratoire, mais dans tout le bâtiment.

– Comment expliquez-vous cet emballement ?

– Le chronoviseur capte une classe très particulière de neutrinos. Je pense qu'il est attiré par une couche de particules très anciennes, peut-être les premiers neutrinos de l'univers.

– Regardez, mon père, l'espace change de forme !

Sur l'écran, à mesure qu'ils continuaient à rebrousse-temps, les galaxies cédaient la place à des filaments de gaz informes qui semblaient s'entrelacer. C'était la matière issue de l'explosion originelle. Pellegrino jeta un coup d'œil aux chiffres qui défilaient.

– Nous approchons de moins 13,8 milliards d'années, le commencement de l'univers.

Ils étaient comme sur un bateau ivre. L'espace devenait de plus en plus lumineux, chauffé à une température de plusieurs milliers de degrés. L'inquiétude de Natacha monta encore d'un cran.

– Père Ernetti, je crois *vraiment* qu'il faut arrêter.

– Mais comment ?

Son visage s'était transformé, il semblait en proie à une véritable extase mystique, fasciné par le spectacle qu'il contemplait.

– Nous approchons de moins 380 000 ans, Natacha, la zone obscure est devant nous.

Ils virent peu à peu les étoiles s'éteindre. Toute la lumière de l'univers sembla absorbée dans un gouffre d'une noirceur absolue, comme le flash d'un photographe filmé à l'envers.

Puis ils plongèrent dans le noir. Cette nuit des débuts du monde était pleine d'une matière effervescente, invisible à l'œil nu, portée à des températures extrêmes. Des protons, des électrons, des photons, incapables de s'associer en des structures plus stables à cause de leur agitation, dansaient une sarabande effrénée.

– Où allons-nous ? s'écria Natacha. Les chiffres s'affolent, je n'aime pas ça !

Il n'écoutait plus, hypnotisé par cette plongée au début de toutes choses, même si elle s'effectuait dans l'obscurité la plus totale. Quelques centaines d'années avant le Big Bang, la danse des particules élémentaires devint un plasma brûlant des constituants ultimes de la matière, porté à des milliards de degrés.

Effrayée par l'état de transe qui envahissait le père Ernetti, Natacha ouvrit la porte du poste de contrôle. Elle traversa la salle informatique et gagna le tableau électrique au fond de la pièce. Il fallait débrancher le supercalculateur, c'était la seule solution. Advienne que pourra, la situation était devenue infernale. Elle approcha son doigt du bouton du disjoncteur…

Et soudain, la lumière chuta. Aussitôt, un éclairage de sécurité de couleur orangée se mit en route.

– Père Ernetti !

– Vous avez coupé l'alimentation ? demanda Pellegrino.

– J'étais sur le point de le faire, mais je n'ai pas eu le temps. On dirait une panne générale.

À la hâte, le père Ernetti rejoignit Natacha dans la salle informatique.

– Vous sentez la chaleur ?

– Oui, c'est arrivé brutalement.

Elle passa la main devant une bouche de climatisation.

– L'air conditionné est HS, mais l'ordinateur continue à fonctionner.

– Uniquement sur ses batteries de secours, répondit le père Ernetti. Je vais voir ce que dit l'écran.

Il repartit en trombe à son pupitre de contrôle.

Restée dans la salle informatique, Natacha sentait la température monter.

– Il faut demander du secours aux gardes suisses ! cria-t-elle.
– Plus tard, répondit Pellegrino. Venez voir.
Il avait les yeux rivés sur son écran.
– Ce qui se passe est… extraordinaire !

LA PORTE
DES MONDES

49

À Castel Gandolfo, Alfonso Varela suivait le majordome qui l'accompagnait vers le parc.

– Je voudrais passer un appel. Est-ce possible ?

– Oui monsieur, vous avez un téléphone dans le salon bleu. Je vous attends à la porte du palais.

– Je vous remercie.

– Faites le zéro pour avoir une tonalité.

Alfonso ferma la porte du bureau et composa le numéro où il pouvait joindre Arroyo.

– Allô ?

– C'est moi, *Comandante*.

– Tout va bien ?

– Oui. Je serai avec le pape, à dix-sept heures précises, à la fontaine d'Apollon.

– Parfait. J'ai une carte détaillée, je trouverai.

Fébrile, Alfonso raccrocha et alla rejoindre le majordome. Ils traversèrent en silence une partie du parc. Il n'était pas loin de dix-sept heures, une légère fraîcheur tombait sur Castel Gandolfo.

– La fontaine d'Apollon se voit d'ici, monsieur. Vous pourrez attendre le Saint-Père sur le banc de pierre.

Varela comprit pourquoi le pape avait choisi cet endroit. Un petit bassin faisait entendre un bruit agréable, qui avait l'avantage de couvrir le bruit des conversations pour les indiscrets. Il s'installa sur le banc et attendit. Le *Comandante* et ses sbires ne devaient pas être loin. À eux d'agir, à présent. Il avait fait ce qu'on lui avait ordonné.

Il entendit des pas. Varela s'en voulait de trahir le pape. Il se pinça très fort, comme pour se punir.

– Je suis là, professeur. J'ai eu toutes les peines du monde à me libérer de Manzoni et de Cipriano. Ce sont de chers amis, absolument fidèles, mais ils m'entourent trop. Alors ? Que se passe-t-il ?

Il vit dans quel état d'angoisse se trouvait le jeune homme.

– Vous pouvez tout me dire, mon ami. Le Seigneur a porté sa croix, je suis prêt à porter la mienne.

– Eh bien...

Il attendait que l'inévitable se produise. Le pape ne comprenait pas sa gêne. Un bruit le fit sursauter. Deux individus masqués d'une cagoule surgirent. En quelques secondes, ils maîtrisèrent le pape. L'un d'eux pressa contre son nez une compresse imbibée d'un produit anesthésiant. Il perdit conscience en quelques secondes.

– Vous allez...

– Silence ! chuchota l'un des ravisseurs.

Ils traînèrent le pape vers le haut mur d'enceinte. L'un des deux ravisseurs siffla. Une grosse corde de sécurité, analogue à celles utilisées par les hélicoptères de secours, fut lancée par-dessus le mur avec un mortier. En peu de temps, ceux du dehors hissèrent le pape et le rattrapèrent derrière le mur.

– À nous, dit l'un des deux agresseurs. Après toi, Alfonso.

L'astronome attacha la corde autour de sa poitrine et grimpa sur le faîte du mur. Un homme l'attendait. Il l'aida à prendre pied sur une haute échelle. En bas, d'autres *barbudos*, appartenant aux forces spéciales du Nicaragua, entouraient une fourgonnette où ils avaient déjà enfermé le pape. Deux d'entre eux, armés de fusils d'assaut, montaient la garde. Mais aucune alerte ne retentit. Qui aurait imaginé qu'on enlèverait le pape en plein jour à Castel Gandolfo ?

– Tu viens avec nous, Alfonso, ordonna un des ravisseurs.

Varela monta à l'arrière. Sur le même siège, le pape semblait endormi. Il fit entendre une plainte.

– Il se sent mal, constata Alfonso.

– Avec ce qu'il a pris dans le nez, c'est normal. On n'a pas un long chemin à faire, tu t'occuperas de lui dans la cave.

– Quelle cave ?

La fourgonnette, qui avait pris la route à pleine vitesse, semblait déjà ralentir. À six kilomètres du Palais des papes, le véhicule prit une route de traverse dans le village de Pavona et s'arrêta près d'un champ de blé, derrière une petite maison.

– Tout le monde descend !

Ils traversèrent une partie du champ en portant le pape inanimé.

Caché par une planche en bois couverte d'une épaisse couche de terre, il y avait une trappe. Elle ouvrait sur un tunnel fraîchement creusé, qui communiquait avec le sous-sol de la maison. Ils cheminèrent encore sur deux cents mètres et arrivèrent devant une porte de fer. Un homme vint leur ouvrir, c'était le *Comandante* Arroyo.

– Mettez-le sur le lit de camp.

Ils entrèrent dans une pièce fermée par des murs en béton et sommairement aménagée. Un système d'aération mécanique, assuré par des ventilateurs, permettait d'y respirer normalement.

Ils couchèrent le pontife sur le lit de fortune. Un des membres du commando, apparemment médecin, examina le Saint-Père avec un stéthoscope.

– Tout va bien, il respire normalement, il sera sur pied dans quatre ou cinq heures. Il faudrait lui donner quelque chose à manger.

– Tu resteras avec lui, Alfonso, ordonna le *Comandante*.

– Mais c'est imprudent, il va me reconnaître.

– Et alors ? Tu es dans notre camp, désormais. Sur les étagères, tu trouveras des biscuits secs et des fruits.

– Et ma femme ?

– J'appellerai Managua pour leur dire que tu as rempli ta part du marché. Elle sera vite libérée.

Alfonso éprouva à la fois du soulagement et de la honte. Cet homme allongé sur le lit, inconscient, méritait-il toute cette brutalité ? Franchement, il ne savait plus. Il repensa à Rafaela et au bébé. Il leur avait rendu la liberté. Mais bientôt la presse affichera sa photo en le désignant lui, Alfonso Varela, comme le ravisseur du pape. Sa vie était fichue. Celles de sa femme et de son enfant aussi.

– Je… qu'est-ce que…

Le pape murmurait et commençait à bouger. Peu à peu, il retrouvait ses esprits. Alfonso s'approcha de lui.

– Saint-Père, je peux vous préparer un thé, si vous voulez.

Le pape reconnut Alfonso et le foudroya du regard.

50

En dépit de la coupure de courant générale, Natacha hésitait. L'ordinateur restait alimenté par ses batteries de secours, mais ne valait-il pas mieux en débrancher totalement l'alimentation ?

Le ton du père Ernetti se fit rassurant. Natacha le rejoignit dans le poste de contrôle, plongé lui aussi dans une lumière orangée.

– Venez, dit le père Ernetti, nous sommes hors de danger.

Le chronoviseur montrait une portion d'espace piqueté d'étoiles. Elle consulta les cadrans du tableau de bord. Les chiffres allaient cette fois du point zéro vers le futur. Elle se tourna vers Pellegrino.

– Nous rentrons chez nous ?

– On le dirait bien.

Elle jeta un coup d'œil vers la porte.

– Alfonso n'est pas revenu ?

– Vous avez raison, c'est…

Il s'interrompit pour regarder les chiffres qui défilaient sur le tableau de bord.

– Nous arrivons au bout du premier saut, Natacha !

– Tant mieux.

– Je vais programmer le suivant. Nous serons bientôt chez nous, en 1983.

– Comprenez-vous ce qui est arrivé, mon père ?

– Franchement, non.

Il essaya de reconstituer le film des évènements.

– Quand la machine a plongé vers le point zéro, l'instant du Big Bang, j'ai pensé que nous allions à la rencontre du Créateur.

Il ferma les yeux.

– Je me suis alors signé et j'ai attendu la mort avec délices, pour contempler Sa face de gloire.

– Égoïste ! cria Natacha.

Il ne comprenait pas sa colère. Elle poursuivit :

– Oui, égoïste. Vous m'avez demandé mon avis ?

Abasourdi, il ne savait quoi répondre.

– Vous êtes tous les mêmes, dans toutes les religions. Prêts à envoyer les autres au Ciel, qu'ils le veuillent ou non !

Il attendit, penaud, que la fureur de son amie retombe.

– La suite, racontez-moi la suite, reprit-elle d'une voix sourde.

– Eh bien… la lumière s'est éteinte et vous m'avez appelé.

Elle alla consulter les tableaux de bord.

– On remonte le temps, comme si la machine avait décidé d'elle-même de mettre fin à l'expérience et de rentrer à la maison.

Le père Ernetti eut un léger sourire.

– Elle est plus sage que nous. En dépit de leur science, les messagers n'avaient pas pensé à cette éventualité : le chronoviseur a décidé lui-même de faire demi-tour.

Elle le foudroya du regard.

– Comme vous avez décidé pour moi.

– Pardon, Natacha.

– Ne recommencez jamais. Je n'accepte de personne ce genre de comportement, encore moins de vous. Nous sommes dans la même barque, ne l'oubliez jamais.

Elle l'embrassa sur la joue, l'incident était clos. Puis Pellegrino programma le saut suivant.

– C'est quand même curieux, s'interrogea-t-elle. Pourquoi l'électricité a-t-elle été coupée ? Et Alfonso, où est-il passé ?

Elle consulta le thermomètre.

– Vous avez vu la température ? Vingt-quatre degrés.

– C'est la chaleur dégagée par le supercalculateur.

– Il faut réparer la climatisation. Je vais au poste de garde.

– Profitez-en pour demander à notre ami Alfonso de descendre, j'aurai besoin de lui.

Elle se dirigea vers la sortie et ouvrit la porte.

– Venez voir !

Pellegrino la retrouva dans la salle informatique. Elle se tenait devant la porte d'entrée du laboratoire.

– Cette brume...

Normalement, la porte donnait sur un couloir des archives secrètes, gardé par un capitaine de la garde suisse. Mais le couloir avait disparu, il était plongé dans une brume grise, compacte.

– C'est quoi ? De la fumée ?

– Non, ça ne sent pas le brûlé...

– Et où sont les gardes suisses ?

– On ne les entend plus.

Le père Ernetti voulut traverser la brume, mais Natacha l'en empêcha.

– N'avancez pas, c'est peut-être dangereux.

Il appela.

– Capitaine ! Hello ! Où êtes-vous ?

Aucune réponse.

– Je ne comprends pas, observa Natacha, la brume s'arrête juste devant notre laboratoire. Un brouillard normal devrait s'infiltrer partout.

Elle eut la tentation de tendre sa main vers la brume. Cette fois, c'est Pellegrino qui l'arrêta.

– Non, c'est peut-être corrosif. Attendez...

Il alla chercher une caisse à outils, la vida sur le sol, puis la projeta dans le mur de brume. Elle disparut.

– Je ne l'ai pas entendue retomber.

– Moi non plus.

Ils reculèrent.

– Il faut s'éloigner de cette porte, mon père.

Ils bricolèrent une barrière avec deux chaises, des poubelles, une petite table. Il fallait éviter d'ouvrir la porte par mégarde. Le père Ernetti était préoccupé.

– Réfléchissons, Natacha. La brume est apparue au moment de la coupure de courant. Se pourrait-il que…

– Retournons à notre époque, mon père, on avisera à notre retour.

– Vous avez raison.

Il se toucha le front. Il transpirait.

– Il fait de plus en plus chaud.

51

L'arrêt de la climatisation augmentait la chaleur générée par le supercalculateur dans la salle informatique.

– Enfermons-nous dans le poste de contrôle.

Ils calfeutrèrent la porte.

– Je vais brancher ça.

C'était un petit ventilateur de camping qui fonctionnait sur piles.

– Nous n'irons pas loin avec votre jouet en plastique !

Il n'écouta pas et l'installa face à eux, sur le tableau de bord.

– Je retire ce que j'ai dit, reconnut-elle, c'est mieux que rien.

Il remplit un verre d'eau.

– Buvez, Natacha, sans quoi vous allez vous déshydrater.

L'eau de leur fontaine de bureau ne manquait pas, mais elle se réchauffait.

– Il reste quelques biscuits, prenez-les.

– Et vous ?

– Pas faim.

Elle s'allongea sur la petite banquette installée dans la pièce. Il programma un nouveau saut, puis chercha une position confortable en s'étendant sur le tableau de contrôle.

– Ne restez pas comme ça, père Ernetti, venez à côté de moi.

Il hésita, puis vint s'asseoir près d'elle. Épaule contre épaule, ils observèrent en silence les galaxies défiler sur l'écran.

– Vous avez raison, Natacha, je suis devenu un vieil égoïste, murmura-t-il.

Elle le regarda, amusée.

– Oh, il y a pire que vous !

– Vous vous rappelez ces gens de la sphère de Dyson ? Pendant qu'Alfonso et moi admirions leur technologie, vous, vous avez repéré leur point faible : le repli sur soi.

– Les femmes sont sensibles à ce défaut, mon père, parce qu'elles en souffrent plus que les hommes.

Elle se serra contre lui en gardant un œil sur les chiffres. Elle sentait qu'ils n'étaient qu'au début d'une aventure infernale.

*

– On arrive.

Elle ouvrit les yeux. Le père Ernetti était installé devant le tableau de bord. Les chiffres indiquaient qu'ils étaient parvenus à bon port : le 6 avril 1983. Aussitôt, la lumière revint, tandis que la climatisation se remettait en marche.

– Enfin !

Natacha se leva, passa dans la salle informatique et ouvrit la porte avec précaution. La brume qui avait envahi le couloir avait disparu. Tout semblait normal, mais le garde suisse n'était pas là. Prudemment, elle sortit du laboratoire. Le père Ernetti lui emboîta le pas.

– Que se passe-t-il ?

Elle lui fit signe de se taire.

– Les gardes ont disparu, il est arrivé quelque chose.

– Et si nous montions à l'entrée ?

– J'y vais. Restez ici, je vous ferai signe.

Avec la souplesse d'un membre de commando, elle longea le couloir et gagna la sortie. La loge du concierge était vide. Pas de trace d'Alfonso non plus. Elle ouvrit la porte du bâtiment.

Des voitures de police, tous feux allumés, stationnaient devant l'entrée. Les gardes suisses parlaient avec des carabiniers. Elle s'avança. Les conversations cessèrent. Tous regardaient dans sa direction.

– Que se passe-t-il ?

– Vous êtes Natacha Yadin-Drori ? demanda un homme en civil, qui avait l'allure d'un inspecteur de police.

– Oui. Et que...

– Le père Ernetti est avec vous ?

– Au sous-sol, dans notre laboratoire. Pourquoi ?

Un carabinier fit signe à deux de ses hommes qui sortirent leurs armes de poing et s'engouffrèrent avec lui dans le bâtiment des archives.

– Conduisez-nous jusqu'à lui, madame !

– Vous pourriez me dire ce qui se passe ? s'énerva Natacha.

– Vous l'ignorez ?

– Nous travaillons toute la journée dans un laboratoire au sous-sol, nous n'écoutons pas la radio.

– Le Saint-Père a été enlevé.

Elle fut stupéfaite.

– Enlevé ? Et par qui ?

– Par l'homme qui travaillait avec vous : Alfonso Varela.

52

Dans la petite maison de Pavona, le *Comandante* Arroyo feuilletait la presse du matin. Le monde entier était sidéré par le rapt, c'était exactement ce qu'il fallait.

Comme lors du décès d'un pape, le cardinal camerlingue de la Sainte Église romaine assurait l'intérim du pouvoir pontifical, conformément aux dispositions de la constitution apostolique *Universi Dominici Gregis.* Il s'agissait cette fois du cardinal australien Thomas McCullough, qui prit ses fonctions comme il le pouvait, dans une situation que n'avait jamais connue le Saint-Siège.

Les journaux s'interrogeaient sur l'identité des ravisseurs. Le professeur Alfonso Varela, dont la photo était partout, ne pouvait avoir organisé seul cet enlèvement. Sa nationalité nicaraguayenne pouvait-elle expliquer certaines choses ? Mais le plus souvent, les regards se portaient vers l'Iran des ayatollahs, comme on l'avait fait lors de l'attentat contre le pape, en mai 1981. L'islam avait-il décidé de frapper le christianisme en plein cœur ? Pourquoi, dans ce cas, n'avaient-ils pas carrément tué le Saint-Père ? À moins qu'on veuille l'obliger, sous la menace, à dire quelque chose ? À maudire le Christ ou à cracher sur la croix, comme cela se faisait à l'époque des croisades ?

D'autres pensaient à un échange. La vie du pape contre… mais contre quoi ? Un autre journal s'attardait sur les détails de l'enquête. Tous les accès de Castel Gandolfo avaient été barrés par des centaines de policiers en armes. Le palais entier avait été fouillé, sous la conduite du secrétaire d'État Cipriano. Mais on ne trouva rien. Il devenait clair aux yeux de tous que le besoin qu'avait ressenti Varela de s'isoler avec le Saint-Père était un prétexte pour attirer le pape dans un traquenard. On se perdait en conjectures. Pourquoi avait-il fait cela ? Le père Ernetti et sa collaboratrice étaient-ils au courant de son plan ? Alfonso Varela avait-il agi seul, sur un coup de folie ? Ou s'était-il mis au service d'une organisation ? Et si oui, laquelle ?

Le *Comandante* secoua la tête en riant. Il avala son café et descendit retrouver son auguste prisonnier. Il frappa six fois à la porte, comme convenu. Alfonso lui ouvrit.

– Comment va-t-il ?

– Pas bien, il est très déprimé.

Alfonso n'allait pas mieux que lui, ses traits défaits étaient révélateurs.

– Il a mangé ?

– Trop peu. Je crains pour sa vie, *Comandante*. Sa santé est fragile.

– Sa vie, je m'en fous ! Il y a des milliers de Nicaraguayens qui meurent de malnutrition chaque jour à cause de l'embargo américain. Et rappelle-toi, Alfonso…

Il savait ce qui allait suivre.

– Avec ton oncle, cet homme n'a eu aucune pitié. Aucune. Pourquoi on en aurait pour lui ? Concentrons-nous sur notre objectif : faire plier les Américains.

– Et que répondent-ils, les Américains ?

Arroyo donna un coup de pied dans une chaise.

– Rien, parce que ces lâches qui nous gouvernent n'ont même pas osé parlementer avec Reagan ! Ils désapprouvent notre action. Nous faisons ce que nous pouvons pour débloquer la situation tragique dans laquelle se trouve le pays, mais eux ne bougent pas. Des crétins d'intellectuels, qui préfèrent bavarder plutôt qu'agir. Résultat, les journalistes accusent les Iraniens d'avoir fait le coup, alors que nous avons fait tout le boulot.

– *Comandante*, il faut savoir accepter une défaite. Ce serait pire encore si le Saint-Père mourait entre nos mains, pour rien.

– Jamais, tu entends ! hurla-t-il. Le pape restera ici tant que nos ports resteront bloqués. Je préfère le voir crever que de le rendre.

On frappa encore six coups à la porte.

– *Comandante* ! Les policiers ratissent le village. Ils seront bientôt là.

– Dispersez-vous. Six hommes dans une maison, c'est suspect. Ramón ira au premier étage, comme s'il était le seul occupant. Toi, Alfonso, tu restes dans la cave avec ton prisonnier. Au moindre geste, tu l'endors avec le chloroforme.

– Il ne le supportera pas, il est trop faible.

– Alors, qu'il ne bouge pas, qu'il ne parle pas, rien ! Je surveillerai la maison depuis la butte voisine. J'aurai un fusil à lunette, au cas où…

53

Quand Natacha apprit au père Ernetti ce qui était arrivé à Castel Gandolfo, le prêtre manqua s'évanouir.

– Comment est-ce possible, Natacha ? Comment un astronome comme Alfonso peut-il être mêlé à une histoire pareille ?

Pour la première fois depuis que la machine existait, des policiers italiens pénétraient dans le laboratoire installé dans les archives secrètes du Vatican. Ils étaient escortés par un groupe de gardes suisses.

– Qu'est-ce que c'est que cet engin ? demanda un inspecteur.

– Nous l'appelons un chronoviseur, répondit le père Ernetti. Il sert à réaliser un certain nombre d'expériences, à la demande expresse du Saint-Père.

– Quel genre d'expériences ?

– Je n'ai pas le droit de vous répondre, inspecteur. Je préfère que vous en parliez directement avec le cardinal Cipriano, le secrétaire d'État du Vatican.

L'autre ne l'écoutait pas.

– Le professeur Varela travaillait avec vous ?

– Oui, c'est un astronome réputé. Il nous aidait de ses conseils.

– Vous n'avez rien remarqué de suspect ?

– Non, il avait notre confiance, et celle du pape.

L'inspecteur ne savait trop quoi penser. Tout, ici, l'étonnait. À commencer par cet écran éteint au-dessus du tableau de bord.

– C'est quoi ? Un moniteur de télévision ?

– Oui, quelque chose comme ça.

– Ne touchez plus à rien, nous allons mettre ce matériel sous scellés. Vous devrez répondre à nos questions. Voulez-vous nous suivre, s'il vous plaît ?

Exceptionnellement, compte tenu de la gravité de la situation et de l'étendue de l'enquête, un accord avait été trouvé entre la police du Vatican et les autorités italiennes. Une voiture emmena Natacha et Pellegrino dans les locaux d'un commissariat romain. Ils furent longuement interrogés, chacun de leur côté, puis ensemble.

– Je vous le demande encore une fois, répéta l'inspecteur, quelle était la nature de la mission que vous meniez avec Alfonso Varela ?

– Je ne changerai pas ma réponse, répondit Pellegrino. Nous avons prêté serment, seul le pape peut nous en relever.

– En plus, ajouta Natacha, ce que nous pourrions vous dire n'apportera aucun éclaircissement à votre enquête. C'est une recherche scientifique, rien de plus.

L'inspecteur consulta le dossier que ses adjoints avaient rédigé sur Natacha.

– Madame Yadin Drori, vous êtes israélienne ?

– C'est exact.

– Un rapport avec les services secrets ?

– Non, je travaille au Musée d'Israël, à Jérusalem.

– C'est quoi, ce musée ? Il dépend de la FAI ?

– De la quoi ?

L'inspecteur avait le sentiment qu'elle se moquait de lui. Il répéta :

– La FAI.

Natacha ne voyait pas de quoi il parlait. Un collègue prit la parole :

– La petite dame ne nous dit pas tout, c'est évident. Prenons les choses autrement : que saviez-vous d'Alfonso Varela ?

– À titre personnel, pas grand-chose. Nous n'avions avec lui que des relations professionnelles. Nous l'avions rencontré chez le professeur Stephen Hawking.

– Qui ?

– Stephen Hawking, le physicien anglais. C'est quelqu'un de très connu.

– Pas par moi, grommela l'inspecteur. Attendez…

Il composa un numéro de téléphone.

– Mon fils étudie les sciences physiques à l'université, il doit savoir qui est ce Hawking… s'il existe.

Il appela son fils.

– Marco ? C'est ton père. Je suis en plein interrogatoire. On me parle d'un célèbre physicien, Stephen Hawking. Tu vois qui c'est ? Oui, fouille dans ton bouquin.

Il soupira en regardant le plafond. Natacha jeta un regard au père Ernetti. Elle était vraiment inquiète.

– Entendu, merci, dit l'inspecteur. Pas de Hawking au bataillon. Alors ?

– Renseignez-vous ailleurs, inspecteur, s'énerva Pellegrino. Que voulez-vous que je vous dise ?

D'un geste, Natacha conseilla au père Ernetti de se calmer. Le téléphone sonna. L'inspecteur décrocha.

– Allô ? Oui, ils sont devant moi. Ah bon, tout de suite ? D'accord, on s'en occupe.

Il raccrocha.

– Nous allons vous conduire tous les deux au ministère de l'Intérieur, le ministre souhaite vous rencontrer.

Le ministère se trouvait dans le palais du Viminal, sur la colline du même nom. Le ministre les reçut immédiatement. C'était un homme courtois, mais du genre pressé.

– Madame Yadin Drori, dit le ministre, l'ambassade de la FAI nous a demandé de vous laisser en paix si nous n'avons aucune preuve contre vous, ce qui est le cas. Il en est de même pour vous, père Ernetti.

Il se tourna vers Pellegrino, qui semblait rêveur.

– Père Ernetti, vous vous assoupissez ? demanda le ministre en souriant.

– Excusez-moi. Si vous permettez, j'ai une question : le président de la République italienne a-t-il changé ?

Il faisait allusion à la photo affichée dans un cadre de bois derrière le ministre.

– Le président ? s'étonna le ministre en se retournant. Non, c'est toujours le même, Giuseppe Cotta.

– Ce n'était pas Sandro Pertini ?

– Pertini ? Je ne vois pas qui c'est.

– Excusez-moi, je suis tellement plongé dans mes recherches que je perds de vue l'actualité.

– Aucune importance. Vous êtes donc libres tous les deux, mais tant que l'enquête sur la disparition du pape sera en cours, je vous demande de rester à notre disposition et de ne pas quitter Rome ou le Vatican.

– C'est d'accord, opina Natacha.

– Mes respects, dit le père Ernetti.

54

Ils sortirent en silence. Natacha était songeuse. Le père Ernetti, lui, était plongé dans le plus total désarroi.

– Vous pensez vraiment que Varela aurait pu participer à l'enlèvement du pape ?

– C'est bien ce qu'ils disent, mon père.

– Mais pourquoi donc, grands dieux ?

Elle repensa à ce que lui avait dit Zvi Eizer, son supérieur au Mossad.

– Il y a peut-être un lien avec la situation au Nicaragua. Le gouvernement sandiniste était...

Elle s'arrêta devant une brasserie bondée. À l'intérieur, les clients s'étaient rassemblés devant un poste de télévision. Le match de football venait d'être interrompu par un flash info.

– Entrons, nous apprendrons peut-être quelque chose.

Ils trouvèrent deux places au fond de la salle et demandèrent deux expressos.

– Que se passe-t-il ? demanda Natacha au serveur.

– L'enlèvement du pape. On ne parle que de ça depuis le début de l'après-midi.

Sur l'écran, on voyait des enquêteurs fouiller le parc de Castel Gandolfo. Le propriétaire de la brasserie monta le son.

– « … tous les regards se tournent vers la capitale du Nicaragua, Managua. Tout en niant avoir ordonné cet enlèvement crapuleux, la coalition des partis de gauche actuellement au pouvoir demande au président Robert Kennedy d'interrompre l'embargo qui affame le pays. Cette situation a peut-être poussé certains extrémistes à faire ce geste désespéré. De son côté, le ministre de l'Éducation Ernesto Cardenal… »

Natacha et Pellegrino se regardèrent, stupéfaits.

– Il a bien dit « le président Robert Kennedy » ?

– C'est ce que j'ai entendu aussi.

– Ce n'est pas possible, Robert Kennedy est mort assassiné en 1968.

Le père Ernetti pensa alors à un détail qui l'avait frappé.

– Et cette photo dans le bureau du ministre ? Je lis peu les journaux, mais je connais tout de même le nom de notre président : c'est Sandro Pertini, pas cet inconnu sur la photo.

– Je suis aussi troublée que vous, mon père. Et cette histoire de FAI…

– C'est vrai, ils pensaient que vous veniez de la FAI. Mais c'est quoi, la FAI ?

– Justement, je n'en sais rien !

Comme mue par un pressentiment, Natacha se leva, fouilla dans ses poches et paya l'addition. Elle sortit de la brasserie et dévala l'avenue. Le père Ernetti la suivit.

– Que cherchez-vous ?

– Une librairie. Ah, voilà.

Il y en avait une grande à un carrefour. Elle alla droit vers un vendeur.

– Bonjour, je voudrais un livre sur la FAI.

Le libraire réfléchit.

– La FAI, la FAI… À quoi pensez-vous exactement ?

Elle était bien en peine de répondre. Le vendeur eut une idée :

– Ah, la Fédération Arabo-Israélienne ?

– Euh… oui, répondit Natacha.

Le vendeur fouilla dans les rayons.

– Un ouvrage détaillé ou quelque chose de simple ?

– Un livre pédagogique, c'est pour un lycéen.

Il lui tendit un livre cartonné, illustré de nombreuses photos. Le titre était éloquent : *La FAI au défi du XXIe siècle*.

Elle paya et chercha un square pour le feuilleter tranquillement. Ils allèrent s'asseoir sur un banc. Un quart d'heure plus tard, ils en savaient assez.

Après la création de l'État d'Israël, en 1947, la première guerre israélo-arabe fut évitée grâce à la sagesse des dirigeants des deux camps et l'intercession constructive de l'ONU. Un accord de coopération fut signé entre Israéliens et Palestiniens, qui profita aux deux parties. À partir de là, tout le monde se mit au travail. Cinq ans après, le pays était déjà prospère. La découverte de nouveaux sites pétroliers, le développement de technologies de pointe, la mise au point de mécanismes démocratiques permettant une représentation équilibrée des deux peuples dans les institutions en firent un exemple de développement pour toute la région. D'autres pays demandèrent à coopérer : l'Égypte, la Syrie, le Jordanie, l'Irak, les Émirats. En 1976 fut fondée la FAI, la Fédération arabo-israélienne, regroupant huit États fédéraux sur le même principe que les États-Unis d'Amérique.

– Écoutez ça, mon père : « En 1980, la FAI pouvait rivaliser sur le plan économique avec l'Europe unie. Dans les années à venir, etc. »

En feuilletant le livre, ils virent des photos en couleurs montrant de grandes cités aux larges avenues bordées de buildings, où circulaient des hommes et des femmes à l'allure prospère. Sur l'une d'elles on pouvait voir de grands hôtels alignés le long de plages de sable, comme à Miami Beach. Son nom : Gaza City.

– C'est un roman de politique-fiction ? demanda le père Ernetti.

Elle lui montra l'intitulé de l'ouvrage.

– Non, c'est un livre d'histoire tout ce qu'il y a de plus sérieux. Écrit par un historien du Moyen-Orient et publié dans une collection où on trouve des titres comme les *Vies des Douze Césars* ou sur les guerres de Napoléon.

Ils se regardèrent en silence, sans oser dire tout haut ce qu'ils pensaient tout bas. Le père Ernetti se leva et héla un taxi.

– Retournons au Vatican, Natacha, toute cette histoire ne va pas tarder à s'éclaircir.

– Oui. C'est aussi ce que je souhaite !

55

Une heure après le départ du *Comandante*, les carabiniers frappèrent à la porte de la petite maison louée par les ravisseurs. Alfonso, dans son souterrain, entendit les bruits de pas au-dessus de sa tête et le son des sirènes. Ils devaient fouiller partout. Il se tourna vers le Saint-Père, assis sur son lit. Leurs regards se croisèrent.

Pour les forces de l'ordre, quelque chose clochait. Le scénario mis au point par le *Comandante* avec l'un de ses complices, Ramón, qui avait plus l'allure d'un tueur que d'un cultivateur, n'arrivait pas à les convaincre. Il se disait de nationalité espagnole, installé dans la région pour cultiver de la vigne. Il exhiba de faux papiers, mais les carabiniers ne furent pas dupes. Ils demandèrent par radio des renseignements sur cet exilé récent. La réponse ne tarda guère, les renseignements intérieurs espagnols ne le connaissaient pas. On tenait peut-être une piste.

Ils procédèrent donc à l'arrestation de Ramón. Des renforts arrivèrent. Les carabiniers se déployèrent dans le village de Pavona et fouillèrent toutes les maisons.

– Que se passe-t-il, professeur Varela ? demanda le pape d'une voix lasse.

Alfonso avait les larmes aux yeux. Le Saint-Père continuait à l'appeler « professeur », comme avant. Avait-il compris qu'il s'était laissé entraîner dans une sale affaire malgré lui ?

– La police va bientôt arriver. Je vous en prie, Votre Sainteté, ne m'obligez pas à vous bâillonner.

Cette fois, sans y penser, il l'avait appelé « Votre Sainteté ». Il vit que le pape le fixait en silence.

– Si vous criez, insista Alfonso, ces hommes vous tueront, ils sont capables de tout.

– Je n'ai pas peur de la mort, mon fils. Dans une heure, dans un jour peut-être, ma vie touchera à sa fin. Je me suis préparé depuis longtemps à rencontrer Dieu. J'ai peut-être commis des erreurs dans ma vie, mais j'ai toujours eu le souci de bien faire.

– Même quand vous avez humilié publiquement un homme agenouillé qui implorait votre bénédiction ?

Le pape se rappela alors qu'Alfonso venait du Nicaragua.

– Je suis le pape, professeur Varela, le chef de la chrétienté. En tant que tel, j'ai cru bien agir. Mais l'homme qui est en moi a très vite regretté ce geste. J'ai écrit au père Cardenal. Dans ma lettre, je lui ai demandé de me pardonner et je lui ai adressé ma bénédiction. Vous le connaissez personnellement ?

Alfonso ne répondit rien. Il ne savait plus quoi penser. Le pape était-il bien celui qu'il croyait ? Ou reconnaissait-il avoir commis ce jour-là une erreur de jugement ? Il revoyait encore la scène : le père Cardenal agenouillé devant une silhouette blanche, debout, qui lui faisait la leçon. C'était bien ce qui était arrivé. Mais les images que retient la mémoire sont parfois si caricaturales, si colorées de préjugés. Des instantanés d'une vie tellement plus complexe, elle, tellement plus mouvante. Il était au bord des larmes.

– Mains en l'air !

La voix venait du dessus, et fut suivie d'un coup de feu, puis de cris. Les carabiniers cherchaient à forcer la porte. Et soudain, comme s'il voulait se libérer d'une tension devenue insupportable, l'astronome se leva, alla au-devant du pape et s'agenouilla devant lui.

– Saint-Père, j'implore votre pardon ! Ils menaçaient de tuer ma femme si je ne leur obéissais pas.

– Je me doutais de quelque chose de ce genre, Alfonso, ces criminels ne vous ressemblent pas.

Des hurlements et des bruits de lutte retentirent au premier étage.

– Reculez au fond de la pièce, je crains ce qu'il pourrait arriver si…

Le pape ne l'écouta pas. Il se leva et se dirigea vers la porte.

– Ouvrez-moi, Alfonso. Et suivez-moi. Dieu nous protégera.

Fébrilement, l'astronome fouilla dans ses poches. Il se saisit de la clé.

– Alors, laissez-moi faire, dit-il.

Le plus silencieusement possible, il ouvrit la porte de la cave.

– Il y a une trappe au bout du souterrain, qui débouche derrière la maison.

Le pape le précéda dans le tunnel.

– Laissez-moi sortir avant vous, implora Alfonso. Je vous préviendrai s'il y a un danger.

– Non, c'est à moi de prendre les risques. Je me montrerai debout, avec ma calotte et ma soutane blanches. Les carabiniers me reconnaîtront.

– Prenez garde, Arroyo n'est pas loin.

– Mais Dieu est tout près. Allons-y, mon fils.

Ils cheminèrent dans le souterrain jusqu'à la trappe. En s'y mettant à deux, ils la poussèrent pour la desceller. Ils entendirent la terre glisser sur le côté et ils furent aveuglés par la lumière du soleil.

– C'est bon.

Alfonso insista pour sortir le premier, mais le pape refusa encore.

– Laissez-moi y aller seul, les policiers pourraient tirer sur vous.

– Prenez appui sur mes épaules, Saint-Père.

– Je pèse mon poids, vous savez.

– Si je n'avais que votre poids sur les épaules...

En grimpant sur Alfonso, le pape se hissa à l'extérieur. Ils émergèrent au milieu d'un champ qui descendait en pente douce vers la maison des ravisseurs et la rue principale du village. Elle était envahie de militaires, de carabiniers, de centaines de curieux et de fourgons blindés. Lentement, sans presser le pas, le pape marcha au milieu des blés. Quand il arriva dans la rue, une paysanne l'aperçut et poussa un cri :

– *Il papa !*

Le pape continua à avancer. Comme si elle assistait à un miracle, la foule s'écarta, certains s'agenouillèrent. Le Saint-Père gagna le milieu de la rue et se dirigea vers les militaires qui le découvraient avec stupéfaction.

– Venez-lui en aide ! ordonna un officier.

Des infirmiers s'avancèrent vers lui.

Soudain, un coup de feu claqua, tiré depuis une maison voisine. Le pape vacilla. Puis il s'effondra. Il y eut un hurlement, suivi par d'autres. Les militaires écartèrent la foule. Un commando armé, spécialement équipé, arriva avec un bélier d'acier et enfonça la porte de la maison d'où était parti le tir. Alfonso courut vers le pape, affolé.

– Saint-Père !

Mais les carabiniers le repoussèrent pour laisser la place aux infirmiers qui s'empressaient autour du pape. Son visage ruisselait de sang. La balle de fort calibre, tirée par un fusil d'assaut, l'avait atteint en pleine tête. Il avait encore les yeux ouverts. Le prêtre du village accourut et lui donna l'extrême-onction avant de lui fermer les paupières.

– *Il papa è morto !* s'écria quelqu'un.

Alfonso fut très vite reconnu par les carabiniers, qui tous avaient sa photographie. Il fut immédiatement maîtrisé et menotté et la foule se mit à l'insulter, certains voulaient le lyncher. Une fusillade retentit dans la maison d'à côté. Le *Comandante* Arroyo, l'homme qui avait tiré, avait décidé de mourir au combat. Lui et ses compagnons ouvrirent le feu, mais aucun n'échappa aux tirs nourris des militaires italiens.

Alfonso leva la tête vers le ciel et se mit à hurler de douleur.

56

Le taxi qui ramenait Natacha et le père Ernetti au Vatican était pris dans les embouteillages. Le chauffeur s'énervait.

– Mais qu'est-ce qu'ils ont, aujourd'hui ? Regardez-moi cette foule !

De tous côtés, des hommes et des femmes accouraient vers la place Saint-Pierre. Certains en pleurs.

– Il s'est passé quelque chose, dit le chauffeur.

Pellegrino lui tendit un billet.

– Gardez la monnaie, on va continuer à pied.

Ils empruntèrent le pont sur le Tibre qui menait au palais du Vatican. Une foule immense s'était rassemblée sur l'autre rive et se dirigeait, affolée, vers la place Saint-Pierre.

– Mon Dieu, pourvu que…

Natacha accosta une femme bouleversée.

– Que se passe-t-il ?

– Ils ont tiré sur le pape !

Le père Ernetti se signa.

– Est-il blessé ?

– Mort ! Le bon pape Jean-Paul est mort.

Pellegrino resta immobile. Il était effondré.

– Nous sommes fautifs. Nous l'avons laissé seul avec Alfonso, ce… criminel !

Natacha le tira par la manche pour l'entraîna à l'écart.

Elle réussit à éviter la place Saint-Pierre, où la foule entamait une prière collective, pour gagner la Via Angelica par des rues adjacentes. Même les gardes suisses avaient abandonné leur poste pour se joindre à la prière. Natacha et Pellegrino entrèrent en courant dans le bâtiment des archives secrètes et dévalèrent les couloirs pour regagner leur laboratoire. Les policiers avaient emporté ce qu'ils avaient pu, qui ne leur servirait pas à grand-chose. Par chance, le chronoviseur et le Cray-1 étaient intacts, un miracle après la tempête qu'ils avaient traversée.

Natacha verrouilla la porte derrière eux.

– Asseyez-vous, mon père. C'est un choc terrible, c'en est un pour moi aussi.

Pellegrino préféra s'agenouiller et prier pour l'âme du pape. Natacha, pendant ce temps, fouillait la pièce.

– Si je me souviens bien, il y a une radio à transistor dans ce tiroir. Ah, la voilà !

Elle alluma la radio, mais elle ne fonctionnait pas.

– Où rangez-vous vos piles, père Ernetti ?

Prostré, en proie au chagrin et à la culpabilité, il indiqua un tiroir. Elle n'eut aucun mal à trouver l'information, toutes les radios ne parlaient que de ça. Le commando qui avait enlevé le pape avait été découvert et abattu, et le Saint-Père tué dans la fusillade. Le principal responsable de l'enlèvement, Alfonso Varela, avait échappé de justesse à la fureur vengeresse de la foule. Il était actuellement interrogé dans les locaux de la police. L'enquête s'orientait vers une action terroriste des Nicaraguayens, montée avec la complicité du jeune astronome, pour échanger le pape contre une levée de l'embargo américain. Le président Robert Kennedy avait ordonné l'envoi d'un porte-avions nucléaire vers le Nicaragua. Naturellement, les Soviétiques avaient menacé les Américains de représailles en cas de débarquement sur les côtes de la jeune république socialiste. Natacha éteignit le poste. Elle ferma les yeux, inspira et expira longuement.

– Le pape n'est pas mort, lâcha-t-elle.

– Que racontez-vous, Natacha ? Vous avez entendu les nouvelles comme moi.

– *Notre* pape n'est pas mort. J'ignore comment, mais nous sommes passés dans un autre monde.

– À quoi pensez-vous ? Un monde parallèle ?

– Quelque chose comme ça. Un monde où Robert Kennedy est président des États-Unis et pas Ronald Reagan, où Sandro Pertini n'est pas le président de la République italienne, un monde où Israël et les Arabes vivent en paix depuis longtemps…

– Mais où le pape Jean-Paul II, hélas, est mort assassiné !

Ils s'observèrent pendant quelques secondes pour essayer de comprendre ce qui leur arrivait.

– Vous pensez que le chronoviseur nous a joué un mauvais tour, comme il y a dix-neuf ans ?

– Cette fois, c'est plus grave. En 1964, nous étions seulement spectateurs du changement. Aujourd'hui, c'est le monde entier qui a changé !

Le père Ernetti allait et venait, essayant mentalement de rassembler les morceaux du puzzle.

– C'est peut-être ce que redoutaient les messagers qui m'ont contacté, ce qu'ils appelaient un « délignement ». Vous vous souvenez ? *« Prenez garde, père Ernetti… prenez garde. »* Ils savaient qu'avec la machine nous finirions un jour par nous approcher de la frontière interdite. C'était un conseil de prudence, mais nous ne les avons pas écoutés, et la machine s'est emballée. En franchissant la zone sombre, nous avons changé de ligne temporelle.

Cette fois, le physicien avait pris le relais du prêtre.

– Pourtant…

Il réfléchissait à voix haute :

– Pourtant, tout n'est pas perdu.

– Vous avez une solution ?

– Elle est modeste, mais réelle. Nous pourrions remettre la machine en marche et regagner le point où les mondes ont bifurqué, à l'autre bout de l'univers…

Elle avait compris son idée, admirative devant tant d'optimisme. Il poursuivit :

– Nous traverserions une nouvelle fois la zone sombre, avec une chance non nulle de nous retrouver chez nous, dans un univers où le pape est encore vivant. Nous aurions remis la réalité sur ses pieds !

Elle modéra son enthousiasme.

– Combien de chances d'y arriver ?

– Aucune idée. Une chance sur dix, peut-être.

– Une de rentrer chez nous, neuf de nous perdre dans le dédale des univers ?

– C'est à peu près la situation. Que décidez-vous ?

– Que ça vaut la peine d'essayer.

Le père Ernetti se leva, débarrassa son chronoviseur des scellés posés par les policiers et le remit en marche.

– Alors, en route !

Il griffonna quelques calculs sur un bloc-notes.

– Vingt sauts, reprit-il. Vingt sauts de six cent cinquante millions d'années pour arriver au but. Vingt minutes par saut, puis quinze pour laisser reposer la machine, puis…

Elle l'arrêta dans son élan.

– Pas de précipitation, mon père, tirons les leçons de l'expérience précédente. Allons acheter des bouteilles d'eau minérale et quelques provisions, nous pourrions en avoir besoin.

– Vous avez raison, notre garde-manger est presque vide.

Munis d'un grand sac prêté par le garde suisse de l'accueil, qui était revenu à son poste, ils se rendirent dans une épicerie proche. Natacha n'acheta que le nécessaire. Quand elle se présenta à la caisse pour payer, le père Ernetti l'appela.

– Attendez, Natacha !

– Qu'est-ce que c'est que ça ?

– Des paquets de café. On en aura besoin.

Elle n'en garda que deux.

– Vous pensez que ce sera suffisant ? demanda-t-il.

– J'espère bien ! On ne va quand même pas passer notre vie dans ce labo.

Il se résigna. À leur retour, le garde suisse sembla étonné.

– Mais... je vous ai déjà vus entrer !

– Nous venons juste d'arriver, capitaine.

– C'est incompréhensible, dit l'officier. C'est pourtant mon métier de noter qui entre et sort aux archives.

Natacha se figea. Elle posa son gros sac de courses et entraîna le père Ernetti à part.

– Mon père, respirez profondément...

– Pourquoi ?

Elle chuchota la suite :

– Ce sont nos *doubles* qui sont dans le labo !

Il en resta bouche bée.

– Nous sommes dans un monde parallèle. Il y a *une autre* Natacha et *un autre* Ernetti.

– Seigneur...

– Venez, on va vérifier.

Il recula.

– Je ne veux pas voir ça, Natacha.

Elle l'entraîna malgré lui dans les escaliers.

– C'est une nouvelle épreuve, mon père, mais il faut en avoir le cœur net.

57

Ils descendirent discrètement vers leur laboratoire. La porte était restée entrouverte. On entendait une discussion. Natacha tendit l'oreille.

– C'est bien votre voix. Et je crois que c'est la mienne.

Il tenta de la faire reculer.

– Ne restons pas là, Natacha. S'ils nous surprennent, nous serions tous les quatre dans une situation épouvantable.

Elle ne bougea pas.

– Voulez-vous fermer la porte, Natacha ? demanda l'autre Ernetti.

– Oui, mon père.

L'autre Natacha s'approcha assez pour qu'on puisse deviner son visage à travers la porte entrebâillée.

– Oh, mon Dieu !

Tétanisée, Natacha se plaqua contre le mur. Elle respirait avec difficulté.

– C'est pire que de se voir morte !

– Je vous l'avais dit, ce que nous faisons est un péché à la face de Dieu. On ne se rencontre pas soi-même, le Seigneur nous l'interdit.

– Ils ne sont pas habillés comme nous, mais c'est quand même nous.

Il l'entraîna.

– Venez, sortons d'ici.

Quand ils quittèrent le bâtiment, Natacha voulut se poster à une centaine de mètres de l'entrée des archives secrètes.

– Je veux les voir de près. C'est une expérience inouïe, mon père, je ne veux pas la rater.

– Et s'ils découvraient notre présence ? Imaginez les problèmes.

Il était inutile de la raisonner, elle n'écoutait plus. Elle regarda sa montre.

– C'est l'heure du déjeuner. Avec un peu de chance, ils vont quitter le labo.

Quelques minutes après, en effet, leurs « doubles » sortirent du bâtiment, laissant le capitaine des gardes perplexe. Natacha était fascinée.

– Quelle étrange allure. Je suis vraiment comme ça ?

– C'est toujours ainsi quand on se regarde dans un miroir, on ne s'aime pas. Que faisons-nous ?

– On les suit, dit-elle d'un ton résolu.

Ils traversèrent la place Saint-Pierre, désertée à cause de la mort du pape. Des gardes suisses interdisaient l'accès à la basilique et les barrages aux entrées du palais avaient été renforcés. Leurs « doubles » tournèrent dans une petite rue adjacente.

– Mais où vont-ils ?

– Je crois que je sais, dit le père Ernetti. Il y a un petit square, pas loin d'ici, où les touristes ne vont jamais. C'était mon jardin secret. J'y passais de longs moments quand je construisais le chronoviseur. Je pense qu'il l'emmène là-bas.

– Suivons-les.

Dans le square, des enfants jouaient. Natacha alla acheter des jus de fruits à un marchand ambulant.

– Venez, mon père, il y a un banc libre.

Ils baissèrent la tête pour éviter d'être vus. Les deux autres semblaient beaucoup s'amuser. Soudain, il se passa quelque chose d'inattendu. L'autre Natacha avait pris l'autre Pellegrino par la main. Elle fermait les yeux et dorait son visage au soleil. Il la regardait tendrement. Non loin d'eux, Natacha esquissa un sourire, tandis que le père Ernetti rougissait jusqu'aux oreilles.

– Je crois qu'ils s'aiment bien, observa-t-elle.

– Mais ce n'est pas possible, c'est un prêtre !

– C'est un homme aussi. Dans cet univers, ils sont…

– Amants ? Impossible !

L'autre Pellegrino caressa les cheveux de son amie et posa un baiser sur son front, puis sur ses lèvres.

– Nous sommes dans un autre monde, les mœurs sont différentes. Et après tout, c'est leur affaire…

Le père Ernetti, rouge de honte, ne savait quelle attitude adopter.

– C'est aussi la nôtre, Natacha.

– Pourquoi ? Il ne s'est jamais rien passé entre nous.

– Je le sais bien, mais…

– Attention, elle nous regarde. Ne commettons pas d'imprudence, mon père. À mon signal, vous repartirez calmement vers le laboratoire.

Il attendit, tétanisé. L'autre Natacha se pencha vers l'autre Pellegrino et lui parla à l'oreille d'un air complice.

– Allez-y ! lança Natacha.

Il s'éclipsa le plus discrètement possible. Une minute plus tard, elle en fit autant. Ils se retrouvèrent à l'entrée du bâtiment des archives. Le garde suisse ne comprenait pas ces allées et venues.

– On a oublié de fermer le laboratoire, expliqua le père Ernetti.

Ils coururent s'enfermer dans le laboratoire. Il verrouilla la porte, s'installa au tableau de bord et mit le chronoviseur en route.

– Nous partons.

– Et *eux* ? s'inquiéta Natacha. Que trouveront-ils quand ils reviendront ?

– Qu'importe, dit le père Ernetti qui relançait sa machine. Ils ont déjà tout ce qu'il faut pour être heureux !

58

Pendant cette partie du trajet, Natacha observa le père Ernetti, concentré, apparemment infatigable, programmant le saut suivant dès que le saut actuel était sur le point de finir. Pourquoi cette précipitation ? Comme elle, il avait certainement hâte de retrouver leur univers d'origine. Mais sa fébrilité avait peut-être une autre cause. La découverte de leurs doubles, dans le jardin public, l'avait visiblement bouleversé. Cet homme était si secret sur le chapitre de sa vie intime. Elle aussi avait été secouée. Sans comprendre pourquoi, elle réprima une forte envie de pleurer. Puis, lentement, le sommeil la gagna.

Vers quatre heures du matin, ils approchaient du point zéro. Il se pencha vers elle et lui chuchota dans le creux de l'oreille :

– Nous y sommes, Natacha.

Elle se réveilla avec peine, prit une bouteille d'eau minérale et se passa un peu d'eau sur le front. Elle avait un mal fou à garder les yeux ouverts. Le père Ernetti n'avait pas dormi, mais son énergie semblait intacte. La salle de commande sentait le café fort, mais elle ne le lui reprocha pas. Natacha savait que c'était sa drogue, ce qui lui permettait de rester debout et d'aller au bout de ses forces.

– J'ai beaucoup réfléchi pendant notre voyage, murmura-t-il. J'ai la quasi-certitude que cette zone obscure joue le rôle de sas entre des univers alternatifs, comme une porte des mondes. Seul Hawking pourrait nous en dire la raison.

Elle ne répondit rien et se surprit, pendant sa toilette, à bredouiller discrètement une prière, celle que répétait inlassablement son oncle Youri en Ukraine, quand ils essayaient tous les deux de fuir les Allemands.

– Vous êtes prête ? Nous allons plonger dans la zone obscure.

Les derniers chiffres défilaient :

– Moins cinq secondes… moins quatre… trois… deux… une…

L'écran devint noir, ce qui était prévu. Mais le laboratoire tout entier fut plongé dans l'obscurité !

– Encore une coupure de courant ? s'étonna Natacha.

Aussitôt, les batteries et l'éclairage rouge relayèrent l'installation défaillante.

– Votre machine consomme peut-être trop d'énergie…

– Non, avant cela n'arrivait jamais.

– Je vais évacuer la chaleur.

Elle courut dans la salle informatique, ouvrit la porte et se figea.

– Le mur de brume ! Il est revenu.

La même brume épaisse et grise qu'ils avaient observée lors de leur précédent passage occultait l'entrée du laboratoire. Natacha eut la tentation de s'avancer, mais le père Ernetti accourut.

– Arrêtez ! Je crois que j'ai compris…

Elle le regarda d'un air interrogateur.

– Je pense qu'en pénétrant dans la zone obscure, nous sommes arrivés dans une sorte de *no man's land.* En ce moment, nous évoluons entre deux univers. Nous avons quitté celui d'où nous venons, mais nous ne sommes pas encore entrés dans notre univers d'origine. Voilà pourquoi nous n'avons plus d'électricité. Nous ne sommes nulle part !

Elle fut parcourue d'un frisson, celui que tout être sensé éprouverait en pareille situation. Était-ce la fin ?

– C'est quoi, dehors ? Le néant ?

Il approuva en se signant.

– C'est le vide, et les ténèbres que décrivent les premiers mots de la Bible : « La Terre était informe et vide : il y avait des ténèbres à la surface de l'abîme et le souffle de Dieu planait à la surface des eaux. »

Elle ferma les yeux et répéta le même verset en hébreu, comme si ces mots pouvaient donner une forme à ses terreurs enfantines qui remontaient à la surface : *« Veha'arets hayetah tohu vavohu vechoshech al-Peney tehom veruach Elohim merachefet al-Peney hamayim. »*

– Nous comprenons maintenant pourquoi les messagers parlaient de cet endroit comme d'une zone interdite.

Il jeta un coup d'œil au compteur qui totalisait le temps écoulé depuis le point zéro.

– Ne vous effrayez pas, cette traversée ne va pas durer. Les chiffres progressent vers le futur. Nous sortirons bientôt de cet horrible endroit et nous rentrerons chez nous.

Pourtant, l'écran restait obstinément noir, comme un tunnel sans fin.

Au bout d'un moment assez court, Pellegrino protégea ses yeux avec ses mains et conseilla à Natacha d'en faire autant.

– Attention au flash…

À trois cent quatre-vingts mille ans après le point zéro, un éclair aveuglant illumina le cosmos. En libérant ses photons prisonniers, la lumière venait tout juste de naître.

– *Fiat lux*, Natacha. Que la lumière soit ! Nous venons d'assister en direct à la naissance de notre univers. C'est exactement la description qu'en fait la Bible.

Elle ne voulut pas le contrarier. La Bible ne parle ni d'une zone obscure ni d'une porte des mondes. Mais son enthousiasme faisait plaisir à voir.

– À présent, continua le père Ernetti, la Création suit son cours. Les atomes d'hydrogène vont se répandre dans l'univers, ils formeront des étoiles, des galaxies et des planètes comme la nôtre. Dans une quinzaine d'heures, si tout va bien, le chronoviseur nous ramènera en 1983, *notre* 1983.

Ses paroles, qu'il voulait encourageantes, n'eurent aucun effet sur Natacha. Elle, si courageuse habituellement, semblait terrorisée. Il la consulta du regard. Ils se connaissaient assez pour savoir communiquer sans prononcer un mot.

– Vous n'êtes pas convaincue ?

– Non. Le courant n'est pas revenu, nous restons alimentés en électricité par nos batteries de secours.

Elle avait raison, c'était inattendu.

– Nous sommes pourtant sortis de la zone obscure.

– Mais rien n'a changé.

Elle se leva et traversa la salle informatique. Il la suivit, inquiet. Elle ouvrit la porte du laboratoire.

– La brume grise n'a pas disparu.

Il peinait à cacher son trouble.

– C'est étrange, en effet.

Il se gardait d'inquiéter Natacha, qu'il sentait désemparée devant une situation qu'elle ne parvenait ni à comprendre ni à maîtriser. Très vite, d'ailleurs, son optimisme naturel reprit le dessus.

– J'ai peut-être une explication. Quand nous sommes entrés dans la zone obscure, le chronoviseur a instantanément généré une bulle invisible, une capsule hermétique qui l'a placé provisoirement en dehors de l'espace et du temps. Un réflexe d'autoprotection.

– Il se serait mis à l'abri ?

– En quelque sorte. Par la même occasion, il a nous mis à l'abri avec tout le laboratoire. Le stress du passage d'un univers à l'autre a été si fort qu'il est resté enfermé dans sa bulle, comme une tortue effrayée dans sa carapace.

– Et ça va durer ?

– Au moins jusqu'à notre arrivée, le 6 avril 1983. Il faut reconnaître que nous revenons de loin, Natacha !

Elle trouva cette explication convaincante, rassurante aussi, à défaut d'en avoir une meilleure. Mais un autre point la préoccupait. Elle consulta un des nombreux thermomètres installés dans le laboratoire.

– Vous avez vu la température ? Vingt-six degrés.

– Il faut nous enfermer dans la salle de contrôle, elle est mieux isolée.

– Et l'oxygène ? Si nous sommes dans une bulle hermétique, nous finirons par manquer d'air et d'eau. La machine ne mourra pas asphyxiée, mais nous si !

Il ne l'avait pas anticipé et préférait ne pas y penser.

– Ce sera un peu juste, admit-il, mais nous avons assez d'air dans la « bulle » pour le voyage du retour. Il nous reste aussi des bouteilles d'eau minérale et de quoi manger.

– Je vais vérifier.

Elle prit un crayon et un papier et commença à dresser un état de leurs provisions, en envisageant certaines restrictions si la situation était appelée à durer plus que prévu. Le père Ernetti, lui, retourna à son tableau de commande, comme un capitaine rivé à la barre de son bateau. La tension devenait palpable, chacun essayait de s'occuper pour éviter de penser à ce qui les attendait.

59

Au milieu de leur second saut dans le temps, le cadran du tableau de bord marqua un milliard et demi d'années.

– Nous approchons du point où nous avons semé nos messagers.

Il désigna sur l'écran la petite galaxie globulaire.

– C'est bien leur galaxie, avec le pulsar en son centre. Dès qu'ils sentiront notre présence, ils tenteront certainement de communiquer avec nous.

Le père Ernetti guetta anxieusement son écran de contrôle. Mais rien, aucun signal des messagers.

– Je n'y comprends rien, s'irrita-t-il. Ils semblaient si effrayés de nous voir pénétrer dans la zone obscure. Maintenant que nous en sommes sortis, ils gardent le silence.

Il se tourna vers Natacha et perçut son regard effrayé.

– Mon père, je ne voudrais pas jouer les oiseaux de mauvais augure, mais...

– Dites ce que vous pensez.

– Et si nous étions arrivés *ailleurs* ?

Pellegrino eut un mouvement d'humeur, comme si son anxiété longtemps refoulée se transformait en une colère franche.

– Eh bien, qu'ils aillent au diable !

D'un geste rageur, il éteignit l'écran de contrôle.

– C'est vrai, quoi ! Pourquoi avoir pris la peine de m'envoyer un message depuis le bout de l'univers si c'est pour garder le silence quand on arrive en face d'eux ? Toute cette histoire n'a aucun sens, Natacha. Je veux rentrer à Venise, oublier ce labo et ces univers parallèles.

Elle le fit asseoir.

– Calmez-vous, mon père. Si la panique nous gagne, nous sommes perdus.

Plusieurs heures s'écoulèrent. Installé à son tableau de bord, le père Ernetti, un peu plus serein, cumulait les sauts dans le temps. Elle regarda par-dessus son épaule.

– Combien de temps encore ?

– Cinq heures, peut-être un peu moins.

Elle se mit à fouiller dans ses affaires.

– Je n'ai rien apporté à lire.

– Moi non plus, sauf ma Bible.

Elle haussa les épaules en grognant.

– Je vous la laisse ! Votre Dieu nous joue des mauvais tours, vous ne voulez tout de même pas, en plus, que je chante ses louanges ?

– Dieu n'y est pour rien, Natacha. Notre orgueil est seul responsable. À trop nous approcher de lui, nous avons franchi une limite interdite.

– Je n'accepte pas cette idée, mon père ! Chaque fois que mon peuple a subi un grand malheur, il s'est battu la coulpe en se reprochant d'avoir péché. C'est insupportable. Et si la réalité était différente ? Si ce Dieu dont vous parlez jouait avec nous comme un affreux garnement ?

– Taisez-vous, Natacha, vous blasphémez !

Elle se détourna, boudeuse, et s'efforça de dormir. Un peu ébranlé par cette discussion, le père Ernetti se plongea dans la lecture des Psaumes.

*

Leur patience fut récompensée quand la date du 6 avril 1983 s'afficha enfin sur l'écran de contrôle. Aussitôt, la machine se mit en pause et l'électricité revint, avec le bruit rassurant de la climatisation. Natacha se précipita dans la salle informatique et ouvrit la porte du laboratoire.

– La bulle de protection a disparu. Vous aviez raison, père Ernetti, nos ennuis sont terminés.

Il regarda l'heure.

– Minuit et quart. C'est un peu tard pour aller dormir à l'hôtel.

– Je vais quand même prendre une douche, dit-elle.

– Vous ne voulez pas faire un tour dehors ? proposa Pellegrino. J'aimerais respirer un peu d'air frais.

– À minuit ? Vous avez un doute ?

– Depuis un moment, je ne suis plus certain de rien, Natacha.

– Commencez par faire un brin de toilette, vous en avez besoin !

Il se passa la main sur la joue. Elle avait raison, il devait être hirsute.

Vingt minutes plus tard, il se sentait plus présentable. Les couloirs du bâtiment des archives étaient éclairés, mais vides.

– Où sont-ils passés encore ? s'inquiéta Pellegrino.

Elle le précéda. Tous deux avaient besoin de se rassurer, d'avoir la certitude qu'ils étaient bien rentrés chez eux. En restant sur leurs gardes, ils sortirent du bâtiment et firent quelques pas sur le parvis.

– Mon Dieu, que c'est sombre !

Elle s'avança sur la place Saint-Pierre, éclairée par la faible lumière de quelques réverbères. Il la rattrapa.

– Attendez-moi, je ne vous vois déjà plus.

Elle sortit de son sac un stylo-lampe de poche. L'obscurité était si épaisse que, sans cela, ils n'auraient pas vu grand-chose. Elle s'arrêta pour observer le ciel.

– Qu'y a-t-il ?

– Il n'y a pas de lune.

– Et alors ? C'est une nuit sans lune.

– Impossible. Compte tenu de la date, ça devrait être la pleine lune, je l'ai appris à l'armée.

– Elle est peut-être cachée par les nuages.

– Non, on voit les étoiles.

Ce réflexe de combattante, qui l'amenait à percevoir un danger partout, commença à irriter le prêtre.

– Natacha, je n'ai pas dormi depuis des heures, je n'arrive plus à réfléchir. Prenons un peu de repos, nous aviserons demain.

Elle aussi ressentait la fatigue. Mais tout était calme, trop calme.

– Entendu, mon père.

Il n'y avait qu'un canapé dans la salle de contrôle. C'est pourquoi le père Ernetti disposa deux fauteuils dans la salle informatique.

– Mais vous ne pourrez pas dormir avec le bruit de la climatisation !

– Je vais me couvrir. Je me raconterai que nous prenons des vacances sous les tropiques et que l'air conditionné a été réglé un peu fort.

– Vous aurez des courbatures, demain matin.

– Natacha, dormez !

Elle éteignit la lumière.

– Et fermez la porte, insista-t-il, on ne sait jamais.

60

– Oh, pardon !

En entrant dans le laboratoire, le garde suisse fut étonné de découvrir le père Ernetti assoupi dans la salle informatique. Natacha se lavait les dents dans la salle de bains.

– Nous avons travaillé tard, expliqua-t-elle.

Elle le rappela.

– Capitaine ?

– Oui, madame ?

– On vous a changé vos uniformes ?

– Non, pourquoi ?

Elle se souvenait du célèbre pourpoint jaune à bandes rouges et bleues des gardes suisses. Le pourpoint n'avait pas changé, mais les bandes étaient vertes et jaunes. Elle préféra ne rien dire au père Ernetti, pour éviter de l'inquiéter.

– Voulez-vous venir avec moi, mon père ?

Elle mit sa veste pour sortir. Le père Ernetti lui emboîta le pas. Sans le dire, il redoutait lui aussi le moment de reprendre contact avec le monde extérieur. À deux, ce serait plus facile.

Une fois dehors, ils furent rassurés de découvrir que la place Saint-Pierre était toujours la même, avec ses religieuses, ses prêtres et ses touristes.

– Bon, pour l'instant, tout a l'air normal.

Natacha regardait autour d'elle.

– Là-bas, dit-elle, il y a un kiosque à journaux.

Il la suivit, toujours anxieux. Au premier coup d'œil, ils surent qu'il n'y avait pas de quoi s'inquiéter. Aucun quotidien affiché sur le kiosque ne titrait sur la mort du pape. Elle acheta *La Stampa* et feuilleta le journal. Pellegrino regardait par-dessus son épaule.

– « Le pape Jean-Paul II a inauguré un nouvel hôpital destiné aux enfants malades de Rome. » Il est bien vivant.

– C'est rassurant. Et le reste ?

Le journal relatait les querelles habituelles des partis politiques qui se disputaient le pouvoir. Un article commentait les récentes décisions du président Reagan sur l'Initiative de défense stratégique, ces antimissiles supposés assurer la défense des États-Unis en cas d'attaque nucléaire. Enfin, Israël et les pays arabes se bombardaient des mêmes invectives.

– Nous sommes revenus dans le monde que nous avions quitté, Natacha.

Elle tempéra son enthousiasme.

– Presque. Ici, il n'y a pas de lune.

Il regarda le ciel, qui était couvert.

– Elle était probablement cachée, le temps est à l'orage. Arrêtons de nous inquiéter. Je pense qu'il faudrait faire le point avec le pape.

C'est alors que le propriétaire du kiosque sortit à la hâte et le ferma avec des volets en bois épais. Il avait l'air inquiet.

– Que se passe-t-il ? demanda Natacha.

– La tempête de onze heures ! Cette fois, ce sera une grosse.

Ils levèrent les yeux. Des cumulonimbus, venus de nulle part, s'étaient formés en un clin d'œil. Le soleil disparut, un vent puissant se mit à souffler.

– Je n'ai jamais vu un changement de temps aussi rapide, dit Pellegrino.

– Protégez-vous, leur cria le propriétaire du kiosque. Je n'ai pas de place à vous offrir dans mon kiosque.

Natacha entraîna le père Ernetti à l'intérieur de la basilique Saint-Pierre, où de nombreux visiteurs s'étaient réfugiés. Certains priaient. Au-dehors, les éléments se déchaînaient. Un orage d'une force inhabituelle s'abattit sur Rome pendant une dizaine de minutes. Les éclairs illuminaient de leurs flashs effrayants l'intérieur de la basilique. Puis tout s'arrêta brutalement. On entendit alors les sirènes des ambulances qui sillonnaient la capitale italienne, à la recherche de blessés.

– Incroyable, cette tempête, non ? confia le père Ernetti à un autre prêtre.

Celui-ci le regarda comme s'il était idiot, haussa les épaules et s'en alla.

Natacha se rapprocha de Pellegrino et lui parla à l'oreille :

– Je crois, mon père, que ces phénomènes météo font partie de leur quotidien.

– Mais pourquoi ? Qu'est-il arrivé ici ?

Elle regarda le ciel.

– Je vous le répète, il n'y a pas de lune. Rappelez-vous ce que disait Alfonso : la Lune stabilise la rotation de la Terre. Sans elle, notre planète basculerait en permanence sur son axe, comme une toupie folle. C'est ce nous voyons et qui explique cette météo fantasque.

Il commençait à comprendre ce qu'elle avait en tête.

– Vous voulez dire que nous sommes encore perdus ?

– Oui. C'est la raison pour laquelle les messagers restaient muets. Dans ce nouvel univers, ils n'existent pas. Quelle heure est-il ?

– Environ midi. Pourquoi ?

Elle montra le ciel qui s'obscurcissait.

– La nuit est en train de tomber. Sans la Lune, la Terre tourne plus vite. Ici, les journées sont plus courtes. Bientôt, nous verrons les étoiles.

– Et notre visite au pape ?

– Attendons demain, les nuits sont courtes, elles aussi. Rentrons au labo, nous y serons plus en sécurité.

*

– Et si…

Le père Ernetti se figea à l'approche du bâtiment des archives secrètes.

– Puisque nous sommes arrivés dans un nouveau monde parallèle, nous avons peut-être des alter ego ici aussi : une Natacha 3 et un Pellegrino 3 !

– Il n'y a qu'une manière de le savoir, dit-elle.

Elle mit ses lunettes de soleil, se dirigea vers le garde de faction et parla quelques secondes avec lui. Puis elle afficha un large sourire et fit signe au père Ernetti de venir.

– J'ai compris que Natacha 3 était repartie en Israël et que lui était à Venise. Donc nous aurons la paix.

Ils s'installèrent dans la salle de commande et grignotèrent machinalement quelques biscuits. Ils étaient franchement découragés.

– Nous sommes peut-être condamnés à errer d'un univers à l'autre pour l'éternité.

– Ah ! Ne parlez pas de malheur !

Elle sentait qu'il était lui aussi à bout de nerfs. Elle préféra garder le silence.

– À quoi ressemble ce monde ? s'interrogea-t-il. Pourrions-nous y vivre ?

– Des jours et des nuits de six heures, une météo folle et peut-être bien pire ? Très peu pour moi, mon père.

– Je pense, pour avancer, qu'il faudrait tout dire au pape. Dans ce monde, il est vivant. Peut-être saura-t-il nous conseiller ?

– Si vous voulez. Mais n'oubliez pas que ce n'est pas *notre* pape, c'est celui d'un monde sans lune. Un pape numéro 3, en quelque sorte !

61

Le lendemain, dès que le jour fut levé, ils se présentèrent au palais pontifical. Après quelques explications à l'accueil, ils furent reçus par le secrétaire d'État Cipriano. Il les avait reconnus et s'était montré amical, ce qui était plutôt encourageant après les incidents de ces derniers jours.

– Comment allez-vous, mes amis ?

– Nous devons impérativement parler au Saint-Père, monseigneur.

Le cardinal regarda sa montre.

– À cette heure, il termine sa partie de golf dans les jardins tropicaux, il sera là dans une dizaine de minutes. Voulez-vous l'attendre dans la salle des audiences ?

– Oui, bien entendu.

Pellegrino croyait rêver.

– Dans quel monde sommes-nous encore tombés, Natacha ?

– Je n'en sais trop rien, mon père.

Ils patientèrent dans l'antichambre. Elle remarqua un détail sur le mur d'en face et se pencha vers Pellegrino.

– Regardez la croix, juste devant.

C'était une croix latine inversée, un Christ crucifié la tête en bas. Pellegrino s'affola.

– Le signe de Satan !

Elle le calma.

– Non, ici c'est simplement la croix de Saint-Pierre.

Elle avait raison. Il se rappela le récit d'Eusèbe de Césarée, un des pères de l'Église. Quand il fut crucifié par les Romains, l'apôtre Pierre avait demandé à ses bourreaux de le supplicier la tête en bas, parce qu'il ne se jugeait pas digne de subir le même supplice que le Christ. Dans l'univers où ils étaient arrivés, le pape, successeur de Pierre, adorait la croix de Saint-Pierre, ce qui semblait assez logique. Mais c'était bien la preuve qu'ils étaient *ailleurs*.

– Le Saint-Père va vous recevoir, annonça un majordome.

Ils furent introduits dans le bureau du pape, qui les attendait en short et chaussettes blanches. Il vit leur surprise.

– Pardonnez ma tenue, mes enfants, mais avec vous, je ne fais pas de manières. Je pensais que vous aviez pris quelques jours de repos à Venise, père Ernetti ? Et vous, madame, à Jérusalem ?

– Euh, je… Il nous restait quelques préparatifs à faire, pour notre future expédition avec le chronoviseur.

– Bien, bien. Quelle chance, vous avez ! Et comme j'aimerais vous accompagner. Excusez-moi une minute…

Pendant qu'il rangeait ses clubs de golf, Natacha chuchota à l'oreille du père Ernetti :

– Vous avez vu sa main ? Elle ne tremble pas, il respire la santé.

– Que voulez-vous dire ?

– Que ce n'est pas le pape que nous connaissons, c'est un pape parallèle. Le pape 2 est mort et le pape 3, bien vivant, n'a jamais subi deux attentats.

Le pontife retourna à eux en affichant un sourire bienveillant.

– Vous aviez quelque chose à me confier, père Ernetti ?

Tétanisé, Pellegrino ne put parler. Natacha prit le relais. Elle raconta ce qui lui passait par la tête :

– Nous voulions juste vous rappeler que le professeur Varela nous accompagnera tout au long du voyage.

Le pape sembla surpris.

– Un très charmant garçon, oui. Et qui semble très compétent. Oui, je suis d'accord, naturellement.

– Dans ce cas, il ne nous reste plus qu'à nous retirer.

– Oh, mais vous ne partirez pas sans goûter à mon thé. Je l'ai préparé moi-même, comme ma mère le faisait au Danemark.

Pendant que le pape s'affairait avec sa théière, le père Ernetti se tourna vers Natacha et lui parla à l'oreille :

– Il n'est plus polonais ?

– Non, ici il est danois !

Ils burent quelques gorgées en meublant la conversation comme ils pouvaient. Puis le pape consulta sa montre.

– Oh, mais je crois qu'un nouveau rendez-vous m'attend. Il y a tant à faire et les journées sont si courtes !

– Nous vous laissons, Votre Sainteté. Nous reprendrons contact avec vous quand nous aurons découvert quelque chose d'intéressant.

– Ah oui, dit le pape. Mais au fait, que cherchez-vous ?

Le père Ernetti se mit à bafouiller, mais Natacha l'entraîna.

– N'abusons pas du temps du Saint-Père. Venez, père Ernetti.

Quand ils sortirent du palais épiscopal, la neige tombait sur Rome.

– De la neige à présent ?

– Sans la lune, mon père, il n'y a plus de saisons.

En essayant de ne pas glisser sur la neige fraîche, ils retournèrent vers leur laboratoire des archives secrètes. Ils se séchèrent et firent le point.

– J'ai au moins une certitude, affirma Natacha, ce monde est invivable.

– Mais comment retrouver le nôtre ?

– Quelles sont nos options ?

– Les mêmes que la dernière fois : remettre le chronoviseur en marche et traverser une nouvelle fois la zone obscure. C'est ce que vous vouliez faire, non ?

– À la réflexion, ce n'est pas une si bonne idée. Nous pourrions passer des années à faire des allers-retours.

– Vous avez une autre solution ?

– Oui : prendre le problème à la racine. Comprendre ce qui nous arrive et changer de monde en sachant où nous allons.

– Mais qui pourrait nous aider ?

Ils eurent la même idée en même temps.

– Hawking, Stephen Hawking. Lui seul pourrait comprendre ce qui nous arrive et nous tirer de là.

62

Dans la loge du gardien des archives, Natacha composa le numéro des Hawking, à Cambridge. Près d'elle, le père Ernetti s'inquiéta.

– Et si Hawking n'existait pas dans ce monde ?

Elle trouvait son anxiété envahissante, même si elle n'était pas elle-même très rassurée.

– Si vous me laissiez faire ?

À l'autre bout de la ligne, la sonnerie retentit. Elle ferma les yeux, priant pour que quelqu'un décroche.

– *Hello ?*

C'était bien la voix de Jane. Natacha respira.

– Bonjour, Jane, c'est Natacha Yadin-Drori. Je suis en compagnie du père Ernetti. Vous vous souvenez de nous ?

Elle se rappelait parfaitement bien.

– Pourrions-nous dire un mot à Stephen ? C'est assez urgent.

Le père Ernetti se rapprocha. Natacha semblait surprise par la réponse de l'épouse de Hawking.

– Qu'y a-t-il ? chuchota Pellegrino.

– Il n'est pas à la maison, il est en train de faire son jogging !

Le prêtre fit des yeux ronds.

– Jane, serait-il possible de venir lui parler à Cambridge ? Nous avons du nouveau à lui apprendre… Dans ce cas, d'accord… À très vite, alors !

Elle raccrocha.

– Elle nous invite à passer chez eux le plus vite possible, notre machine le passionne.

– Vous êtes sûre que c'est le même Hawking ? Nous l'avons quitté en fauteuil roulant.

Elle sourit.

– Les mondes parallèles n'offrent pas que des mauvaises surprises, mon père.

*

Quand ils arrivèrent à Londres, ils firent une nouvelle découverte : dans cet univers alternatif, les Anglais roulaient à droite ! Cette fois, le père Ernetti prit le volant.

– Je ne sais pas comment nous sortirons de cette aventure, Natacha, lui confia-t-il. Je pense surtout à notre santé mentale.

Elle se sentait fautive.

– Je suis la seule à blâmer, mon père. Si je n'étais pas venue vous chercher à Venise, vous y seriez encore. Le pape et Cipriano se sont servis de moi, j'aurais mieux fait de refuser.

– Ne vous reprochez rien. Je suis venu parce que j'avais le choix entre continuer à exorciser des vaches ou vivre dangereusement en votre compagnie. J'ai préféré le danger.

– On m'a souvent dit que je portais la poisse.

– Ce que certains appellent la poisse, d'autres l'appellent la vie, disait ma mère. Avec vous je vis intensément, Natacha !

– Merci, mon père.

Elle se cala sur son siège.

– Je peux dormir un moment ?

– Allez-y, on a une bonne heure de route.

Une fois à Cambridge, ils trouvèrent facilement la maison des Hawking. Cette fois, le physicien vint lui-même à leur rencontre. Il avait gardé sa tenue de sport.

– Quel dommage que les journées soient si courtes !

En effet, la nuit commençait à tomber.

– Venez me raconter, vous dînerez avec nous. Quand nous aurons fini, le jour sera peut-être levé.

Il s'arrêta devant Natacha.

– Vous avez changé de coiffure, Natacha ?

Elle jugea inutile d'entrer dans une longue discussion et acquiesça. Ils prirent place autour de la table basse, dans le grand salon.

– Je vous écoute, père Ernetti. Avez-vous rencontré vos interlocuteurs du bout de l'univers ?

– Professeur, répondit le prêtre, vous êtes la seule personne à qui nous pouvons parler franchement, sans être pris pour des fous.

– Ah ?

– La dernière fois que nous vous avons rencontré, vous étiez paralysé à 90 % par une maladie neurodégénérative qui vous clouait dans un fauteuil.

Hawking fut ébahi.

– Moi ? Je ne me suis jamais si bien porté.

– Nous le voyons bien, professeur, reconnut Natacha, mais c'est pourtant la vérité.

Elle respira un grand coup.

– Vous commencez, père Ernetti ?

– Eh bien, quand nous vous avons quitté, il y a quelques semaines…

Stephen Hawking écouta, fasciné, le récit que lui firent Natacha et Pellegrino.

63

Quand ils eurent fini, Hawking garda un moment les yeux fermés.

– C'est incroyable, balbutia-t-il. Incroyable !

Il alla chercher un épais dossier sur son bureau.

– Je vous crois à cent pour cent, mes amis. Ce que vous me racontez vient confirmer une hypothèse sur laquelle je travaille depuis des années : celle de la pluralité des univers, que j'appelle le multivers.

À leur expression, il comprit qu'ils ignoraient de quoi il parlait.

– Je vais vous expliquer.

Il ouvrit son dossier, qui contenait des centaines de feuillets couverts de calculs complexes.

– Les calculs montrent que…

– Stephen !

Son épouse, Jane, l'avait arrêté.

– Si tu veux que nos amis comprennent, fais un petit effort de pédagogie. Raconte-leur ton idée comme tu me l'avais racontée l'autre jour, dans la cuisine.

Hawking referma son dossier.

– Si Jane n'était pas là, je passerais mon temps à essayer de convaincre une foule qui m'a abandonné seul, sur une place vide. Elle a raison. Je vais donc vous parler avec les mains.

Il se leva.

– Souvent, dans l'imaginaire populaire, les gens croient que le Big Bang, c'est ça…

Il ouvrit son poing droit et mima une explosion.

– *Whooosh !* Le cosmos serait issu d'un point infinitésimal, très dense et très chaud, qui aurait donné naissance aux étoiles et aux galaxies. Eh bien, ce n'est pas exact.

– Écoutez bien, dit Jane, c'est là que ça devient intéressant.

– En réalité, il y a eu *deux* Bang. Le premier était modeste et a duré une minuscule fraction de seconde…

Avec son poing, il refit son *whooosh.*

– Mais le second Bang était bien plus important.

Cette fois, il fit un *whoooooooooosh* en écartant les bras.

– Ce second Bang a beaucoup agrandi l'univers[1]. J'ajoute un élément qui vous concerne directement…

Habituée à la démonstration de son mari, Jane lui tendit un verre.

– C'est ce qu'on donne aux enfants pour faire des bulles de savon, dit Jane. Un mélange d'eau, de sucre et de liquide vaisselle.

Il prit un bâtonnet en plastique qui se terminait par un anneau. Il remua la solution, puis en sortit le bâtonnet et souffla dessus. Plusieurs bulles de savon, accrochées les unes aux autres, se formèrent aussitôt.

– Voilà ce qui s'est passé : le second Bang a donné naissance à une multitude d'univers, comme ces bulles.

– C'est ce que vous appelez le multivers ? demanda le père Ernetti.

– Exactement. Des milliards d'univers différents, créés en même temps.

---

1. Il a agrandi l'univers d'un facteur 10^{26}, dix suivi de vingt-six zéros. C'est énorme. Ce modèle des deux « Bang », celui de l'inflation cosmique, est aujourd'hui admis par la plupart des astrophysiciens.

– Et tous ces univers coexistent ?

– Oui, et vous en avez visité trois. Vous avez quitté votre univers d'origine, où le pauvre Stephen était presque complètement paralysé…

Jane lui tendit la main.

– *Oh, darling...*

– … pour un autre univers où le pape est mort assassiné, puis pour un troisième où la Terre n'a pas de satellite… comment l'appelez-vous déjà ?

– La Lune.

– … où la Terre n'a pas de Lune et dans lequel je viens de faire, de bon matin, une heure de jogging.

– Et la zone obscure ? demanda Natacha.

– Il est probable que ce soit une zone-carrefour, à la croisée des mondes. Si vous la traversez à nouveau, vous sauterez dans un autre univers, puis dans un autre encore, jusqu'à arriver un jour dans un monde où Stephen Hawking est un clown dans un cirque tandis que Sylvester Stallone est président des États-Unis !

– Ne plaisante pas, Stephen, lui dit Jane sur un ton de reproche, ils sont assez ennuyés comme ça.

Le père Ernetti était, en effet, très mal à l'aise.

– Il y a quand même une chose que j'ai du mal à comprendre, professeur Hawking. Le chronoviseur ne permet que de *voir* dans le passé, il ne se déplace pas comme le ferait un vaisseau spatial.

– C'est vrai, admit Hawking.

– Pendant tout ce voyage, nous n'avons pas quitté notre laboratoire, nous nous sommes contentés de regarder notre écran. Et pourtant, le monde entier a changé autour de nous. Nous avons déjà effectué de nombreux voyages avec cette machine, mais jamais ce n'était arrivé. Comment l'expliquez-vous ?

Hawking eut alors une réaction inattendue. Il se leva rageusement et envoya valser le tabouret du piano. Natacha et Pellegrino en restèrent ahuris, mais Jane les rassura :

– Ne vous inquiétez pas, il est toujours comme ça quand une énigme lui résiste. Sherlock Holmes était pareil.

– Eh bien, mon père…, commença Hawking.

Il réfléchissait. Natacha se dit qu'il allait proposer sa réponse, celle du Sphinx de la physique.

– Votre objection est juste, mais je n'ai pas la solution. Vous savez ce qu'on dit en Angleterre ? La preuve du pudding, c'est qu'on le mange. La preuve que vous avez physiquement changé d'univers, c'est que vous êtes ici et non plus là-bas.

– Mais tout de même…, commença le père Ernetti.

– N'insistez pas, dit Jane. Quand il s'énerve, il devient insupportable !

Natacha l'avait compris. Il s'en fallut de peu pour que le Hawking légèrement caractériel dans cet univers parallèle les laisse en plan et aille se coucher. Elle intervint :

– Le professeur Hawking a raison, père Ernetti. Le même phénomène s'est produit en 1964, lors de notre premier voyage à l'époque évangélique[1]. Le chronoviseur proposait des destins différents de Jésus, sans qu'on puisse comprendre pourquoi.

Hawking les écoutait avec curiosité.

– Comment a réagi le pape ?

– Il a enfermé la machine pendant presque vingt ans dans une cave.

– Des obscurantistes ! s'énerva Hawking. Ce sont les mêmes ignorants qui ont condamné Galilée !

– Stephen, gronda Jane.

Il se calma instantanément.

– À présent que votre affaire s'éclaircit, mes amis, que comptez-vous faire ?

– Je ne sais pas trop, répondit le père Ernetti avec un geste fataliste. Nous allons essayer de retrouver notre chemin.

---

1. Voir *La Machine Ernetti*.

Hawking afficha une mine sceptique.

– Je ne voudrais pas vous décourager, mais si ma théorie du multivers est juste, les univers parallèles doivent se chiffrer en millions, peut-être en milliards !

Natacha et Pellegrino se regardèrent, de plus en plus pâles.

– Que nous conseillez-vous ? De baisser les bras ? s'alarma Natacha.

Le savant se leva pour aller feuilleter son dossier.

– J'aurais bien une idée, mais je ne voudrais pas vous donner trop d'espoirs.

– Tout ce que vous proposerez sera bon à prendre, professeur Hawking.

– Dans le multivers, chaque univers a sa marque, différente des autres. Sa carte d'identité, si vous voulez. Ce sont des constantes comme la vitesse de fuite des galaxies, la charge de l'électron, l'intensité de la force nucléaire, etc. Chacune de ces constantes est dotée d'une valeur bien précise. En d'autres termes, aucun univers ne peut être absolument semblable à un autre.

Pellegrino commençait à voir où il voulait en venir.

– Vous voulez dire que nous pourrions retrouver la trace de notre univers en nous servant de ces paramètres ? Mais comment ?

– Seuls, vous n'y parviendrez pas. Il faudrait vous faire accompagner par un physicien.

Jane prit la main de son époux.

– Pas toi, Stephen !

– Pas moi, car ce physicien devrait faire un immense sacrifice : quitter l'univers où nous sommes actuellement pour vous accompagner là où vous irez. Même si l'expérience est fascinante, je tiens trop à ma Jane telle qu'elle est ici. En revanche…

Il échangea un regard avec son épouse.

– Je sais à qui tu penses, lui dit-elle.

– Tu crois qu'il accepterait ? l'interrogea Hawking.
– Appelle-le, on peut toujours lui en parler, suggéra Jane.
– De qui s'agit-il, monsieur le professeur ? s'impatienta Natacha.
– De mon collaborateur, Alfonso Varela.

64

Le père Ernetti en eut le souffle coupé.

– V…

En un éclair, ils comprirent qu'il s'agissait d'un autre Varela, d'un Varela alternatif. Natacha prit la main de Pellegrino. Ils devaient rester calmes pour ne pas devenir fous. En revanche, cette situation semblait beaucoup amuser Hawking.

– Le Varela dont je vous parle ne vous a pas encore été présenté. Comme l'autre, il vient du Nicaragua et enseigne l'astrophysique à Cambridge.

Natacha avait du mal à suivre.

– Pourquoi disiez-vous qu'il pourrait nous aider ?

– Comme dans l'histoire que vous nous avez racontée, expliqua Jane, Alfonso a épousé une charmante jeune femme, Rafaela, qui faisait des études de droit à Managua. Ces deux-là s'adorent, nous les avons reçus à la maison à Noël.

– Ils *s'adoraient*, corrigea Stephen.

– Oui, hélas. Il y a deux semaines, en voulant éviter un gamin qui traversait la rue, Rafaela a été victime d'une collision avec un autobus. Elle est morte sur le coup. Le pauvre Alfonso est allé à Managua pour l'enterrer, mais il n'arrive pas à s'en remettre.

– Et vous pensez que…

– Oui, dit Hawking. Si la Rafaela de notre univers est décédée, celle du vôtre est peut-être vivante. En faisant le voyage avec vous, Alfonso pourrait la retrouver.

Il décrocha son téléphone. Le père Ernetti, lui, ne savait plus quoi penser. Il murmura à Natacha :

– Dieu peut-il permettre ce genre de choses ? Rendre la vie à un défunt en sautant d'un univers à un autre ?

Natacha eut un mouvement d'humeur.

– Laissez Dieu de côté, mon père, nous avons bien retrouvé le pape en changeant d'univers !

Pendant ce temps, Stephen avait réussi à joindre Alfonso.

– Alfonso ? C'est Stephen. Venez vite à la maison, on a une proposition à vous faire.

Il raccrocha.

– Il sera là dans trente minutes.

– Pendant ce temps, dit Jane, je fais une citronnade pour tout le monde !

Quand la sonnerie de la porte d'entrée retentit, le père Ernetti ne put s'empêcher de sentir monter en lui une forme de ressentiment. Il savait que ce n'était pas le même Alfonso Varela, mais il lui en voulait quand même. Il accusa son cerveau reptilien. Physiquement, Alfonso était le même homme que celui qu'ils connaissaient, le sourire en moins. Jane lui présenta Natacha et Pellegrino.

– Nous leur avons beaucoup parlé de vous.

– Pardonnez-moi de ne pas être un aussi joyeux compagnon que d'habitude, mais Jane vous a certainement…

– Elle nous a expliqué, professeur Varela, dit le père Ernetti. Et vous avez toute notre sympathie.

– Asseyez-vous, Alfonso, dit Stephen. Ce que nous allons vous raconter vous paraîtra incroyable. Et plus encore ce que nous allons vous proposer.

Quarante minutes après, tout était dit. Alfonso se tourna vers Stephen et Jane.

– Si ce récit ne venait pas de vous, mes amis, je partirais furieux en vous disant que vous n'avez pas le droit de plaisanter avec mon malheur. Mais je vous connais, je sais que vous essayez vraiment de m'aider.

– Tout est vrai, assura le père Ernetti.

– Pour sauver Rafaela, j'aurais donc participé à un enlèvement du pape qui a débouché sur son assassinat ?

– Non, fit Hawking, justement pas. Le pape a été enlevé et tué dans un univers alternatif, où tout a dérapé. En revanche, dans celui d'où viennent Natacha et le père Ernetti, votre femme est prisonnière des terroristes, mais bien vivante.

– Mais comment pourrions-nous retrouver cet univers, parmi des milliards d'autres ?

– C'est là où nous avons besoin d'un physicien, répondit Hawking. Si vous partez avec eux, vous emporterez un spectromètre, que vous connecterez à leur supercalculateur. L'analyse spectrale vous mettra sur le bon chemin.

Jane sentit la nécessité de donner une explication à leurs invités :

– En décomposant la lumière des galaxies, le spectromètre vous dira très vite si vous êtes dans le « bon » univers ou non. Vous verrez, c'est facile à comprendre.

– Admettons, dit Alfonso. Mais comment libérerons-nous Rafaela ?

Natacha intervint à son tour :

– Alfonso, je travaille depuis vingt ans pour le Mossad. Nous avons déjà connu des situations de ce genre, et nous avons le plus souvent réussi à libérer les otages. Dans votre cas, ce ne sera même pas nécessaire. Le gouvernement du Nicaragua désavouera les terroristes, il ne voudra pas tremper dans un acte criminel.

– Tant qu'elle est vivante, ajouta Stephen, tout reste possible.

Jane approuva.

– Vous la retrouvez. Vous la ramènerez à Cambridge et nous prendrons soin d'elle.

Alfonso resta silencieux. Puis, affichant une mine désolée, il secoua la tête.

– Stephen, il y a un énorme problème.

– Lequel ?

– Admettons que je suive nos deux amis dans leur univers d'origine, celui où Rafaela est encore vivante…

– Eh bien ? fit Hawking.

– Vous ne comprenez pas ? Rafaela est la femme d'un autre Alfonso, celui de votre univers. Je ne peux tout de même pas lui voler sa femme !

Hawking eut un geste agacé.

– Je n'avais pas pensé à ça.

À nouveau, il se leva et envoya valser le tabouret. Natacha et Pellegrino échangèrent un regard inquiet. Tout leur plan semblait tomber à l'eau. Mais Hawking s'approcha du tableau et commença à résumer le problème selon les règles précises de la logique formelle :

– Dans cette équation, Rafaela morte = – R (non R). Vous vivant = + A. Dans ces conditions, le calcul est très limité : – R (et) + A. Vous passez votre vie à pleurer votre chère épouse. Dans leur univers, les possibilités sont plus nombreuses, l'équation est plus riche. Rafaela vivante = + R. Vous = + A. L'autre Alfonso = + A'. Naturellement, ce trio peut devenir (+ R et + A) ou (+ R et + A') : l'un des deux renonce à Rafaela. Il se sacrifie ou vous jouez le vainqueur aux dés. Ou bien nous avons + R et (+ A et + A') : vous vous partagez Rafaela. Ou + R et – (+ A et + A') : vous renoncez tous les deux à Rafaela.

Le jeune astronome sembla pris de court.

– Eh bien…

– Ne soyez pas égoïste, Alfonso, insista Hawking. Seule la vie a de la valeur, celle de Rafaela. Vous et votre alter ego potentiel avez deux merveilleuses qualités : vous êtes intelligents et vous êtes des gentlemen. Ensemble, vous trouverez une solution parmi tous ces possibles.

Il se tourna vers Jane :

– Jane, que ferais-tu si tu étais à la place de Rafaela ? Que choisirais-tu ?

La réponse ne tarda pas :

– Je prendrais la formule (+ S et + S') : les deux Stephen, *darling*, résolument !

Elle s'interrompit et regarda les autres, écarlate. Tous éclatèrent de rire.

– Elle a raison, ajouta Hawking. Le reste, ce sont des broutilles.

Alfonso, qui cherchait sans doute une bonne raison de dire oui, céda aux arguments de Hawking.

– Admettons que je les accompagne, Stephen…

– Oui ?

– Vous l'avez dit vous-même, nous avons besoin d'un spectromètre. Où allons-nous le trouver ?

Hawking, tel un ressort, bondit sur ses pieds.

– Nous en avons un à l'observatoire du campus.

– Vous allez le voler ?

– Non, je vais l'emprunter.

Il sortit en trombe, sauta dans sa voiture garée devant la maison, démarra et disparut.

– Quelle vitalité ! admira le père Ernetti.

– Mon Stephen aime se rendre utile, sourit Jane. En attendant, je vais vous préparer deux chambres. Vous passerez la nuit ici. Je vous prêterai aussi une belle valise en cuir pour transporter le spectromètre à Rome. J'imagine que cet engin doit peser un joli poids, non ?

– Au moins une vingtaine de kilos, répondit Alfonso.

– Merci, Jane, dit Natacha. Je ne sais comment vous remercier, ni si nous pourrons un jour vous rendre votre valise.

– Rendez-la à la Jane de votre univers avec mes amitiés, répondit-elle en souriant.

Puis elle s'adressa à Alfonso :

– Allez faire vos bagages. Avec un peu de chance, vous serrerez bientôt Rafaela dans vos bras !

Une heure plus tard, Hawking était de retour.

65

Natacha, Pellegrino et Alfonso partirent pour Rome dès le lendemain matin. Arrivés à l'aéroport, ils laissèrent passer la tempête de onze heures, un peu moins violente que celle de la veille.

– La moitié des humains, dans votre univers, doit souffrir d'un chaud-froid, s'amusa Natacha.

– On s'habitue, dit Alfonso. Le matin, à Cambridge, quand je pars pour le travail, j'emporte une grosse doudoune et une chemise hawaïenne.

– J'ai appelé les services techniques du Vatican pour qu'ils nous envoient une estafette, dit Pellegrino. Nous avons des courses à faire.

– Quelles courses ? s'étonna Natacha.

– Vous croyez qu'on va partir à trois sans se préparer ?

À Rome, ils achetèrent assez de nourriture et de bouteilles d'eau pour tenir un siège. Puis ils se rendirent dans un grand magasin de bricolage où ils firent l'acquisition de trois climatiseurs autonomes et d'un groupe électrogène de forte puissance pour suppléer aux batteries.

– Il nous faudra aussi de l'essence, pour faire tourner le groupe.

Dans une station-service, ils remplirent trois bidons de dix litres.

– On ne manquera de rien, plaisanta Alfonso.

– Attendez de faire le voyage, mon ami. Vous me bénirez d'avoir pensé à tout.

Pellegrino gara son estafette à proximité du bâtiment des archives secrètes.

– J'espère que les gardes suisses vont me laisser entrer, s'inquiéta Varela.

– Dans notre univers d'origine, vous faisiez partie de l'équipe. Dans l'univers numéro deux, vous êtes un dangereux criminel.

– Et dans le trois ?

– Nous verrons bien.

Ils saluèrent le garde suisse en arrivant.

– Bonjour, *signore* Varela, fit le capitaine. Heureux de vous revoir parmi nous.

– Vous voyez ? Parfois, il faut tenter la chance !

Au pas de charge, ils descendirent leurs marchandises et leur matériel au laboratoire.

– Faisons vite, dit Natacha. Dans cet univers, nos doubles sont trois !

Ils déposèrent le groupe électrogène dans la salle informatique.

– Il fera du bruit, dit Natacha, mais nous nous enfermerons dans la salle de contrôle.

– Avez-vous pensé à des bouteilles d'oxygène ? demanda Alfonso. Si votre histoire de bulle d'espace-temps est vraie, on pourrait en avoir besoin.

Pellegrino s'en voulut de ne pas y avoir songé.

– Je sais où en trouver ! Venez avec moi, Alfonso.

Il alla parlementer avec les services techniques, deux étages au-dessus, pour se faire prêter quatre bouteilles d'oxygène munies de détendeurs.

– Vous allez faire de la plongée sous-marine dans les archives secrètes ? plaisanta le responsable.

Pellegrino n'avait pas envie de discuter et prononça la formule magique :

– Service du pape !

*

À la vitesse de l'éclair, le père Ernetti fit quelques réglages et appuya sur le bouton de mise en route.

Alfonso l'observait, fasciné.

– Nous sommes vraiment partis dans le temps ?

Les chiffres qui défilaient sur le tableau de bord semblaient le prouver.

– Chaque saut, expliqua le père Ernetti, nous fait reculer de six cent cinquante millions d'années.

Il était étrange d'expliquer cette mécanique à Varela, alors que c'était lui qui l'avait mise au point. Mais c'était un autre Varela, dans un autre univers.

– Puis nous ferons une courte pause, je reprogrammerai la machine et nous repartirons pour un nouveau saut. À la longue, vous verrez, c'est assez fastidieux.

– On pourrait regarder l'écran ?

– Vous ne verriez rien, nous allons trop vite.

Le père Ernetti comprenait parfaitement que cet Alfonso, comme l'autre, brûlait de découvrir le spectacle du passé qui défilait. Mais cette fois, ils étaient pressés, ils n'avaient pas le temps de jouer les touristes temporels.

– Si vous vous mettiez au travail, mon ami ?

– Oui, mon père.

L'astronome sortit le spectromètre de sa valise. Natacha, elle, parla discrètement au père Ernetti.

– Quand il le faut, mon père, vous êtes un merveilleux homme d'action.

– Que pensiez-vous ? Que j'étais un rêveur détaché du monde ?

– Un peu, oui, dit-elle pour le taquiner.

Il haussa les épaules, mais se sentit secrètement flatté.

Pendant ce temps, Varela avait étalé son matériel au sol.

– Vous vous en sortez ?

– Hawking nous a gâtés. C'est un spectromètre Caldwell de troisième génération, ce qui se fait de mieux dans le genre. Normalement, on le couple à un télescope professionnel. En analysant la lumière des astres, il fournit des renseignements précieux. À défaut de télescope, je le connecterai directement à votre ordinateur.

– Combien de temps pour un premier test ?

– Deux ou trois heures.

Le prêtre pria intérieurement pour que la suggestion de Hawking porte ses fruits. Sans quoi, ils se trouveraient coincés à trois dans cette petite pièce pour l'éternité !

*

Les chiffres continuaient de défiler. L'écran restait brouillé, comme une vidéo qu'on rembobine à pleine vitesse.

– Nous sommes dans l'espace, Alfonso.

– Pour le test, il faudrait ralentir la machine.

– Entendu.

Le chronoviseur montra une portion d'espace piqueté de points lumineux. Varela désigna son appareillage. Il montra l'écran.

– Vous voyez ces taches de lumière ? Ce sont des galaxies comme la nôtre.

Il manipula une commande du spectromètre.

– Je vais pointer mon instrument sur l'une d'entre elles. En peu de temps, l'appareil me donnera sa vitesse de fuite.

– C'est-à-dire ?

– Comme l'univers est en expansion depuis le Big Bang, toutes les galaxies se fuient. Dans l'univers où nous sommes, elles se déplacent à 67,4 kilomètres par seconde par mégaparsec. Oubliez le mégaparsec, c'est une unité de distance. Que dit le spectromètre ?

Natacha lut le chiffre qui s'affichait.

– 67,4 kilomètres par seconde, pile.

– La norme, donc.

– Et dans notre univers d'origine ? s'inquiéta Pellegrino.

– C'est la même : 67,4 kilomètres par seconde. Seule cette vitesse est compatible avec l'existence de la vie. Si elle était plus grande, la matière ne pourrait pas s'agréger en étoiles. Plus petite, l'univers se serait effondré sur lui-même.

L'explication était très claire, mais quelque chose clochait.

– Si les vitesses de fuite sont identiques dans plusieurs univers différents, objecta Natacha, comment saurons-nous où est le nôtre ?

Alfonso eut un geste fataliste.

– En allant y jeter un coup d'œil, il n'y a pas d'autre moyen.

Natacha ne put retenir sa surprise, mais aussi son désarroi.

– Attendez… Hawking nous a dit qu'il y avait des milliards d'univers ! Dans ces conditions, à quoi sert votre spectromètre ?

– Il nous permettra de faire un premier tri. Les univers à 67,4 kilomètres par seconde ne sont pas très nombreux, heureusement.

– De quel ordre ?

– Je dirais un sur cent millions. Tous les autres univers sont vides ou infertiles.

Natacha et Pellegrino se jetèrent un coup d'œil inquiet.

– Gardez confiance, mes amis, le spectromètre fera une présélection sévère, comme pour un concours. Parmi les candidats retenus, il y aura le bon. Et nous avons des provisions, de l'eau et des bouteilles d'oxygène.

– Cela fait quand même beaucoup de temps à passer dans cette prison, déplora Natacha.

Alfonso adopta une attitude résignée.

– Si nous pouvions examiner d'autres constantes, expliqua-t-il, le filtre serait plus sélectif. Mais je n'ai pas les moyens de les contrôler ici. Nous devons nous satisfaire de la vitesse de fuite des galaxies et faire preuve d'un peu de patience.

66

Quand ils entrèrent à nouveau dans la zone obscure, la lumière s'éteignit et la climatisation s'interrompit.

– Notre bulle d'espace-temps vient de se reformer, expliqua Pellegrino à Varela. Mais cette fois, nous ne serons pas pris de court.

Il se tourna vers Natacha, qui attendait dans la salle informatique.

– À vous !

Elle mit aussitôt en route le groupe électrogène, qui dégagea des vapeurs d'essence, et relaya l'installation électrique du Vatican. Puis elle démarra les trois climatiseurs autonomes.

– C'est parti ! fit-elle en levant le pouce.

Dans la salle informatique, le bruit du groupe était difficile à supporter. Et encore plus les odeurs qui en émanaient.

– Venez nous rejoindre au poste de contrôle, cria le père Ernetti.

Natacha approuva et ferma la porte. Elle réalisa alors une difficulté supplémentaire : ils étaient trois dans une pièce de quinze mètres carrés. Évidemment, cette gêne était préférable au bruit et aux odeurs de la salle informatique, mais elle impliquait d'autres inconvénients. Elle murmura à l'oreille du père Ernetti :

– Comment allons-nous dormir ?

– On se relaiera. L'un d'entre nous dormira sur la petite banquette, tandis que les deux autres veilleront sur le tableau de bord. Pas moyen de faire autrement.

– Ce n'est pas le confort qui m'inquiète, dit Natacha, mais la promiscuité. Ce n'est jamais très bon.

– Avec un peu de chance, vous verrez, le voyage ne sera pas long.

*

Quand ils émergèrent de la zone obscure, ils avaient changé d'univers. Le père Ernetti se tourna vers Alfonso.

– Pouvez-vous faire votre test ? demanda-t-il, plein d'espoir.

– Pas encore, il faut avancer un peu plus dans le temps, attendre la formation des premières galaxies.

Natacha se retint pour ne pas hurler. Elle arrivait à un tel niveau de tension nerveuse que le moindre contretemps lui paraissait insupportable. Enfin, Alfonso fut en mesure de pointer son spectromètre. Le résultat tomba comme un couperet :

– On est loin du compte : 46,2 kilomètres à la seconde, rien à voir avec notre univers d'origine.

Pellegrino réagit au quart de tour.

– On rebrousse chemin.

Ils repassèrent par la zone obscure pour émerger dans un nouvel univers. Il était presque vide d'étoiles.

– Oublions cet endroit, mon père, il n'y a rien.

Ils cumulèrent ainsi plusieurs échecs. Dans un univers, les étoiles s'éteignaient aussitôt après leur apparition, comme d'éphémères lumignons. Dans un autre, elles étaient obscures, pareilles à des briquets sans essence. Ici, la gravité était trop intense, là bien trop faible, incompatible avec l'existence des étoiles. Quant aux vitesses de fuite des galaxies, elles étaient trop élevées ou beaucoup trop lentes.

– Je ne comprends pas, dit Natacha. Au début, nous sommes tombés dans des mondes différents, mais à peu près viables. Maintenant, nous collectionnons les univers stériles. Vous avez une explication, Alfonso ?

L'astronome secoua la tête.

– Le multivers est vaste, Natacha. Et notre intelligence est limitée.

Le père Ernetti ajouta une hypothèse de son cru :

– J'ai bien une réponse, mais c'est celle d'un prêtre, elle ne vous conviendra pas.

– Dites toujours.

– Nous nous sommes montrés orgueilleux avec cette machine, Dieu n'a pas aimé ça.

– Pour nous punir, il nous perdrait dans le dédale des univers ?

– Il nous sauvera, mais il ne souhaite pas que ce soit trop facile.

– Dans ce cas, s'amusa Alfonso, nous sommes comme le Petit Poucet, égarés dans la forêt. Mais nous avons un gros caillou : ce spectromètre.

Natacha sourit, puis adressa un regard triste au père Ernetti.

– Je comprends votre idée, mon père, mais je n'y crois pas. Dieu n'y est pour rien. Nous sommes perdus, c'est tout.

À la longue, le prêtre s'inquiéta de voir son amie désœuvrée, essayant en vain de penser à autre chose. La situation se compliquait à cause de la tension créée par la promiscuité. Natacha, de son côté, pensait à un documentaire qu'elle avait vu à l'armée sur cette délicate question de l'agressivité générée par un local trop petit : un abri, un tank, etc. Le film s'appelait *Ratopolis*. Des éthologistes canadiens avaient enfermé une dizaine de rats dans une petite cage. Les animaux, qui avaient peu d'espace vital, s'entretuèrent au bout de quelques jours en se déchiquetant.

Elle se répétait qu'elle était enfermée avec deux personnes de qualité : un astronome de très haut niveau et un prêtre qu'elle adorait et connaissait depuis longtemps. Il n'empêche, elle ne pouvait plus supporter leur odeur, leur manière de manger, leurs tics de langage. Sans doute était-ce pareil pour eux. Elle surprit certains regards d'Alfonso, qui semblait la trouver exaspérante.

Parfois, le père Ernetti s'isolait dans la salle informatique pour prier. Sa manière de décompresser, sans doute. Elle en faisait autant avec ses séances de gymnastique. Mais les effluves d'essence, le froid de la climatisation et le bruit du groupe électrogène eurent vite raison de ces instants de pseudo-liberté.

*

– J'en tiens un !

Il était à peu près deux heures du matin. La recherche devenant harassante, ils s'étaient partagés les heures de veille. Cette fois, c'était le père Ernetti qui surveillait l'écran.

– Qu'en pensez-vous, Alfonso ?

– C'est un univers viable, en tout cas. Il nous faut remonter le temps pour vérifier que c'est bien le nôtre. Allez dormir, mon père, je prends le relais.

À moitié endormie, Natacha s'adressa au père Ernetti :

– Nous sommes tirés d'affaire ?

– C'est trop tôt pour le dire, nous verrons dans quelques heures.

Il lui laissa le canapé et se coucha sur des couvertures à même le sol.

Vers sept heures, elle se réveilla la première. Alfonso prenait des notes.

– Alors ?

– Ce n'est pas encore ça, je regrette. Mais ce que je découvre en ce moment est tellement incroyable…

Sur l'écran, des créatures étranges, aux allures de reptile, essayaient de se redresser sur leurs pattes arrière.

– Qui sont ces monstres ?

– Une fourche possible de l'évolution. Dans ce nouvel univers, les dinosaures n'ont pas disparu, il n'y a pas eu de météore tueur. Les reptiles ont continué à évoluer vers une forme d'intelligence. Que diriez-vous d'aller les voir de plus près ?

Natacha refusa net.

– Ne perdons pas de temps, je veux rentrer chez nous.

Alfonso essaya d'argumenter, ils avaient besoin de renouveler leurs réserves d'eau. Le père Ernetti, qui s'était réveillé en les entendant se disputer, trouva le bon argument :

– Alfonso, votre femme vous attend.

De mauvaise grâce, Alfonso s'inclina.

– Très bien, je n'insiste pas. C'est la curiosité scientifique qui…

– Non !

Cette fois, Natacha avait crié.

67

Les recherches suivantes montrèrent que les univers viables étaient plus nombreux qu'ils l'avaient imaginé. Ils adoptèrent vite un raccourci. Il suffisait au trio de dérouler les premiers chapitres de l'histoire de la Terre ou de l'évolution des espèces pour détecter les « mauvais » univers et faire demi-tour en évitant de perdre du temps.

La tension au sein du petit groupe ne cessait de monter. Il arriva un moment où les trois voyageurs ne se parlèrent plus, échangeant le strict nécessaire. Chacun sentait qu'il suffirait d'un mot de trop pour déclencher une dispute, qui ne servirait qu'à gaspiller le peu d'énergie qui leur restait. Heureusement, la solution arriva au moment crucial, quand leur situation devint franchement intenable.

– J'ai une bonne intuition pour celui-là, mon père.

– Que Dieu vous entende, Alfonso.

C'était un nouvel univers viable, dont l'histoire progressait sur l'écran du chronoviseur. La première bonne nouvelle arriva à moins soixante-six millions d'années, quand une gigantesque météorite stoppa net la transformation des dinosaures en une espèce plus évoluée.

– Nous sommes sur la bonne route !

En remontant le temps, ils observèrent des dérives continentales compatibles avec la Terre qu'ils connaissaient, puis des mouvements de populations, des invasions, des guerres qui enflammaient la planète, couronnées par les champignons d'Hiroshima et de Nagasaki. Dans un silence religieux, les dernières dates s'égrenèrent sur le cadran du tableau de bord.

– 6 avril 1983, le jour de notre départ, annonça Alfonso.

Aussitôt la lumière revint, ainsi que la climatisation. Pellegrino alla éteindre le groupe électrogène et les climatiseurs autonomes.

– Quel plaisir d'être rentrés chez nous ! s'écria Natacha.

Elle se leva et alla frapper à la porte du laboratoire. Un garde suisse ouvrit, vêtu d'un pourpoint jaune aux larges bandes rouges et bleues. Natacha était tellement soulagée qu'elle l'embrassa sur la joue.

– Quelque chose ne va pas, madame ?

– Au contraire, capitaine !

Alfonso sortit du laboratoire et courut vers le poste de garde.

– Que fait-il ? demanda Pellegrino.

– Je pense qu'il va téléphoner au Nicaragua, pour avoir des nouvelles de son épouse.

– J'espère qu'elles seront bonnes.

– Moi aussi.

Elle jeta un coup d'œil derrière elle.

– Quand je pense qu'on a vécu dans ce cloaque !

Les deux salles, la salle informatique et le centre de contrôle, étaient devenues des dépotoirs où assiettes en carton, emballages et couverts en plastique débordaient des poubelles.

– J'ai bien vu que vous étiez sur le point de craquer, lui dit Pellegrino.

Elle l'enlaça et posa sa tête contre sa poitrine.

– J'ai été désagréable, n'est-ce pas ?

– Un peu. Vous avez noté que j'ai conservé mon calme ?

– Dov, mon premier mari, m'a trouvée un jour si irritante qu'il a essayé de m'assommer avec une batte de base-ball.

– Il vous a blessée ?

– Non, c'est lui qu'on a emmené à l'hôpital !

Alfonso revint vers eux. Il était anxieux.

– J'ai essayé d'obtenir Managua, mais c'est très difficile. Les opérateurs disent que la situation politique a dégénéré. Les communications ont du mal à s'établir.

– Vous avez pu parler à Rafaela ?

– Pas directement, non. J'ai réussi à joindre mes parents, ils me disent qu'elle va bien.

– Elle a donc été libérée ? se félicita Natacha.

Alfonso conserva son attitude inquiète.

– C'est ce que j'ai demandé à mon père, il s'est étonné de ma question. Je ne comprends pas. C'est ma femme, tout de même !

– Alors, que faites-vous encore ici ? s'étonna le père Ernetti. J'appelle immédiatement le service des voyages du Vatican, je prononcerai la formule magique : « Service du pape ». Ils vous trouveront une place dans le premier avion.

– Merci, mon père.

Peu de temps après, il avait sa réservation.

– Vos billets vous attendent au bureau des voyages, au premier étage du palais pontifical, salle 1128. Faites vite, votre avion s'envole de Fiumicino dans deux petites heures.

Alfonso donna une accolade chaleureuse au père Ernetti, puis serra Natacha dans ses bras.

– Nous avons vécu tous les trois des moments difficiles, dit-il, mais nous avons aussi contemplé des spectacles fascinants, l'univers comme personne ne l'a jamais contemplé.

– L'important, c'est d'être revenus sur Terre, dit Pellegrino. Nous nous retrouverons chez Hawking, nous devons lui rendre son spectromètre !

– Je vous rappelle que ce n'est pas le même Hawking, corrigea Natacha.

– C'est vrai. Eh bien, celui d'ici en aura deux !

68

Alfonso parti, Natacha et Pellegrino décidèrent de faire un peu de rangement dans la salle informatique. Un garde suisse vint les chercher.

– Ne vous embêtez pas, mon père, l'homme de ménage ne va pas tarder. Il a pris un peu de retard parce qu'il voulait assister au défilé. Venez voir, ils vont bientôt arriver !

– Quel défilé, capitaine ?

Le garde le fixa avec des yeux ronds.

– Eh bien, celui organisé pour le départ des troupes.

– Quelles troupes ?

Croyant qu'il plaisantait, le capitaine éclata de rire et sortit de la pièce.

– Le Vatican est en guerre ? demanda Natacha.

– Un défilé symbolique, supposa Pellegrino.

– Peut-être, mais je n'aime pas ça. Votre machine est-elle prête à repartir, mon père ?

– Elle, oui. Mais nous n'avons plus rien à manger et il nous reste un demi-bidon d'essence pour alimenter le groupe électrogène. Ne me dites pas que vous voulez…

Elle avait retrouvé ses réflexes de guerrière. En premier lieu, prévoir le pire. Ils longèrent les couloirs et montèrent prudemment les escaliers. Le portail du bâtiment des archives était grand ouvert. Tout le personnel s'était rassemblé sur le parvis.

– Incroyable ! s'écria Natacha.

Sous un soleil éclatant, une foule immense s'était massée sur la place Saint-Pierre. Elle était contenue à grand-peine par les gardes suisses.

– Une fête religieuse ?

– Je ne pense pas, dit-elle, sceptique.

– Regardez, ils ont monté une tribune devant la basilique.

Celle-ci, encore vide, était décorée d'une banderole sur laquelle était écrit *DECIMA CROCIATA*.

– « Dixième croisade » ? Qu'est-ce que ça signifie ?

Le père Ernetti rassembla ses souvenirs scolaires.

– Si je ne dis pas de bêtises, la dernière croisade était la neuvième, celle du roi d'Angleterre au treizième siècle.

– Alors, attendons-nous à une très mauvaise surprise, mon père.

Un petit groupe en soutane sortit de la basilique Saint-Pierre : le pape, entouré de ses cardinaux. Aussitôt, la foule hurla :

– *Lunga vita al papa !*

Les clameurs, mêlées aux chants religieux, saluèrent la montée du pape sur la tribune.

– C'est bien le pape Jean-Paul II, observa le père Ernetti. En bonne santé, apparemment.

Le pape regarda devant lui et fit un geste de la main.

– Qui salue-t-il ?

– *Eux* ! s'écria Natacha.

Arrivant du pont Vittorio Emanuele II, une file de véhicules traversa le Tibre et s'engagea sur la Via San Pio X.

– Ils viennent sur la place. Regardez, les voies ont été dégagées.

Un grondement sourd monta vers eux.

– C'est quoi ?
– Des chars d'assaut.
– Ce n'est pas possible !
Derrière les chars, des véhicules militaires blindés transportaient des rampes de missiles. L'hymne national de l'État du Vatican retentit, interprété par des chœurs et des orgues.

« O Roma felix, O Roma nobilis
Tu Pontifex, firma es petra
Et superpetram hanc aedificata Ecclesia Dei[1]. »

Quand le défilé arriva sur la place, la foule était déchaînée et applaudit à tout rompre les militaires.
– Je ne comprends pas, le Vatican n'a pas de chars d'assaut…
Natacha reconnut les types de chars qui rugissaient devant eux.
– Ce sont des chars européens : anglais, français, espagnols, allemands.
Devant la tribune du pape, les engins firent le tour de la place pour repartir d'où ils étaient venus. Toutes les nations d'Europe occidentale affichaient leurs drapeaux.
– Mais où vont-ils ? demanda Pellegrino.
Natacha lui montra un étendard : *« Tutti a Gerusalemme », Tous à Jérusalem !*
– Ils partent pour la croisade, mon père.
Soudain, la musique s'arrêta et le pape Jean-Paul II prit solennellement la parole :
– Ô fils de Dieu ! Vous allez pouvoir recevoir votre récompense en appliquant votre vaillance à une sainte tâche. Aujourd'hui, 6 avril 1983, comme le fit à Clermont mon prédécesseur Urbain II le 27 novembre 1095, j'exhorte tous les chré-

1. « Ô heureuse Rome, noble Rome. Pontife, pierre solide. Et sur cette pierre a été construite l'Église de Dieu. »

tiens à partir pour la dixième croisade afin de libérer le tombeau du Christ à Jérusalem. À tous ceux qui partiront et perdront la vie en combattant les païens, la rémission de leurs péchés sera accordée. *Amen*.

– C'est mot pour mot l'appel d'Urbain II à la croisade, murmura le père Ernetti.

– Sauf qu'il a remplacé les Turcs par le peuple qui occupe aujourd'hui la Terre sainte...

– Les Israéliens ?

– Qui d'autre ?

Natacha était effondrée. Toute l'Europe chrétienne se liguait contre son pays.

– Mais ce n'est pas possible, s'écria le père Ernetti. Je connais Jean-Paul II, vous le connaissez aussi, il n'est pas comme ça.

– Là où nous sommes, mon père, le pape appelle les chrétiens d'Europe à une dixième croisade, et tous ont répondu.

– C'est donc que...

– Aucun doute possible, nous ne sommes toujours pas dans le bon univers !

69

Il n'y avait qu'un vol quotidien Rome-Managua et l'appareil était presque vide. Alfonso voulut en savoir plus sur la situation politique, mais les passagers restaient évasifs. « Ils me prennent pour un membre de la police politique, ils se méfient », se dit-il. Ses craintes furent confirmées dès l'atterrissage. La police était partout, les douaniers fouillaient tous les bagages. Il comprit quand il aperçut, à l'entrée de l'aérogare, la photo du nouveau président de la République socialiste du Nicaragua.

– Arroyo !

Dans l'univers où le chronoviseur les avait conduits, le *Comandante* avait réussi à prendre le pouvoir. Ce n'était pas étonnant. La coalition de gauche était divisée, donc fragile. Alfonso eut un frisson. Si Arroyo présidait le Nicaragua, qu'était devenue Rafaela ? Il se rassura en se rappelant que son père lui avait dit qu'elle allait bien ; mais s'il avait mal compris, si les terroristes avaient réussi leur coup ? Avaient-ils libéré le pape et Rafaela contre la fin de l'embargo américain ? Cet « exploit » aurait-il propulsé Arroyo à la tête du pays ? Tout était possible.

Il entendit des cris.

– *¡ Poder polular*[1] *!*

---

1. « Pouvoir populaire ! »

Les jeunes gens réclamaient un partage égalitaire des terres et la nationalisation de toutes les entreprises, y compris les succursales américaines. Des banderoles exigeaient aussi la fin de l'embargo, donc il n'avait pas été levé. S'il avait renversé la junte au pouvoir, Arroyo n'avait pas fait plier Reagan. De plus en plus inquiet, Alfonso appela un taxi.

– Vous pouvez me conduire dans le quartier des universités ?

– Oui, s'ils ne brûlent pas ma voiture. Ils sont devenus comme fous !

Alfonso avait de la peine à y croire. Confier le sort du Nicaragua à un personnage tel qu'Arroyo était périlleux. Il pouvait entraîner la nation dans une guerre civile qui se terminerait par l'arrivée au pouvoir d'un dictateur d'extrême droite, comme au Chili.

Par chance, ils gagnèrent le centre de Managua sans encombre. Curieusement, il était presque vide. Des chars de combat et des véhicules blindés étaient disposés à tous les carrefours. Le coup d'État d'Arroyo devait être récent, il avait interdit les rassemblements et les manifestations dans le centre-ville.

Le taxi arriva dans le quartier résidentiel où ils louaient un trois pièces avec Rafaela. Alfonso paya le chauffeur et sonna à l'interphone. Aucune réponse. Heureusement, il avait pensé à emporter ses clés. Son anxiété augmentait. Il grimpa quatre à quatre les deux étages, ouvrit la porte de son appartement et entra. Il était vide.

Ses affaires étaient là, mais où étaient celles de sa femme ? D'autres questions se pressaient dans son esprit. Dans quelles conditions Arroyo l'avait-il libérée ? Avait-elle pris la fuite ? Était-elle cachée quelque part ?

Sur la commode du salon, il trouva les clés de leur voiture. Il regarda par la fenêtre. Elle était garée en face, intacte. Stephen et Jane avaient raison : dans l'univers où il se trouvait, Rafaela n'avait pas été percutée par un autobus. C'était au moins ça, mais son absence était inquiétante. Il décida de se rendre chez ses parents. Par sécurité, il évita de leur téléphoner. Si, pour une raison inconnue, sa femme était inquiétée par la police politique, leur téléphone pouvait être sur écoute. Était-ce la raison pour laquelle son père avait été si évasif à son sujet ?

En sortant de son immeuble, il croisa le concierge qui le salua joyeusement, ce qui lui réchauffa le cœur. S'il était arrivé quelque chose, il aurait été le premier à le savoir. Il monta dans sa voiture et démarra. Ses pensées tourbillonnaient dans le plus total désordre. Arroyo. Ce fou furieux à la présidence. Pourvu que les Nicaraguayens se ressaisissent !

Quand il frappa à la porte de ses parents, sa mère recula d'un pas, tout étonnée.

– Tu as eu un accident ?

– Mais non, *mamá*.

– Pourquoi t'es-tu rasé ta barbe ? Et cette chemise froissée ?

Il prit conscience qu'il n'avait pas changé de vêtements depuis son départ de Cambridge. Mais pourquoi lui parlait-elle de sa barbe ?

– *Mamá*, je n'ai jamais eu de barbe, je n'ai aucune envie de ressembler à ces guérilleros d'opérette !

Il faisait allusion à tous ces jeunes, dans les rues, qui s'étaient fait une tête à la Che Guevara.

– Mais tu portes une barbe depuis l'âge de dix-sept ans, tu l'avais hier encore, quand tu es passé à la maison !

– Je viens d'arriver de Rome, *mamá* !

Il eut un frisson dans le dos. Qui était ce barbu dont avait parlé sa mère ? Il se tourna vers son père.

– Papa, sais-tu où est Rafaela ?

– Encore ? Pourquoi nous parles-tu de Rafaela ?

– Je veux l'emmener avec moi en Angleterre.

Sa mère devint pâle.

– Mais enfin, *hijo*, c'est fini depuis longtemps, vous deux.

Elle lui parla à voix basse :

– Elle ne trompe pas Augusto avec toi, j'espère ?

Alfonso fut sidéré.

– Augusto ? Quel Augusto ? On parle bien de Rafaela Núñez ?

– Oui, Rafaela Núñez, répéta son père. Elle vit aujourd'hui avec ton ami Augusto Chamorro. Tu l'ignorais ?

Ce fut comme un coup de massue. Augusto était astronome comme lui, ils avaient fait les mêmes études à la faculté des sciences. Rafaela lui plaisait, comme elle plaisait à tout leur cercle d'amis. Et c'est lui qui aurait… Alfonso se détourna pour cacher son émotion, mais sa mère l'avait vu.

– Qu'y a-t-il, Alfonso ? Tu es redevenu amoureux d'elle ?

Elle ne comprenait pas, elle ne pouvait pas comprendre. C'était pire que de la savoir morte : elle l'avait quitté pour un autre.

– Rafaela est mariée à Augusto depuis deux ans, précisa son père. Ils viennent d'avoir un enfant. Ne fais pas de bêtises, mon fils, pas avec une femme mariée.

Subitement, tout devint clair pour Alfonso. Il était arrivé dans un univers qui n'était pas le bon !

– Alfonso, implora sa mère, que se passe-t-il ?

Il se détourna. Il n'y avait pas d'autre explication possible : avec ses amis, ils s'étaient fourvoyés. Dans l'univers où ils étaient, Arroyo présidait le Nicaragua et Rafaela était l'épouse d'Augusto Chamorro. Et l'Alfonso barbu dont parlait sa mère… c'était son double !

– Tiens, bois ça.

Son père lui tendit un verre d'eau, qu'il ignora. Il avait la tête ailleurs, il pensait au père Ernetti et à Natacha, restés au Vatican. Ont-ils compris, à cette heure ? Il devait les appeler et les alerter. Il prit le téléphone.

– Il faut que j'appelle Rome, papa !

– Impossible, mon fils, on ne peut plus appeler l'étranger. On peut recevoir des appels, mais on ne peut plus en donner. Ils craignent trop les espions.

Il embrassa ses parents.

– Je dois partir !

– Tu ne restes pas déjeuner avec nous ?

– Je ne peux pas, *mamá.* Je vous rappelle.

Il n'avait qu'une ressource, reprendre un avion pour Rome avant que les autorités ne bloquent tous les aéroports. Il y en avait un vers midi. Dans les circonstances actuelles, il n'y aurait pas foule et il trouverait facilement une place. Il se remit au volant de sa Coccinelle et prit le chemin de l'aéroport, qui se trouvait à l'autre bout de la ville. Il regarda l'heure. Il avait encore une chance. Avec cette circulation clairsemée, il pouvait même se permettre de faire un peu de vitesse.

Tout en roulant, il était plongé dans ses pensées. Une fois au Vatican, ils remettraient le chronoviseur en marche et ils continueraient à chercher dans le labyrinthe du multivers, avec l'assistance du spectromètre. Avec un peu de chance, ils finiraient par…

Il ne vit pas l'autre voiture qui arrivait en sens inverse.

Un choc.

Quand les secours furent sur place, ils dégagèrent les cadavres des deux conducteurs, tués sur le coup. Ils avaient exactement le même visage, mais l'un des deux portait une barbe.

70

– Alfonso est mort.

Depuis un bureau de poste du Vatican, Natacha, qui parlait un peu espagnol, avait appelé le Nicaragua pour alerter Alfonso. Chez lui, ça ne répondait pas, aussi avait-elle appelé ses parents. Sa mère, en larmes, lui avait appris la nouvelle.

– Que Dieu l'ait en sa sainte garde, dit le père Ernetti en se signant.

Elle le regarda, furieuse.

– De quel Dieu parlez-vous, mon père ? Celui de quel univers ? Le Dieu qui permet cette croisade et qui s'amuse à nous égarer ?

– Ne vous laissez pas gagner par le doute, Natacha.

– Comptons d'abord sur nous-mêmes, dit-elle en sortant de la poste.

Dehors, la nuit tombait. Une fois les chars partis, la foule avait envahi la place Saint-Pierre. Ici et là des orateurs prononçaient des discours enflammés, d'autres avaient organisé des messes en plein air. Une procession passa, menée par un figurant torse nu, aux fausses scarifications, qui portait une grande croix en bois de balsa sur ses épaules.

– Où voulez-vous aller, Natacha ?

– Retournons au laboratoire et partons d'ici. Ce monde est abject !

Elle redoutait un danger pire encore.

– Nos doubles aussi pourraient être abjects.

Une *tarantella*, une danse napolitaine où les hommes et les femmes chantent en se tenant par la main, s'étendait sur des dizaines de mètres autour de la place Saint-Pierre. Sur les petites places autour de la basilique, la foule avait allumé des brasiers dans lesquels des jeunes gens brûlaient des livres de physique, de biologie ou d'histoire naturelle.

– Toutes les connaissances qui contredisent le credo biblique : Darwin, Freud, Einstein…

Ils contournèrent prudemment ces groupes d'excités qui scandaient des chants patriotiques et arrivèrent devant la guérite des gardes suisses. Personne n'était à son poste.

– Eux aussi font la fête. Tant mieux !

Leur laboratoire était resté ouvert. Ils entrèrent. Natacha claqua la porte.

– De tous les univers que nous avons visités, celui-là est le pire de tous, dit-elle.

Pellegrino ne répondit pas. Il priait pour l'âme d'Alfonso.

Ils remirent le chronoviseur en marche.

– J'espère que personne n'a touché au spectromètre.

– Non, il est resté connecté à l'ordinateur.

Ils savaient désormais se servir de l'outil, au moins pour reconnaître les univers viables. Dorénavant, ils ne pouvaient plus compter que sur eux-mêmes.

– Je vais vérifier le niveau des bouteilles d'oxygène, dit Natacha.

Les indications des manomètres étaient préoccupantes.

– Il en reste ?

– Pas beaucoup.

Au bout d'une douzaine d'heures, le chronoviseur gagna les parages de la zone obscure, cette antichambre du multivers. Le père Ernetti poussa sa machine en avant. Une nouvelle fois, les climatiseurs autonomes et leur vacarme se substituèrent à la climatisation centrale du Vatican.

Les déceptions succédèrent aux déceptions. Ils surgirent d'abord dans un univers sans étoiles. Tardaient-elles à se former ou ne naîtraient-elles jamais ? Peu importait, ils n'étaient pas chez eux. Ils émergèrent ensuite dans un univers peuplé de quelques rares galaxies, chichement distribuées. Là encore, ce quasi-vide ne pouvait être leur maison. Un retour-aller plus tard, ils arrivèrent dans un univers où, à la différence du précédent, la lumière abondait. L'espace brillait à l'infini, comme un gigantesque diamant.

– Où sommes-nous ? s'étonna Natacha.

– Ici, le Big Bang a été trop généreux. C'est le vide qui manque…

Les galaxies étaient si nombreuses qu'elles se télescopaient comme dans un manège d'autos-tamponneuses. Ces collisions permanentes ne donnaient pas la moindre chance à la vie de se développer.

Encore une fois, ils opérèrent un demi-tour. Ils ne parlaient presque plus. L'angoisse montait, comme une vague froide les menant lentement vers le désespoir.

– Nous sommes perdus, murmura Natacha. Et dans le pire des endroits, le néant qui sépare les univers.

Il ne la reconnaissait plus. Elle, si combative, semblait gagnée par une terreur sans fond, ce vertige qui vous saisit quand vous vous sentez happé par le vide. Lui n'avait qu'une ressource, le verset d'un psaume qu'il répétait à chaque nouvelle plongée dans la zone obscure : « Quand je marche dans la vallée de l'ombre de la mort, Je ne crains aucun mal, car tu es avec moi. Ta houlette et ton bâton me rassurent[1]. »

Le manque d'air se traduisait chez Natacha par de fortes migraines. Le seul remède était le sommeil. De cette manière, ils économisaient le peu d'oxygène qu'il leur restait.

Mais bientôt, il la vit s'agiter et murmurer :

– Ne me laissez pas, mon père ! Revenez, s'il vous plaît…

Elle transpirait à grosses gouttes. Sans doute était-elle plongée dans un cauchemar. Il jugea préférable de la réveiller.

– Buvez, Natacha.

Elle ouvrit les yeux. Il lui tendit un gobelet d'eau tiède, prise sur leurs maigres réserves. Elle but et respira un grand coup, en retenant un nouveau sanglot. Elle était en sueur.

– C'était un rêve horrible. Nous étions arrivés dans un monde désert et vous m'aviez abandonnée.

– Je ne vous abandonnerai jamais, vous le savez bien.

Elle lui embrassa la main.

– Oui, je le sais.

– Asseyez-vous.

Elle sentit que lui aussi était très faible.

– Vous avez mangé quelque chose, au moins ? demanda-t-elle.

– Oh, vous savez, répondit-il, avec mon appétit d'oiseau…

Il avait tout gardé pour elle.

1. Psaume 23.

71

Alors que le chronoviseur se rapprochait du point zéro, le père Ernetti tomba à genoux et implora la Vierge. Natacha afficha un faible sourire.

– Je crains, mon père, que même votre Marie ait du mal à comprendre dans quel enfer nous sommes tombés !

Les ressources mentales du prêtre l'étonnaient toujours. Elle, qui avait une formation de soldat, ne se faisait aucune illusion sur la mort. Il fallait l'accepter quand elle était là, elle faisait partie du jeu. Lui croyait toujours à un retournement possible de situation, à une intervention salvatrice. Une autre manière de croire aux miracles. Dans ces circonstances, cela avait un côté rassurant.

Après être passés à nouveau par la porte des mondes, ils surgirent dans un univers « hésitant ». À peine né, il se ratatinait sur lui-même pour rejaillir à nouveau, dans un perpétuel rebond.

– Comme si Dieu jouait avec nous !

Il recommença à prier avec ferveur.

« Tu ne craindras ni les terreurs de la nuit, ni la flèche qui vole de jour, ni la peste qui marche dans les ténèbres, ni la contagion qui frappe en plein midi… Car tu es mon refuge, ô Éternel[1] ! »

---

1. Psaume 91.

Ils se tenaient debout l'un près de l'autre, face à l'écran. Elle sourit tristement, lui caressa les cheveux et l'embrassa sur le front.

Trente-six heures plus tard, la situation devint encore plus critique. Natacha se mit à suffoquer dans son sommeil. Elle transpirait. Pellegrino se pencha sur elle et lui passa un peu d'eau de Cologne sur le front. Puis il alla chercher un comprimé de somnifère, qu'elle avala.

– Merci, mon père.

– Prenez-en un second.

Elle suivit son conseil. Si la mort par asphyxie arrive, se disait-il, elle sera plus douce dans le sommeil. Encore une fois, le chronoviseur plongeait vers cette zone obscure qui décidait de leur destin comme on jette des dés sur un tapis vert. L'univers dans lequel ils émergeraient serait sans doute le dernier, quel qu'il soit. Il mit la machine en pilotage automatique, délaissa son tableau de bord et s'agenouilla près de Natacha. Puisant dans ses dernières forces, il demanda au Tout-Puissant, s'Il voulait à tout prix une âme, de prendre la sienne, et d'épargner son amie.

La lumière baissa. Le groupe électrogène s'essouffla à son tour et se mit en mode « économie ». Machinalement, le père Ernetti regarda les chiffres du spectromètre. Ils indiquaient 67,4 kilomètres par seconde. Quel qu'il soit, c'était un univers compatible avec la vie. Les réserves d'énergie permettraient tout juste d'atteindre 1983, l'année d'où ils étaient partis, il y a si longtemps.

Une main se posa sur son épaule.

– Natacha ? Vous ne dormez pas ?

– Je ne veux pas. S'il faut mourir, je veux garder les yeux ouverts.

Il esquissa un sourire.

– Il nous reste encore une chance. Ici, la vitesse de fuite des galaxies est la bonne, mais j'ignore où nous allons arriver. Il faudra peut-être nous en contenter.

Elle se blottit contre lui.

– Alors, ce sera notre monde, mon père. Et s'il n'y a rien au bout, eh bien… nous aurons vécu de bien belles aventures, non ?

– C'est vrai, murmura-t-il, ému. Toutes ces époques que nous avons traversées ensemble. Personne n'a vécu ce que nous avons vécu.

– Personne, c'est vrai. Et si c'était une vie courte, elle a été tellement riche.

Elle hésita, puis…

– Puis-je vous confier un secret, mon père ?

Elle le fixa dans les yeux.

– Dites…

– Ce n'est pas le genre de secret qu'on révèle à son confesseur.

– Dites quand même.

– Quand j'ai fait ce cauchemar, nous étions tous les deux dans un monde désert… je me suis dit que l'heure était venue, pour vous et pour moi, de réaliser nos désirs… d'arrêter de nous retenir… voulez-vous que je continue ?

– Oui, continuez.

– Dans mon rêve, je me suis serrée contre vous… j'espérais une étreinte et…

Elle eut un fou rire.

– Et vous êtes parti, effarouché ! Je me suis moquée de vous… C'est à ce moment-là que vous m'avez abandonnée… Vous m'avez laissée seule, dans ce monde désert… Oh, mon père, j'avais envie de mourir.

Ils restèrent immobiles et silencieux, yeux dans les yeux. Insensiblement, leurs visages se rapprochèrent. Soudain, il la prit dans ses bras et l'embrassa. Elle répondit à son baiser. Ils se regardèrent et s'étreignirent avec fougue, comme on respire une dernière goulée d'air au moment de l'asphyxie. Puis il recula, effrayé.

– Natacha, que…

– Ne faites pas comme dans mon rêve, mon père, supplia-t-elle, je vous en prie. Pas au moment de mourir.

Ils s'embrassèrent avec ardeur. Tout en la couvrant de baisers, il prononçait des paroles fiévreuses.

– Natacha, que faisons-nous ?

Pour toute réponse, elle se serra contre lui. Il ferma les yeux.

72

Quand il les rouvrit, elle avait relâché son étreinte. Elle respirait encore, mais elle avait perdu connaissance. Lui aussi parvenait au bout de ses forces. Il eut un faible sourire. Elle a raison, se dit-il, c'était une belle vie. Et une belle fin.

La lumière s'éteignit. Le groupe électrogène avait brûlé sa dernière goutte d'essence. Aussitôt, les climatiseurs cessèrent de fonctionner. Le supercalculateur en fit autant et, avec lui, le chronoviseur.

Le silence se fit. L'obscurité était totale.

Puis la lumière fut.

C'était celle d'une torche électrique brandie par un garde suisse.

– Père Ernetti, murmura l'homme, vous allez bien ?

Pellegrino se releva avec difficulté. Quand le garde constata son état d'épuisement et le désordre du laboratoire, il fut effrayé et appuya sur le bouton d'alarme situé dans le couloir. Plusieurs gardes se précipitèrent, dont un officier.

– Prenez soin d'elle, dit Pellegrino, elle ne va pas bien.

– Vous non plus, mon père, vous ne semblez pas en grande forme. Appelez une ambulance !

Quelques minutes plus tard, un médecin du Vatican entra avec sa trousse. Il commença par ausculter Natacha, toujours inanimée.

– Le pouls est faible, mais elle est vivante.

– Dieu merci, soupira le père Ernetti.

Le médecin, inquiet, examina l'état du prêtre.

– Je devrais vous garder plusieurs jours en observation, mon père.

Il approuva, mais son esprit était ailleurs.

– Que s'est-il passé ici ? demanda-t-il. Pourquoi le courant a-t-il été coupé ?

– Nous l'ignorons, c'est une panne générale. Tout le Vatican a été privé d'électricité, nos équipes s'en occupent.

Les ambulanciers arrivèrent et les installèrent tous les deux sur des civières. Pellegrino prit un infirmier par la main.

– Quel jour sommes-nous, mon ami ?

– Aujourd'hui ? Le 6 avril 1983, répondit l'ambulancier.

Le prêtre hésita à poser une autre question, qui lui brûlait les lèvres.

– Le pape est-il vivant ?

– Le pape ? Il a dit une messe ce matin, dans l'église Saint-Pierre. Il va du mieux qu'il peut.

– Vous parlez bien de Jean-Paul II, n'est-ce pas ?

– Oui, mon père. Qui d'autre ?

Pellegrino se laissa envahir par le sommeil.

– Dieu soit loué, mon fils !

LES VOILES
D'ULYSSE

73

Après l'attentat qui faillit lui coûter la vie en mai 1981, le pape Jean-Paul II avait été soigné à l'hôpital universitaire Gemelli, dans le quartier Primavalle, à proximité du Vatican. C'est dire la qualité des soins qu'on y prodiguait. Natacha et le père Ernetti y furent transportés en urgence, sur l'insistance du cardinal Cipriano. Les radios et les examens qu'ils subirent n'inspirèrent aucune inquiétude, ils souffraient surtout de déshydratation et d'épuisement.

Pellegrino dormit une dizaine d'heures, puis récupéra rapidement. Tant d'évènements se bousculaient dans son esprit, après ce voyage interminable d'un univers à l'autre. Une question l'inquiétait : qu'était devenu le pauvre Alfonso ? Avait-il vraiment trouvé la mort à Managua ou vivait-il encore quelque part dans le « bon » univers, celui où ils étaient arrivés à présent ?

La fenêtre de sa chambre donnait sur un parc où il pouvait entendre des enfants jouer. Pellegrino ferma les yeux. Une sensation ne cessait de le troubler, le souvenir du corps chaud et ferme de Natacha contre le sien. Il revivait à l'infini ces quelques minutes où ils s'étaient enlacés et avaient échangé les mots qu'ils retenaient en eux depuis des mois, peut-être des années. Mais il fallait chasser ces images, cette passion lui était interdite. Revivait-il à sa manière les tentations du Christ ? L'Évangile avait reconnu Celui qui les avait envoyées quand le Seigneur s'était exilé au désert : Satan en personne. Le Christ avait tenu bon, mais Pellegrino aurait-il son courage ?

Le téléphone sonna.

– Pellegrino ?

Il ne voulait pas qu'elle l'appelle par son prénom, cela lui paraissait indécent.

– Tu vas bien ?

Il ne voulait pas non plus de ce tutoiement.

– Oui, Natacha. Et vous ?

Elle digéra ce « vous » pendant quelques secondes.

– J'ai beaucoup dormi, je me suis réveillée à l'hôpital alors que je croyais mourir. Voulez-vous qu'on se retrouve au rez-de-chaussée ? Il y a une brasserie qui donne sur le jardin.

Il hésita. Il avait besoin de réfléchir.

– Je préférerais attendre demain, Natacha, je me sens encore très faible.

– Bon. Demain matin vers dix heures, si vous voulez.

Sa voix s'était faite plus froide. Elle raccrocha.

Quelques minutes plus tard, le téléphone sonna de nouveau. Cette fois, c'était le cardinal Cipriano qui venait aux nouvelles. Il s'enquit de sa santé, mais était pressé d'en apprendre plus.

– J'imagine que vous avez bien des choses à nous dire, père Ernetti. Que vous ont…

– Pas maintenant, monseigneur. Je préférerais aussi réserver mon récit au Saint-Père.

Cipriano se résigna à patienter.

– Oui, bien sûr, je comprends. Dans ces conditions, si les médecins m'y autorisent, je viendrai vous chercher tous les deux après-demain. Le pape est impatient de vous entendre.

Le père Ernetti raccrocha, saisit la télécommande sur la table de nuit et alluma la télévision. Le monde tournait tel qu'il l'avait quitté, le président Reagan maintenait son embargo au Nicaragua, où la situation se faisait chaque jour plus tendue. Les mêmes dirigeants décidaient du cours du monde, Ariel Sharon avait démissionné en Israël. Cette information le ramena à Natacha. Il ferma les yeux. Il avait si peur d'être pour elle une source de chagrin.

Le lendemain, comme convenu, il se rendit dans la cafétéria. Natacha l'attendait, devant un thé et des biscuits. Il prit un plateau et se servit à son tour. Mais pour lui, c'était un double expresso.

– Vous avez passé une bonne nuit ? lui demanda-t-elle.

– Oui, et vous ?

– Je suis lasse. J'ai appelé Jérusalem, mon expo va démarrer, j'ai hâte de rentrer. Enfin, quand je dis « mon » expo, c'est surtout celle de mon assistante Dana, qui s'est occupée de tout.

– Cipriano vous a prévenue ? Nous avons rendez-vous avec le pape demain matin.

– Je sais. Il m'a confié que le Saint-Père brûlait d'impatience.

– Il ne sera pas déçu. Il faudra aussi qu'il nous dise ce qu'il sait sur Alfonso. Dans notre univers d'origine…

Il l'arrêta et précisa :

– … celui où nous sommes, Natacha.

– J'espère. Si je me souviens bien, Alfonso a parlé avec le pape au téléphone. Puis il est parti à Castel Gandolfo sans nous prévenir. Que s'est-il passé là-bas ?

– Je sais au moins qu'ils n'ont pas tué le pape, comme dans l'univers 2.

Elle sourit.

– Vous les numérotez ?

– Il faut bien s'y retrouver. Tout était différent, là-bas.

– Oui, même vous et moi.

Il détourna son regard.

– Je vous sens mal à l'aise, mon père.

« Mon père » était revenu. Il fallait s'y attendre.

– C’est à propos de ce qui s’est passé entre nous ?

Il baissa les yeux.

– Un peu, oui. Je ne voudrais pas que cela affecte nos relations.

Elle eut un petit rire triste.

– Vous savez, j’ai fait trois guerres en Israël. Dans notre armée, les femmes se battent aux côtés des hommes. Il arrive parfois que sous le feu, quand la mort se rapproche, des couples se forment, le temps d’un instant. Pendant la guerre du Kippour, j’ai vu des filles et des types qui ne se connaissaient pas faire l’amour alors que les obus pleuvaient autour d’eux. Les humains sont des mammifères, mon père. Quand ils ont peur, ils se serrent les uns contre les autres et se raccrochent au plaisir comme on se raccroche à la vie. Après la guerre, chacun rentre tranquillement chez soi pour reprendre sa petite vie de famille. C’est ce qui nous est arrivé à tous les deux, quand on a cru mourir.

Il approuva en silence, mais ne savait pas si cette manière de banaliser ce qui leur était arrivé allégeait sa vie ou la rendait au contraire plus difficile. Natacha se leva.

– Merci pour tout, en tout cas. Profitez de cette dernière journée de repos. Nous nous retrouvons chez le pape demain.

Il chercha à la retenir.

– Natacha, que faites-vous cet après-midi ?

– J’ai vu qu’il y a un cinéma tout près. Si le médecin m’y autorise, j’irais bien voir un film.

– Voulez-vous que je vous accompagne ? proposa-t-il.

– Non, mon père, le film ne vous plairait pas.

74

Le lendemain matin, une voiture du Vatican vint les chercher pour les déposer devant le palais du pape. Accueillis par le secrétaire d'État, ils furent introduits dans le bureau du Saint-Père, qui leur donna l'accolade.

– Merci, mes amis, j'ai eu très peur pour vous. Je sais que vous avez souffert au cours de ce voyage.

Il eut un regard vers le père Manzoni et s'adressa à Natacha :

– Je vous présente le père Salvatore Manzoni, madame. C'est lui qui a mis en relation le père Ernetti avec Stephen Hawking. C'est un astronome réputé, il nous aidera à comprendre ce qui vous est arrivé. Qui veut prendre la parole ?

Natacha fit signe à Pellegrino de commencer.

– Avant cela, dit-il, j'aimerais savoir ce qu'est devenu le professeur Alfonso Varela ?

Le pape semblait peiné.

– Il est arrivé quelque chose de très triste. Comme vous le savez, Alfonso Varela est venu à Castel Gandolfo pour nous informer sur vos avancées avec le chronoviseur.

– J'étais en effet occupé sur la machine, qui ne voulait plus s'arrêter.

– Sans que je comprenne bien pourquoi, poursuivit le pape, il m'a entraîné dans un coin retiré du parc. Deux individus, qui avaient escaladé le mur d'enceinte, m'ont alors enfilé une cagoule sur la tête et m'ont collé un tampon de chloroforme sous le nez. Nous avons compris après coup qu'il s'agissait des hommes du *Comandante* Arroyo, un activiste du Nicaragua. Je me suis débattu, j'étais à moitié inconscient. Heureusement, Alfonso a pris ma défense.

Natacha jeta un coup d'œil au père Ernetti. Dans cet univers, Alfonso avait refusé le chantage des terroristes.

– Il s'est battu avec les ravisseurs. L'un d'eux avait une arme. Il a tiré et l'a atteint à l'abdomen. Malgré leur produit soporifique, j'ai trouvé la force de me remettre debout et de m'enfuir. Alertée par le bruit de la détonation, la police du Vatican est arrivée et a fait feu sur les terroristes.

– Varela vous a sauvé ?

– C'était un geste de pure générosité. De l'autre côté du mur, les terroristes avaient une estafette avec laquelle ils voulaient m'enlever. Dès qu'ils ont senti que leur plan avait échoué, ils ont pris la fuite. Les policiers ont eu l'intelligence de les filer jusqu'au village voisin de Pavona, où se cachait le reste de la bande.

– Le professeur Varela a-t-il survécu ?

– Hélas non, ses blessures étaient trop graves. Il est mort quelques heures plus tard.

– Avez-vous prévenu le gouvernement du Nicaragua ?

Le cardinal Cipriano répondit :

– Bien entendu. Ces activistes agissaient en électrons libres, en désaccord total avec leur gouvernement. Ils voulaient échanger le Saint-Père contre la levée de l'embargo américain et faisaient pression sur l'épouse de Varela. Heureusement, elle a été libérée.

Pellegrino et Natacha étaient réellement peinés. Pauvre Alfonso, qui était mort deux fois ! Puis le pape reprit la parole :

– Et de votre côté, mes amis, que s'est-il passé ? Nous étions très inquiets. Vous ne répondiez plus aux appels, le téléphone était coupé.

– Faute d'établir un contact, continua le cardinal Cipriano, j'ai ordonné aux gardes suisses d'enfoncer la porte. Mais une partie du sous-sol était envahie par une épaisse brume grise. Elle formait comme une barrière autour de votre laboratoire. Un garde a voulu pénétrer dans la brume, mais Manzoni l'a arrêté à temps.

– Heureusement ! dit le père Ernetti. Le malheureux aurait disparu je ne sais où…

Manzoni expliqua sa prudence.

– J'ai pensé que c'était un effet imprévu de votre voyage dans le temps. Nous avons donc bloqué le passage et nous avons attendu un signe de votre part.

– Vous avez bien fait, commenta Natacha.

– Il y a deux jours, la brume a disparu. Les gardes suisses sont entrés et vous ont découverts évanouis au sol, en bien mauvais état.

– C'était moins une, en effet.

– Voilà, vous savez tout, mes amis. À votre tour de nous raconter ce qui vous est arrivé.

Le père Ernetti prit une profonde inspiration et se décida :

– Ce que je vais vous dire, mes pères, vous paraîtra incroyable. C'est pourtant la stricte vérité…

Natacha et Pellegrino résumèrent l'ensemble de leurs aventures, depuis leur entrée dans la zone obscure jusqu'à leurs tentatives désespérées pour trouver leur chemin dans le dédale des univers.

– Il y aurait donc une multiplicité d'univers, résuma le pape, avec une multiplicité de Jean-Paul II, une multiplicité de Manzoni et de Cipriano ?

– Oui, Saint-Père, c'est ce que Stephen Hawking appelle un multivers. Selon lui, le Big Bang aurait produit une mousse d'univers, comparable à des bulles de savon accrochées les unes aux autres. Certains sont vides ou stériles, d'autres à peu près semblables au nôtre, mais ils diffèrent par certains détails.

– De gros détails tout de même, dit le pape, puisque dans un de ces univers je suis mort d'une balle dans la tête et que, dans l'autre, je lance la dixième croisade !

– Une multitude d'univers pour une multitude d'histoires alternatives, admit Natacha. Dans l'un d'entre eux le professeur Varela vous a trahi, Saint-Père, dans l'autre il a pris votre défense. Dans l'un, la Lune éclaire nos nuits, dans l'autre, elle n'existe pas, tandis que Stephen Hawking fait du jogging à Cambridge tous les matins.

– Et tous ces univers seraient juxtaposés ?

– Selon Hawking, il s'en créerait même en permanence, comme des bulles de champagne. Aujourd'hui, ils doivent se compter en centaines de milliards.

Le père Manzoni semblait hypnotisé par ce récit.

– Ce que vous appelez la zone obscure serait donc le carrefour des mondes, le point où des milliards d'univers ont divergé, comme des bulles de savon ?

– Oui, mon père.

– C'est fascinant.

Le pape scruta son ami Manzoni.

– Salvatore, cette histoire te paraît-elle plausible ?

– La théorie des univers multiples est soutenue par beaucoup de physiciens, Karol, pas seulement par Stephen Hawking. Évidemment, ce n'est qu'une théorie. Cependant, il y a une chose que je ne comprends pas…

Il se pencha vers Pellegrino.

– Avec le chronoviseur, père Ernetti, vous n'étiez que des spectateurs contemplant le passé sur un écran. Comment expliquez-vous que le monde ait changé autour de vous, en dehors de cette bulle de survie qui entourait votre laboratoire ?

– Nous avons posé la question, monseigneur, mais personne ne nous a fourni de réponse. Le monde qui nous entourait changeait bel et bien, c'est une certitude, et pas seulement sur l'écran. Nous avons même failli y laisser notre vie.

– Autre question, poursuivit Manzoni, combien d'univers avez-vous explorés en tout ?

Pellegrino interrogea Natacha du regard. Où voulait-il en venir ?

– Une bonne trentaine, répondit-elle. Au bas mot.

– Pas plus ?

– Non, pas plus.

– Et pourtant, si j'en crois Hawking, il existerait des milliards d'univers. Au bout d'une trentaine de « pioches » dans le sac des univers, vous avez donc réussi à retrouver le nôtre. Je vous envie, père Ernetti. Au Loto, vous auriez gagné le gros lot du millénaire ! Selon vous, est-ce seulement une question de chance ?

Manzoni avait mis le doigt sur une vraie difficulté.

– Là encore, monseigneur, je n'ai pas la réponse.

Le pape se leva, préoccupé. Il s'adressa à l'astronome :

– Je voudrais discuter de quelque chose avec toi, Salvatore. En privé.

Le secrétaire d'État s'adressa à l'assistance :

– Mes amis, nous allons laisser le Saint-Père et le père Manzoni réfléchir ensemble. Nous vous tiendrons au courant pour la suite.

Tous se levèrent et sortirent.

75

– Cette histoire est folle, Salvatore, complètement folle !

– Elle est folle, mais il faut l'accepter, Karol. Dans les conditions extrêmes des débuts de l'univers, les lois qui régnaient étaient très différentes des nôtres. Et même dans le monde qui nous entoure…

Il montra un porte-plume.

– Il nous a fallu longtemps pour admettre que la physique de l'infiniment petit, celle qui régit l'agencement des particules à l'intérieur de ce porte-plume, obéit à des mécanismes qui nous sont parfaitement incompréhensibles, ceux de la physique quantique. On peut en dire autant du multivers de Hawking. « Il y a plus de merveilles au ciel, Horatio…

– … que dans tous les rêves de la philosophie[1]. » Je sais. Mais la science n'est pas seule en jeu là-dedans. Si cette théorie de Hawking est prouvée, que serait le Dieu d'un multivers ? Comment un dieu unique, celui de la Bible, serait-il compatible avec des univers multiples, où les règles changent d'un monde à l'autre ?

– Je comprends ta gêne, mon pauvre ami.

– « Au commencement était le chaos », dit le pape en citant la Bible, puis la lumière fut. Jusque-là tout va bien…

1. Citation très connue de W. Shakespeare dans *Hamlet*, acte I, scène 5.

– C'est après que ça se gâte !

– Il est dit que Dieu créa le monde, insista le pape, pas une multitude de mondes qui obéissent chacun à des lois distinctes. Sans quoi, mon bon ami, où allons-nous ?

Il s'était levé et haussait la voix :

– Chaque univers du multivers aurait-il son propre dieu ? Ou un dieu unique régit-il des univers différents ? Faut-il croire en des milliards de dieux, un par univers ? En des milliards de sauveurs ? Ou en un SuperDieu et un SuperSauveur ? Rappelle-toi ce que nous a rapporté le père Ernetti : dans un des univers qu'ils ont visités, les chrétiens adoraient une croix renversée. Et le reste à l'avenant, au gré de la fantaisie des lois physiques. Ici une croix renversée, là un autre type de potence. Une corde, une hache, on peut tout imaginer. Et pourquoi pas une chaise électrique ?

Manzoni éclata de rire.

– Tu es en forme, aujourd'hui !

– Pas en forme, Salvatore, bouleversé. Non, révolté par les délires de la science ! Par deux fois, à cause des attentats, j'ai frôlé la mort. Sans ma foi en Dieu, j'aurais sombré. Mais les voyages du père Ernetti ont tout changé. Je ne sais plus, à présent, en quel dieu croire.

– Le Dieu du Christ, non ?

– Même pas ! J'ai lu de près les rapports sur les premières expériences d'Ernetti. Sais-tu qu'il a observé des destins différents de Jésus, chaque fois qu'il plongeait à son époque avec sa machine ?

– Je l'ignorais.

– Dans une de ces versions, le Christ avait renoncé à sa mission et repris l'atelier de son père à Nazareth. Dans l'autre, il avait été condamné à la crucifixion, mais gracié au dernier moment par Ponce Pilate. Dans la troisième, le Christ est mort sur la croix, mais a fini à la fosse commune. Dévasté, mon prédécesseur, Paul VI, a ordonné au père Ernetti de démonter sa machine. Et moi, inconscient que je suis, je lui ai ordonné de la remonter !

– Ce sont des vérités difficiles à entendre, c'est vrai, répliqua Manzoni. Mais ce n'est pas la science qui délire, Karol, c'est la Création elle-même qui est bien étrange, parfois.

– Ce n'est pas une réponse, Salvatore. Que dirai-je à un homme qui aime les idées simples, comme Ronald Reagan ? Que la Création est tordue ?

– Tu ne lui diras rien ! Laisse-le en dehors de ça.

– Je suis le pape, Salvatore. Et le pape doit dire ce qui est dans le Ciel. Sans quoi, tous les chrétiens déraillent.

Il reprit place sur sa chaise.

– Je vais te confier une histoire qui date de mon enfance. Après la guerre, nous avions à Cracovie une usine de tracteurs qui fabriquait de bonnes machines. Puis la direction a changé, parce que le régime communiste a voulu mettre son grain de sel dans la gestion de l'usine. Le directeur, qui avait hérité l'usine de son père, voulait continuer à faire des tracteurs à chenilles. Mais un autre directeur, nommé par le parti communiste, préférait des tracteurs avec deux grandes roues motrices à l'arrière. Un troisième, désigné par le personnel, optait lui pour quatre roues motrices. Résultat : la production a été arrêtée, les ouvriers n'étaient plus payés et l'usine a fermé. La morale de cette histoire, Salvatore, c'est que l'univers et sa complexité pourraient nous empoisonner la vie.

– Où veux-tu en venir ?

– Moi, le pape d'un monde inquiet où les risques de guerre ne manquent pas, je dois pouvoir dire aux croyants : « Dieu est là, il n'y a qu'un Dieu qui nous impose ses lois, celle des dix commandements. Et aussi : il n'y a qu'un Ciel et un seul Dieu dans le Ciel. »

– Je comprends.

Manzoni hésita avant de continuer.

– J'ai bien une réponse, Karol, mais elle ne te plaira pas.

– Tant pis. S'il s'agit d'une réponse, elle sera bienvenue. Moi, je nage dans des questions insolubles.

– Je te préviens, ma réponse ajoutera un nouveau trouble à ton trouble.

– Arrête de tourner autour du pot, rétorqua le pape, excédé.

– La réponse ne viendra pas de moi, Karol, tu n'y croirais pas. Que dirais-tu de prendre l'avion avec moi, incognito, et de faire un aller-retour à Cambridge, en Angleterre ?

– Tu veux m'emmener voir ton ami Hawking ?

– Oui. Et si sa réponse est la même que la mienne, tu seras servi !

76

Ils étaient assis côte à côte dans la salle d'embarquement de l'aéroport de Fiumicino, où Natacha attendait son avion pour rentrer en Israël.

– Le pape était bouleversé, je l'ai bien senti, observa-t-elle.

– Comment ne pas l'être ?

– Et le spectromètre, qu'en faisons-nous ?

– Le Hawking qui l'a emprunté vit dans un autre univers, Natacha. Dans le nôtre, il est resté à l'université.

Elle rit.

– Heureusement que nous avons la tête sur les épaules, tous les deux, il y aurait de quoi devenir fou !

– Vous pouvez le dire.

Un silence. Elle finit par le rompre.

– Vous allez reprendre votre enseignement de la musique, mon père ?

– Couplé avec ma fonction d'exorciste, oui. Mais je serai à Venise, une ville qui magnifie tout ce qu'on y fait.

– Que va devenir votre chronoviseur ? Avez-vous récupéré les deux cartes électroniques[1] ?

---

1. Ces deux cartes sont les clés du chronoviseur, que Natacha et Pellegrino s'étaient partagées (voir les deux premiers volumes).

Pellegrino réalisa qu'il les avait oubliées dans le cerveau de la machine.

– J'aurai l'occasion de repasser par les archives secrètes, je les récupérerai. Plus tard. Pour le moment, j'ai besoin de prendre du recul.

Quelque chose s'était brisé. Ces cartes électroniques, qui symbolisaient leur complicité autour du chronoviseur, semblaient moins importantes à présent que… que quoi ? Elle ouvrit son sac et en sortit une cigarette, qu'elle alluma. Bien qu'artificielles, les effluves mentholés étaient agréables à respirer.

– Je ne savais pas que vous fumiez.

– Je ne fumais pas avant le Liban. Et notre voyage n'a rien arrangé.

– Vous allez reprendre vos fonctions au Mossad ?

– En les partageant, comme d'habitude, avec mon travail au musée. Mais viendra un jour, pas si lointain, où je laisserai tout tomber pour aller vivre dans un kibboutz, comme lorsque j'étais gamine.

– Le travail dans les champs vous manque ?

– Pas du tout, je déteste ça. À l'époque je voulais lire et m'éduquer, ramasser des légumes me faisait perdre du temps. J'irai au kibboutz pour oublier la dureté du monde. Ce que nous avons vu dans les autres univers n'avait rien pour rattraper le nôtre.

– Aucun bon souvenir, donc ?

Elle réfléchit.

– Un seul. C'est quand nous sommes allés à la plage tous les deux, un dimanche, en 1964. Je n'en menais pas large, pourtant. Vous m'aviez prouvé, avec votre chronoviseur, que toutes mes théories sur les Esséniens étaient fausses.

– Si je me souviens bien, on essayait de trouver un miracle de Jésus que la machine pourrait filmer. Je vous avais acheté un cornet de glace, mais vous êtes allée vous baigner et vous m'avez laissé la glace, dégoulinante, entre les mains.

Elle rit.

– C'était à Ostie, n'est-ce pas ?

– À Ostie, oui.

– Après, nous nous sommes promenés sur la plage en choisissant parmi les miracles : le paralysé, la résurrection de Lazare, les noces de Cana. C'était drôle…

– Et vous voulez oublier ça ? lui demanda-t-il.

– Je veux juste faire une pause. Faites-la aussi, mon père, oubliez cette satanée machine.

Il baissa les yeux.

– J'ai bien aimé, vous savez, quand vous m'avez appelé par mon prénom.

Une fois de plus, il crut qu'elle allait se fâcher.

– Ne me racontez pas d'histoires, père Ernetti ! Vous vous êtes raidi, comme si je vous insultais.

– Oui, mais c'était à l'hôpital, après notre…

– Notre étreinte ? Il ne s'est rien passé, mon père. Quelques caresses, rien de plus. Nous allions mourir, j'ai voulu briser la glace. Vous vous rappelez mon cauchemar ? Nous étions sur une planète déserte, juste vous et moi… je m'offrais à vous et vous avez pris la fuite !

– Ce n'était qu'un rêve, Natacha.

– Mais les rêves en disent long. Les prêtres catholiques sont des drôles de gens. Les protestants ou les Juifs ne bâtissent pas leur vie, eux, sur une montagne de frustrations. Ils aiment, ils souffrent et ils espèrent, comme tous les humains. Mais je ne vous changerai pas.

– Non, c'est à moi de changer.

– En attendant, il serait plus sage pour nous deux d'en rester à « mon père ».

– Très bien.

– Je me pose une question…

– Oui ?

– Pourquoi, alors que nous nous connaissons depuis vingt ans, ne parvenons-nous toujours pas à nous tutoyer ? Dans la vie, je tutoie tout le monde. Même le pape, je n'aurais aucune difficulté à le tutoyer. Mais vous, impossible.

– J'aurais du mal à te… à vous tutoyer moi aussi, fit-il, résigné.

– Disons que la vie nous a faits comme ça. Passionnés tous les deux, mais peu aptes à la simplicité et au bonheur.

Elle se leva et l'embrassa sur la joue.

– C'est l'heure. Avec les avions en partance pour Israël, il ne faut jamais arriver en retard, les services de sécurité vous interrogent comme si vous étiez un terroriste.

– À bientôt, Natacha.

– *Ciao, padre !*

77

Un taxi s'arrêta devant la maison des Hawking, à Cambridge. Il transportait deux passagers peu ordinaires.

– Nous sommes arrivés, Saint-Père, annonça le père Manzoni.

– Une vraie bonbonnière, cette maison, répondit le pape.

Ils avaient fait le voyage pour l'Angleterre comme des touristes ordinaires. Avec son costume de ville et ses lunettes noires, le pape était méconnaissable. Manzoni, lui, avait conservé son habit de prêtre. Ils descendirent du taxi et sonnèrent à la porte du jardin. Jane vint leur ouvrir. Elle s'inclina devant le pape.

– Le professeur Hawking vous attend.

Toujours paralysé, le savant était installé dans son fauteuil roulant. Mais quelque chose avait changé. On avait adapté sur le bras de son siège un petit ordinateur relié à un système de sonorisation.

– Ce système informatique, expliqua Jane, a été mis au point par un ingénieur du MIT[1]. Les textes tapés par Stephen sont prononcés par un synthétiseur vocal. Écoutez...

Une voix artificielle retentit :

– Bonjour, Salvatore. Mes respects, Saint-Père...

– Je suis honoré, répondit le pape.

---

1. Le Massachusetts Institute of Technology.

– Jane va vous servir notre meilleur thé. Allons droit au but, si vous le voulez bien.

– Le père Manzoni va vous résumer le voyage du père Ernetti. Hélas, il y a une mauvaise nouvelle.

– Nous sommes au courant, dit Jane avec tristesse. Stephen a été très affecté par la perte d'Alfonso.

– C'était un garçon brillant, dit la voix synthétique de Hawking.

Il chassa une montée de chagrin.

– À présent, qui veut prendre la parole ?

Manzoni se lança.

Face au visage impassible de Hawking, il rendit compte de l'odyssée du père Ernetti et de Natacha dans le temps. Quand il aborda le chapitre des univers multiples, ils virent les yeux du grand physicien étinceler d'une joie à peine contenue. Toutefois, un élément du récit l'intriguait :

– Vous dites, s'étonna-t-il, que les sauts d'un univers à l'autre se faisaient quand ils pénétraient dans la zone obscure ? Que le monde réel autour d'eux changeait aussi ?

– Oui professeur.

– Pourtant, ils ne se déplaçaient pas, le chronoviseur ne leur livrait qu'une image du passé ?

– Oui, c'est ce que nous avons du mal à comprendre.

Hawking se tut. Il les regardait sans les voir, puis il ferma les yeux. Manzoni se tourna vers Jane.

– Il dort ?

– Non, il réfléchit. Son cerveau est comme une marmite, se couper du monde économise une énergie qu'il peut consacrer entièrement à sa réflexion.

Hawking ouvrit les yeux.

– Je crois que j'ai votre réponse.

Les deux visiteurs se regardèrent, puis tendirent l'oreille.

– La réponse, c'est que j'avais tout faux !

Jane rompit le silence.

– Stephen aime la provocation, vous savez.

Elle lui parla comme le ferait une maîtresse d'école :

– *Darling*, sois plus clair avec ces messieurs.

Hawking respira un grand coup.

– Très bien. Vous préférez une réponse courte ou une longue ?

– Euh, les deux, dit Manzoni.

– Je commence par la courte : si Dieu est le Créateur de l'univers, le chronoviseur du père Ernetti a les pouvoirs de Dieu.

Hawking savoura l'effet de surprise produit chez ses invités.

– Pourrais-tu développer, Stephen chéri, avec ta réponse longue ?

Hawking acquiesça.

– À sa naissance, lors du Big Bang, l'univers était un point infinitésimal. Il obéissait donc aux lois de la physique de l'infiniment petit, la physique quantique. Pour cette physique, vous le savez, une particule ne devient réelle que sous le regard d'un observateur. Avant l'observation, elle n'est qu'un fantôme immatériel, une nébulosité insaisissable. Mais quand elle est scrutée par un appareil de mesure, elle acquiert une existence véritable. Je sais que c'est troublant, mais c'est exactement ce que constate la physique moderne.

Il s'arrêta, prenant plaisir à faire durer le suspense.

– Eh bien, je pense qu'il en va de même pour les univers multiples. Dans ce « grand magasin » que le père Ernetti appelle la zone obscure coexistent des milliards et des milliards d'univers enchevêtrés. Mais ce sont des univers potentiels, pas des univers réels. Comme des bébés qui aspirent à naître, chacun attend qu'un observateur arrive et lui donne enfin la vie.

Le pape et Manzoni se regardèrent, un peu effrayés. Dans un souffle, le Saint-Père murmura une question :

– Et… qui est l'observateur, professeur Hawking ?

Le savant semblait éprouver une vraie jubilation, celle du chercheur qui atteint les conséquences dernières de son raisonnement.

– C'est la grande question : *qui* est cet œil créateur ?

Le pape ferma les yeux.

– J'aimerais vous répondre « Dieu », mais…

Hawking réagit avec vivacité.

– Non, laissez Dieu où il est ! L'observateur, c'est la machine d'Ernetti. C'est son chronoviseur et nul autre qui a joué le rôle créateur de Dieu. Chaque fois qu'il est passé par la zone obscure, il a donné une existence matérielle à un nouvel univers, en chassant le précédent. Vous comprenez mieux, maintenant ?

Le pape semblait étourdi par ces révélations, si contraires à ses croyances de toujours.

– C'est donc le… cette machine qui a créé tous ces mondes, les uns après les autres ?

– Oui, Saint-Père. C'est pourquoi je dis que le chronoviseur a les pouvoirs de Dieu. Peut-être même est-il Dieu ?

Le pontife avait du mal à respirer. Jane lui offrit un mouchoir et un verre d'eau. Le père Manzoni lui posa une main sur l'épaule.

– À présent, Karol, nous savons.

Puis il se tourna vers Hawking.

– Une dernière question qui m'intrigue, Stephen : il existe, selon toi, des milliards d'univers virtuels dans la zone obscure. Comment le père Ernetti et Natacha ont-ils réussi à revenir si vite à leur point de départ ?

Avant de répondre, Hawking considéra avec compassion le désespoir du pape.

– J'ai bien une réponse, Salvatore, mais je préfère en rester là. Le père Ernetti la trouvera lui-même, sans mon aide.

78

La frontière qui sépare la vie quotidienne de l'ennui n'est pas bien épaisse. Natacha avait de plus en plus le sentiment de se trouver en équilibre instable sur cette ligne de crête. Comment pouvait-il en être autrement après son voyage aux confins de l'univers ?

Si elle voulait être sincère, elle devait aussi convenir que sa longue amitié avec le père Ernetti avait débouché sur un sentiment de profond malaise. Jadis, son ex-mari Dov lui avait reproché son inaptitude au bonheur. Ce n'était qu'une formule, assez cruelle, lancée au hasard d'une dispute. Mais cela l'avait marquée. Et si Dov avait raison ?

Elle n'avait pas encore repris son travail, mais son assistante Dana Agron lui parla au téléphone. En dépit de son intérêt scientifique, l'exposition sur les découvertes archéologiques de la grotte de Qafzeh n'attirait guère les foules. Le directeur, Roni Adahan, pensait déjà à l'expo suivante, mais il fallait trouver un bon thème et Natacha n'avait pas envie de chercher. La situation avec le Liban était plus calme. Israël avait signé un traité de paix mettant fin à l'état de guerre entre les deux pays, mais il était déjà contesté par le parlement libanais. Natacha ne se faisait aucune illusion. La paix, la vraie, était encore loin.

Un après-midi de mai, comme le temps était agréable, elle décida de faire quelques courses dans les rues commerçantes de Tel-Aviv. La foule se pressait dans les magasins, joyeuse et empressée parce que c'était le moment des soldes, comme avant la guerre. Elle avait garé sa voiture dans le parking d'un grand magasin et longeait les vitrines, comme étrangère à ce qu'elle voyait. Était-ce parce que la réalité du monde lui échappait ?

En vraie soldate, elle avait toujours gardé les pieds sur terre. Son slogan, dans les discussions polémiques avec ses amis, c'était : « Le réel, pas les rêves. »

Mais cela, c'était avant. Où était le réel, après cette éprouvante traversée des mondes multiples ? À quoi se raccrocher, à quelle réalité tangible ? Elle se disait que pour le pape, la question était encore plus vertigineuse. En quel dieu croire ? Sous quel ciel, dans quel univers ?

Elle déambulait dans les avenues comme un automate. Elle s'arrêta et leva les yeux. Était-ce son inconscient qui l'avait conduite devant l'immeuble du Mossad ou son instinct de survie ? Zvi Eizer, son supérieur à l'Institut, était-il à son bureau ? Et qu'aurait-elle à lui dire ?

Elle se présenta à la sécurité et demanda à lui parler. Zvi fut étonné de cette visite impromptue, mais accepta de la recevoir. Dans l'ascenseur qui montait au septième étage, elle se demanda ce qu'elle était venue faire ici. Elle n'avait qu'une réponse : se forcer à changer de vie, quoi qu'il en coûte.

– Entrez, Natacha, lui dit Zvi. D'habitude, je ne reçois personne sans rendez-vous, mais je ferai une exception pour vous. Comment allez-v…

Il comprit quand il vit son visage.

– Pas simple la vie, n'est-ce pas ?

– Pas simple, Zvi.

– Encore le Liban qui vous trotte dans la tête ? Ou cette dernière mission au Vatican ? Asseyez-vous, je vous prépare une tasse de mon thé. C'est toujours du lyophilisé, mais je n'ai rien de mieux à vous proposer.

– Donnez-moi plutôt un de vos loukoums turcs, ça me remontera.

C'était sa petite manie. Zvi faisait venir ses loukoums de chez Ali Muhiddin Haci Bekir, la meilleure boutique d'Istanbul. Il ouvrit un placard et en sortit une boîte qui contenait quelques-unes de ces merveilles. Puis il s'installa en face d'elle.

– J'ai lu votre rapport. C'est difficile à croire, cette histoire d'univers multiples. Êtes-vous certaine que vous n'avez pas rêvé, vous et le père Ernetti ?

– Certaine.

– J'en ai touché un mot au Premier ministre. Beaucoup de personnes le voient comme une personnalité un peu brutale : ils ont tort. Begin est un homme cultivé, qui a beaucoup lu et réfléchi. Mais toute sa carrière fut guidée par un impératif : « Au commencement est l'action. Pas le verbe, l'action. » Il m'a écouté attentivement et m'a répondu ceci : « Peu importe les univers multiples, Zvi. Le seul qui m'intéresse est celui où je vis. » Point. Oubliez le reste, Natacha, profitez un peu de la vie, la seule qui vous est offerte est ici.

Pour toute réponse, elle lui tendit une lettre. Il la parcourut et la regarda avec gravité.

– Vous nous quittez ?

– Oui…

Il ne s'y attendait pas. Personne ne lui avait fait ça.

– On ne quitte pas le Mossad sur un coup de tête, Natacha. On va vous surveiller pendant des années, votre vie ne sera pas simple.

– Surveillez-moi tant que vous voulez, Zvi, vous n'avez rien à craindre. Je vais me consacrer entièrement à mon job au musée. Et après…

– Après ?

– Je n'en sais rien. J'irai où le vent me pousse, comme dit la chanson.

– Libre à vous. Je ne vous retiendrai pas, je connais assez votre obstination. Et je ne veux pas d'un agent qui ferait son devoir à contrecœur.

– Zvi, il faut que vous compreniez que…

Il n'écoutait plus, son visage se fit très dur.

– Filez ! Nous n'avions pas rendez-vous, j'ai du travail.

Il se replongea dans ses dossiers, tandis que Natacha se levait. Elle eut un nouveau regard vers lui en passant la porte, mais il semblait l'avoir déjà oubliée.

Elle sortit de l'immeuble en tremblant, même si elle avait le sentiment d'avoir bien agi. C'était un pan entier de sa vie qu'elle venait d'abandonner. Elle s'attabla à la terrasse d'un café.

– Quelque chose de fort, dit-elle au serveur.

– Un whisky ?

– Oui, sans glace.

Trois verres plus tard, elle se leva et se mit à la recherche de sa voiture. Elle ne savait plus où elle l'avait garée. Elle titubait. Un policier l'accosta et lui demanda ses papiers.

– Pourrez-vous rentrer chez vous, madame ?

– Oui, à condition de mettre la main sur ma voiture.

– Dans votre état, l'autobus conviendrait mieux. Où habitez-vous ?

– Jérusalem, le quartier des universités.

– Jérusalem, c'est loin. Vous feriez mieux de dormir à l'hôtel. J'en connais un tout près d'ici. Je peux vous accompagner, j'ai fini mon service.

Visiblement, il voulait profiter de la situation pour la draguer. Elle le foudroya du regard. Il recula aussitôt.

– Soyez prudente sur la route, conclut-il en lui rendant ses papiers.

Même dans les immenses parkings de Tel-Aviv, on finit par retrouver son véhicule. Elle conduisit lentement et arriva à Jérusalem en fin de soirée. Elle fouilla dans sa pharmacie, prit un somnifère et s'étendit tout habillée sur son lit.

Le lendemain, après un bain chaud, elle se sentit mieux. Elle se prépara un petit déjeuner consistant avec des œufs brouillés, des céréales, des biscottes et de la confiture d'orange. Puis elle enfila ce qu'elle appelait son « uniforme de conservatrice » (une jupe sombre, un chemisier bleu ciel et une petite veste légère) et partit à pied pour le musée. Tout le monde fut content de la revoir. Certains la trouvèrent fatiguée, mais gardèrent cette remarque pour eux ou leurs cancans à la cafétéria. Roni Adahan, le directeur, l'invita à déjeuner. Il savait qu'elle était partie en mission, et qu'elle ne lui dirait rien. Il se contenta de deux simples mots :

– C'était dur ?

– Assez, oui.

Il ne chercha pas à en savoir plus.

– Euh... pour la suite des expos, tu seras avec nous ou tu comptes encore te reposer sur ton assistante ?

– Roni, J'ai envie de vivre une vie normale, avec un métier normal. Tu peux compter sur moi.

Il fut ravi de l'apprendre.

– Je préfère ça. Ton assistante a été parfaite, mais...

– Dana est une fille très talentueuse.

– D'accord, mais elle n'est pas toi. Surtout que la prochaine expo sera compliquée à monter. J'ai pensé au thème : « Juifs et Grecs, l'impossible dialogue. » Je parle des Grecs de l'époque hellénistique, bien entendu.

– Je m'en doute. Pourquoi pas ?

Il commença à lui résumer ce qui lui était passé par la tête : les spécialistes à contacter, les objets à exposer, etc. Elle l'écoutait attentivement, mais elle était ailleurs. Où ? Nulle part, justement, et c'est ce qui l'inquiétait.

Les jours suivants, elle se mit au travail. Une fois de plus, Ariel Bronstein, son éternel prétendant, lui proposa un dîner.

– Pas le restaurant, Ariel, je préfère qu'on fasse quelques pas dans le square derrière le musée.

– Tu as raison, il fait beau.

Ils marchèrent un moment en silence.

– Nat, tu n'es pas dans ton assiette, je le vois bien.

– Il y a quelques jours j'allais vraiment mal, mais je remonte la pente.

– Ton dernier voyage s'est mal passé ?

Ari, qui l'avait aidée pour certaines missions, était l'un des rares à connaître l'existence du chronoviseur du père Ernetti.

– C'était très déroutant. J'ai vu à quel point un destin tient à peu de chose. Un mot, un choix ou un autre et l'histoire prend une direction différente. C'est pareil pour nos vies.

– Eh oui, rien n'est scellé dans le ciel.

Elle avait décidé d'être franche avec lui.

– J'ai laissé tomber le Mossad, tu sais ?

– Non, tu me l'apprends. Tu as bien fait, ils ont bouffé tes meilleures années.

– J'ai quand même vécu des moments inoubliables, j'avais tellement besoin de servir à quelque chose.

– Peut-être. Mais maintenant, il faut t'occuper de toi.

Il hésitait. Elle savait qu'il repensait à cette soirée, au restaurant, où elle avait été à deux doigts de céder à ses avances.

– J'ai beaucoup songé à toi pendant ton absence et je voudrais…

– Non, Ari.

– Non ?
– Non.
– Tu ne veux rien me dire de plus ?
– Non.
Elle l'embrassa affectueusement sur la joue et rebroussa chemin.

79

Depuis le départ de Natacha, le père Ernetti avait retourné la question cent fois dans son esprit. Reprendre sa vie d'avant ? C'était devenu impossible. Une fois retrouvée sa minuscule cellule dans son monastère vénitien, il souffrait de la solitude. Il n'y avait pas cent manières de le dire : Natacha lui manquait. Elle lui manquait atrocement. Une sensation nouvelle l'avait envahi. Il la reconnaissait, il l'avait rencontrée tant et tant de fois au gré de ses lectures. Dante, Albert Cohen, Henry Miller, André Breton, Gustave Flaubert, Shakespeare évidemment. Chacun l'avait racontée avec talent. Le soir, vibrant d'émotion, il relisait certains passages dans la bibliothèque du monastère : « Je n'ai jamais imaginé qu'on pût être à ce point hanté par une voix, par un cou, par des épaules, par des mains. Ce que je veux dire, c'est qu'elle avait des yeux où il faisait si bon vivre que je n'ai jamais su où aller depuis[1]. »

Mais c'était une chose de le lire, une autre de le vivre. Comment imaginer ne plus entendre le son de sa voix, ne plus sentir sa présence ? Elle lui était devenue indispensable, ses pensées pour elle occultaient tout le reste, même ses prières. Il se sentait coupable. Il regrettait son attitude stupide quand elle attendait

---

1. Romain Gary, *La Promesse de l'aube*, Gallimard, 1960.

un mouvement de sa part. Il avait pris la fuite comme un lapin apeuré ! C'était misérable. Mais pouvait-il agir autrement, lui qui avait prononcé un vœu de chasteté ? Il avait donc décidé de lui écrire longuement pour lui dire ce qu'il ressentait. Mais avant, il voulait savoir quelles voies s'ouvraient à lui. Il s'était confié à l'un de ses amis, prêtre à Venise :

– Tu es marié à l'Église, lui rappela-t-il. C'est elle, ton épouse bien-aimée. Comment pourrais-tu la trahir, Pellegrino ?

– Je ne trahirai pas Dieu si je ne me trahis pas moi-même. Ma foi en lui n'a pas changé, mais comment pourrais-je le prier en… trichant ?

Il avait hésité avant de prononcer ce mot.

– Finalement, tu aimes Dieu et tu aimes une femme.

– Et alors ? En quoi est-ce incompatible ?

– Pose la question au pape. Mais avant, je te conseille d'examiner ce qui est juridiquement possible.

– Que veux-tu dire ?

– L'Église a des règles, Pellegrino. Consulte monseigneur Manuel Gregorio, c'est le responsable du service juridique du Vatican.

Le père Ernetti y réfléchit et se dit que son ami avait raison. Il voulait deux choses à la fois : rester prêtre et rompre son vœu de célibat. Était-ce un péché d'orgueil ?

*

Il prit le train pour Rome et pénétra dans l'enceinte du Vatican. Le service juridique se trouvait au troisième étage d'un beau palais qui donnait sur les jardins exotiques. Il s'arrêta devant une haute porte. Une petite main de bronze permettait de signaler sa présence. Il frappa deux coups discrets et pénétra dans le clair-obscur d'une grande pièce aux volets mi-clos.

– Entrez.

La voix de monseigneur Gregorio avait un fort accent espagnol. Impressionné, Pellegrino s'avança dans une salle aux rayonnages garnis de milliers de volumes, soigneusement rangés. Ce service était en général peu fréquenté, sauf quand le pape publiait une encyclique ou dans les périodes où il fallait procéder à une nouvelle élection papale.

– Bienvenue, père Ernetti. Vous avez demandé à me parler ?

Le cardinal était un petit homme voûté, à l'œil malicieux. En dépit de son âge avancé, il semblait informé (et friand) de toutes les petites affaires qui se tramaient dans les couloirs du Saint-Siège. Bien évidemment, il connaissait le père Ernetti de réputation.

– Monseigneur, murmura Pellegrino, j'en arrive immédiatement à la question qui me préoccupe. Est-il possible pour le Saint-Père de relever un prêtre de son vœu de célibat tout en lui conservant son statut de prêtre ?

Son interlocuteur hocha gravement la tête.

– Voilà une question bien délicate, père Ernetti.

– Je le sais, monseigneur.

– Vous pensez à un concubinage ?

Il n'aimait guère ce terme. Mais oui, c'était bien cela.

– Il s'agit de vous, n'est-ce pas ?

Le père Ernetti approuva en baissant les yeux.

– Vous savez que, pour un prêtre, le célibat n'est pas une option ?

– Oui, monseigneur.

– Vous avez choisi ce statut en prononçant vos vœux.

– Je le sais aussi.

– Et pourtant, vous souhaitez en sortir ?

– Pas de la prêtrise, monseigneur. Du célibat.

– Attendez une seconde…

Don Manuel Gregorio se leva et alla vers une longue table sur laquelle étaient posés plusieurs gros volumes. Il en prit un, qu'il ouvrit. Puis il revint vers le père Ernetti, le livre entre les mains…

– Si je me réfère aux décisions prises lors de notre concile Vatican II, poursuivit-il, le Saint-Siège admet aujourd'hui quelques exceptions au célibat d'un prêtre. En premier lieu, si la future conjointe est enceinte de ses œuvres.

Pellegrino n'en croyait pas ses oreilles.

– Est-ce votre cas, père Ernetti ?

– Ah non, pas du tout.

– Ou si le futur prêtre était auparavant marié.

– Ce n'est pas mon cas non plus.

– Quelle est votre motivation, alors ?

Que pouvait-il répondre d'autre que la vérité ?

– L'amour, monseigneur. Un amour vrai et profond.

Le cardinal fixa le père Ernetti en baissant ses petites lunettes.

– L'amour du Christ ne vous suffit donc pas ?

– Il me remplit de bonheur, mais l'amour d'une femme pourrait…

Sans attendre la suite, Don Manuel Gregorio se pencha sur son livre.

– J'ai devant moi les actes du concile à ce sujet. L'article XIX-C *« De matrimonii et de sacerdotibus »* du 4 novembre 1964 admet la clérogamie sur décision du pape, si – j'insiste sur le si – le Saint-Père estime que la liaison souhaitée par le prétendant repose sur un amour sincère et non sur la seule concupiscence. Est-ce votre cas ?

– Oui, Excellence.

– Alors, la solution est entre les mains du souverain pontife, père Ernetti. C'est une des grandes nouveautés de ce merveilleux concile, Vatican II, qui a su mettre notre Église au diapason de notre époque, le fameux *aggiornamento*. Ai-je répondu à votre question ?

– Oui, monseigneur.

Face au juriste, le père Ernetti avait réussi à cacher son trouble. Mais en sortant du palais, il laissa échapper tout haut :

– *Cos'è questa storia ?*

Sa mère utilisait cette expression populaire (« Qu'est-ce que c'est que cette histoire ? ») quand elle lisait le journal dans sa cuisine et qu'elle peinait à comprendre l'actualité, comme lors de la signature du Pacte d'acier, en 1939, entre Hitler et Mussolini.

Après ses pérégrinations dans les univers alternatifs, le père Ernetti avait pris l'habitude de voir la réalité lui jouer des tours. Mais cette fois, il s'agissait de sa vie personnelle. Entre 1962 et 1965, nommé comme observateur par le pape Jean XXIII, il avait suivi de près les travaux du concile Vatican II. Il avait beau fouiller dans ses souvenirs, il était sûr de ne jamais avoir entendu parler de ce changement de législation entourant le célibat des prêtres.

Un doute s'insinua dans son esprit. Il fallait en parler au pape, lui seul pourrait l'éclairer. Mais pour le moment, le Saint-Père était parti avec Salvatore Manzoni à Cambridge, pour parler avec Stephen Hawking. Dès son retour, il demanderait une audience.

80

Il n'eut pas à le faire. Le lendemain, trois bateaux-taxis firent halte devant son monastère de l'île San Giorgio. Plusieurs membres de la sécurité épiscopale en sortirent. Ils entouraient le Saint-Père et sonnèrent à la grille du monastère. Un moine alla ouvrir, puis alerta les autres :

– *Papa, è il papa !*

Le père supérieur conduisit le pape dans la grande salle, sous la copie des *Noces de Cana* de Véronèse, dont l'original avait été « emprunté » par le général Bonaparte lors de sa campagne d'Italie. Il envoya un moine chercher le père Ernetti. Quand celui-ci arriva, il embrassa l'anneau du pêcheur du pape et prit place à ses côtés.

– Pourrions-nous rester seuls ? demanda le Saint-Père au père supérieur.

Celui-ci entreprit de vider la salle de tous les moines, curieux de voir le pape de si près.

Une fois qu'ils furent en tête à tête, le pape lui conta le détail de sa conversation avec Stephen Hawking. Pellegrino admit sans difficulté la vérité entrevue par le savant anglais. Depuis vingt ans, il avait le sentiment d'avoir ouvert, avec cette machine, une boîte de Pandore. Quand le pape termina son récit, ils restèrent tous deux silencieux pendant un moment. Puis le Saint-Père poursuivit :

– En sortant de chez Hawking, avec Manzoni, nous étions dévastés. Nous sommes rentrés à Rome comme des fantômes. Je suis allé prier dans la basilique, j'y ai passé plusieurs nuits. Aujourd'hui, je veux en parler avec vous, père Ernetti. Après tout, c'est sur mon ordre que vous avez dû subir cette aventure et que nous en sommes là aujourd'hui. Et nous sommes si peu à pouvoir partager la vérité.

– Est-ce que cette vérité a atteint votre foi en Dieu, Saint-Père ?

– Je mentirais si je disais que je n'ai pas douté, mon fils. Puis j'ai longuement réfléchi et la vérité m'est apparue : Dieu n'est pas une chose, c'est une idée, la plus haute de toutes. Seules les idées nous font progresser.

– Une idée ? répéta Pellegrino.

– Oui, et cette idée nous oblige à nous dépasser. À voir, à sentir et à comprendre au-delà de nous-mêmes. Si nous gardons la foi en elle, nous tiendrons le cap.

Le père Ernetti se tut. Il n'était qu'à moitié convaincu. Dieu, une idée ? Et la Création, alors ? Et le Créateur ? Des fariboles, juste bonnes pour les enfants ? À force de rogner sur la magie de Dieu, pensait-il, on le réduira à n'être qu'un vague concept, une note en petits caractères dans les manuels de philosophie de l'avenir. Mais pouvait-il contredire le Saint-Père, lui un simple prêtre, au risque d'aggraver ses doutes ?

Le pape s'inquiéta de son silence.

– Qu'en pensez-vous, père Ernetti ?

– Vous êtes le pape, Très Saint-Père, celui qui dit le dogme.

Le pontife sentit sa réserve, mais n'avait aucune envie d'épiloguer.

– Alors, restons-en là.

Il se leva, mais le prêtre s'agenouilla et embrassa ses mains.

– Qu'y a-t-il, mon fils ? Avez-vous quelque chose à me demander ?

– Oui, Votre Sainteté. Pouvez-vous me confesser ?

Le pape ne comprenait pas où Pellegrino voulait en venir.

– Si vous le souhaitez. Dans ce cas, mieux vaut aller dans la basilique à côté. À cette heure, elle doit être libre.

81

La basilique San Giorgio Maggiore, qui date du seizième siècle, est une des plus belles de Venise, en raison de son élégance et de sa simplicité. D'un blanc éclatant à l'extérieur comme à l'intérieur, elle est ornée en son chœur de quelques toiles célèbres du Tintoret.

Un moine accompagna le pape et le père Ernetti dans la nef où ils s'installèrent, chacun à sa place, dans le confessionnal. Puis il ferma la porte pour leur garantir la tranquillité qu'ils souhaitaient et quitta les lieux. Le pape revêtit une étole et la confession débuta.

– Je vous écoute, mon fils.

– Au nom du Père et du Fils et du Saint-Esprit, *Amen*. Bénissez-moi, mon père, parce que j'ai péché.

– Avez-vous péché en acte ou seulement en pensée ?

– En pensée, Saint-Père. J'aime une femme.

Le pape resta silencieux.

– Vous l'aimez… d'amour ?

– Oui, comme un homme peut aimer et désirer une femme.

Le pape comprit immédiatement.

– Natacha, n'est-ce pas ?

– Oui, Votre Sainteté. Je l'ai souvent côtoyée au cours de mes missions, mais j'ai toujours chassé cette pensée de mon esprit. Aujourd'hui, c'est devenu impossible. C'est très difficile à vivre.

– Vos sentiments sont-ils partagés ?

– Je sais qu'ils le sont.

– Où est-elle, à présent ?

– Repartie en Israël. Depuis, elle me manque terriblement.

– Lui avez-vous écrit ?

– Non, je voulais d'abord en discuter avec vous.

– Je ne peux vous blâmer, mon fils. Je reconnais que le célibat peut devenir une souffrance quand on travaille très près d'une personne, comme ce fut votre cas avec Natacha.

– Nous avions fini par former un vrai couple. Je tremblais de peur qu'il lui arrive malheur et je me serais sacrifié pour elle.

Le pape se plongea dans ses propres souvenirs.

– Je connais cette douleur. Quand j'étais jeune prêtre à Cracovie, j'ai éprouvé un fort attachement pour une jeune fille. Elle s'appelait Anna-Teresa[1]. La vie nous a séparés, ce fut comme un arrachement. Ces émotions sont humaines et nous sommes, comme le Christ, des êtres de chair.

– Que dois-je faire, Saint-Père ? Refouler ce sentiment ? Ou quitter l'Église ?

– Le souhaitez-vous ?

– Non, je crois à ma mission. Mais...

Derrière la cloison de l'isoloir, le pape comprit que Pellegrino était en larmes.

– Comme vous le savez, père Ernetti, notre concile m'autorise à suspendre le vœu de célibat d'un de mes prêtres dans certains cas exceptionnels. C'est la demande que vous me faites, n'est-ce pas ?

Le pape venait de lui confirmer ce que lui avait appris monseigneur Gregorio.

---

1. Il s'agit d'une Polonaise, Anna-Teresa Tymieniecka. Leur relation amoureuse, restée platonique, a été récemment révélée.

– Oui, Saint-Père.

– Compte tenu de ce que le Saint-Siège vous doit à tous les deux, je souhaite vous aider. Mais je vous mets en garde…

– Je vous écoute, Saint-Père…

– Imaginons que vous alliez au bout de votre démarche. Natacha acceptera-t-elle de partager la vie quotidienne d'un prêtre ? Posez-vous la question et posez-la-lui. Natacha est une aventurière, un agent du Mossad habitué à sillonner le monde. Hors de son milieu, elle pourrait s'ennuyer. Ensuite, Natacha n'est pas chrétienne, elle est juive. Voudra-t-elle se convertir ?

– Je ne crois pas, ce n'est pas sa nature. De toute manière, elle n'est pas pratiquante.

– Mais elle n'est pas chrétienne. Cela fait beaucoup de questions, père Ernetti. Vous devez longuement échanger avec elle. Quand ce sera fait, venez me dire ce que vous aurez décidé.

Le pape ouvrit sa bible à la page du psaume 32 :

– Répétez après moi : « Heureux celui à qui la transgression est remise, à qui le péché est pardonné ! Je lui ai donné à connaître mon péché et n'ai pas caché mon iniquité. Et tu as effacé la peine de mon péché. »

Le père Ernetti répéta le psaume qu'il connaissait par cœur.

– Dites *Amen*.

– *Amen*.

Après le départ du pape, le père Ernetti alla s'asseoir sur le banc qui faisait face au Grand Canal. Il enfouit sa tête dans ses mains.

– Vous ne vous sentez pas bien, mon père ?

Une vieille dame, assise sur le même banc, avait remarqué son malaise. Il esquissa un sourire et se leva. Il fit quelques pas le long du quai, tel un somnambule. Ce qu'il devinait était à la fois merveilleux et terrible.

Ils n'étaient toujours pas revenus dans leur univers d'origine, voilà la vérité !

Le monde dans lequel ils étaient arrivés ressemblait au leur, mais ce n'était pas le leur. Dans ce monde, l'Église offrait la possibilité à un prêtre de rester prêtre tout en vivant en concubinage. Avec le temps, il découvrirait sans doute d'autres différences, moins heureuses. Mais il ne voulait pas y penser.

Que faire ? En parler au pape ? À quoi bon ? Aller une nouvelle fois à Cambridge et demander l'aide de Hawking ? Que pourrait-il faire ? Et que dire à Natacha ? Fallait-il tout lui avouer ? Ou ne rien dire et profiter, en quelque sorte, de la situation ? Était-ce honnête envers elle ? Il ne savait plus.

82

De retour au monastère, Pellegrino fit ce qu'il s'était promis. Il écrivit une longue lettre à Natacha pour lui avouer son amour, avec une franchise qui l'étonna lui-même. Il lui conta aussi sa visite au cardinal Gregorio et lui révéla cette option inattendue : que le Saint-Père pouvait, légalement, rompre son vœu de célibat.

Il s'arrêta là. À son tour, elle préféra lui envoyer sa réponse par écrit.

« De mon côté, mon père – ou devrais-je vous appeler par votre prénom ? – je vous ai fait connaître mes sentiments par bien des voies. Certaines très grossières même, comme cet horrible cauchemar. Mais maîtrise-t-on ses rêves ? » À présent que les choses étaient plus claires, un choix de vie s'ouvrait devant elle. Il lui fallait un peu de temps pour laisser mûrir sa décision.

Dans sa lettre suivante, parce qu'il voulait être complètement honnête, le père Ernetti lui fit part de ses doutes : il supposait que le monde où ils étaient arrivés n'était pas leur monde d'origine. Dans celui-ci, la vie leur offrait des possibilités qu'ils n'auraient jamais eues avant. Sans doute auraient-ils aussi quelques mauvaises surprises. Était-elle prête à vivre ici ou souhaitait-elle continuer le voyage ? Il lui promit de se ranger à son avis.

Elle répondit qu'elle partageait ses doutes sur la nature de ce monde. Elle avait croisé son ex-mari, Dov, dans un grand magasin de Tel-Aviv. Il ne la connaissait pas ! D'autres détails lui avaient mis la puce à l'oreille. Par exemple, une fille qui avait son âge et portait le même nom (Nat Yadin) travaillait pour le Shin Bet, le Service de sécurité intérieure. Comme elle avait démissionné du Mossad, elle avait peu de chances de rencontrer cette Natacha 4 ou 5 (elle avait perdu le compte). Mais il lui faudrait se méfier.

Sur la question des doubles, il lui apprit qu'il avait mené son enquête. Un autre Pellegrino Ernetti était reclus dans un monastère des Pouilles. Mais le danger d'une rencontre inopinée n'était pas à exclure, il faudrait peut-être s'exiler dans un pays lointain. Il avait pensé au Brésil, à présent que Carvalho[1] avait disparu dans les sables de l'Égypte.

Cette idée du Brésil amusa beaucoup Natacha. Mais, une fois encore, elle lui demanda de lui laisser du temps. Elle termina sa lettre en citant le mot d'un philosophe juif : « Construis ta maison là où on t'aime et tu aimes, ta vraie patrie est celle du cœur. » Puis des semaines s'écoulèrent, sans qu'ils échangent d'autres lettres.

Un jour de septembre, où l'été avait décidé de languir, le père Ernetti terminait un cours sur la musique romaine antique devant sept étudiants, la totalité de sa classe, c'était inespéré. Peu avant midi, il proposa à ses élèves de les retrouver au même endroit la semaine suivante. Puis il redescendit vers son monastère. Il s'arrêta dans la cour, si belle depuis que des maçons avaient effacé les traces du temps et l'avaient rendue à sa blancheur initiale. Tout, ici, respirait la quiétude. Le grand campanile, qui dominait l'île, était comme le gardien de cette paix.

Un jeune moine vint à sa rencontre.

1. L'ennemi juré du père Ernetti et de Natacha, disparu à la fin du tome 2, *Ernetti et l'énigme de Jérusalem.*

– Père Ernetti, une dame vous attend sur le quai.

Le père supérieur, qui craignait une invasion de touristes depuis la réfection du monastère, avait sévèrement interdit aux visiteurs d'entrer dans son enceinte. Il fallait se faire connaître et attendre sagement sur le banc qui jouxtait la station San Giorgio du *vaporetto*.

– Cette dame t'a dit son nom ?

– Oui, elle s'appelle…

– Ne me dis rien, Fabio. Je vais aller voir.

Pellegrino ferma les yeux. Une image lui était venue à l'esprit : il avait sept ou huit ans, il était parti en vacances avec sa mère dans les Abruzzes. Pendant plus d'une heure il avait marché, seul, sous le soleil. Il avait horriblement soif, sa bouche collait à son palais. Quand il regagna la petite maison que sa mère avait louée, il alla vers le puits et libéra la chaîne du seau, qui plongea dix mètres plus bas. Il en remonta une eau claire et pure. Il forma une coupe avec ses mains, les plongea dans le seau et approcha l'eau fraîche de sa bouche. Mais, avant de boire, il voulut respirer cet instant, l'inscrire pour toujours dans son esprit. Alors, ne sachant trop comment le faire durer, il récita une prière que lui avait apprise le curé de sa paroisse : « Je te rends grâce, Dieu de bonté, pour la beauté du ciel, de la terre, de la mer, pour la splendeur des montagnes, des plaines et des rivières, pour le chant des oiseaux et la beauté des fleurs. »

La même scène se répétait aujourd'hui. Il chercha d'autres mots pour arrêter le cours du temps, figer ce moment de pur bonheur. Mais aussi se donner le courage d'affronter un destin si différent de celui qu'il avait imaginé, jadis, en se faisant prêtre. Étonné de le voir immobile, le jeune moine l'interrompit :

– Vous n'y allez pas ?

– Bien sûr que j'y vais, sourit le prêtre.

Tandis que Fabio s'éloignait, le père Ernetti se dirigea vers la grille de l'entrée et l'entrouvrit discrètement. Elle était là, assise sur le banc, les jambes croisées, son sac serré contre sa poitrine, faisant face au Grand Canal qui étincelait au soleil. Elle ne l'avait pas vu.

Il s'approcha en silence, en louant le vent capricieux de la Fortune, le même qui gonflait les voiles d'Ulysse. Peut-être enfin, dans cette loterie un peu folle des univers multiples, les avait-il conduits, elle et lui, dans le meilleur des mondes possibles ? D'une voix légèrement tremblante, il prononça son nom :

– Natacha…

Elle se retourna.

Épilogue

Quarante ans plus tard

Un vent d'hiver soufflait sur le Vatican.

Un vieil homme, emmitouflé dans un grand manteau noir, traversait la place Saint-Pierre, presque déserte à cause du froid. Il se présenta à l'entrée du bâtiment des archives apostoliques. Il montra son laissez-passer au garde suisse qui était de faction. Quand il découvrit son nom, celui-ci alla prévenir son capitaine, qui s'inclina devant le visiteur.

– Mes respects, monseigneur.

– J'ai une autorisation du pape François.

– J'ai été prévenu, en effet, par le secrétaire d'État. Combien de temps pensez-vous rester ?

– Oh, peu de temps. Quelques minutes à peine.

– Vous savez, naturellement, que la machine a été déplacée ?

– Oui, j'ai appris que le pape Benoît XVI a demandé qu'on la conserve en lieu sûr. C'est une sage décision.

– Suivez-moi, monseigneur.

Cela faisait quarante ans que le père Pellegrino Ernetti, devenu aujourd'hui archevêque de São Salvador da Bahia, n'avait pas revu ces locaux. Aujourd'hui presque nonagénaire, il souhaitait revoir sa machine. Depuis le Brésil, où il exerçait son ministère, il avait longuement écrit au Saint-Père, qui avait accepté sa requête.

Le garde suisse prit conscience que son illustre visiteur marchait avec difficulté. Il lui proposa de s'appuyer sur son bras. Mais l'archevêque refusa.

– Allez, mon ami, allez. Il me reste encore quelques forces.

– C'est que le chemin est assez long.

– Je connais ces couloirs, vous savez. J'y ai passé tellement de temps !

Le garde fit entrer son visiteur dans le département le plus secret des archives. Puis ils franchirent une nouvelle porte, qui donnait sur un escalier.

– Pour des raisons de sécurité, nous n'avons pas construit d'ascenseur. Il faudra descendre une centaine de marches.

– Je vous suis, capitaine.

Une fois en bas, l'officier ouvrit une lourde porte, fermée par un levier d'acier. Elle permettait d'accéder à un nouveau couloir.

– L'abri a été construit en béton armé. Il peut résister à un tremblement de terre et même à une explosion nucléaire.

– Je vois.

Ils arrivèrent enfin devant une porte blindée, protégée par une serrure électronique.

– Je vais composer un code secret. Auriez-vous l'obligeance de vous retourner, monseigneur ?

Le père Ernetti s'exécuta. Toutes les précautions avaient été prises, c'était mieux ainsi. Il y eut un déclic. La porte s'entrouvrit. Le capitaine entra dans la pièce forte, qui s'illumina aussitôt.

Au fond de la pièce, le chronoviseur attendait, comme isolé du monde.

Un flot d'émotions, où le ravissement allait avec la crainte, submergea le vieil homme.

– Selon les instructions du secrétaire d'État, expliqua le capitaine, nous avons tapissé la cage de plaques de plomb de trente millimètres d'épaisseur, qui font obstacle à la plupart des rayonnements.

– Vous avez bien fait, c’est une machine très sensible.

– Je vais vous laisser, monseigneur. Vous resterez le temps que vous voudrez. Quand vous aurez terminé, appuyez sur ce bouton. Je reviendrai vous chercher et je refermerai la porte.

– Entendu. Merci, mon ami.

Le garde alla l’attendre au bout du couloir. Le père Ernetti resta seul devant son chronoviseur. Même déconnecté du supercalculateur qui amplifiait sa puissance, il continuait à vivre au ralenti. Un petit voyant bleu, sur le tableau de bord, témoignait de son état de veille. Négligeant le clavier, le prêtre lui parla :

– Tu me reconnais ?

C’était la première fois qu’il l’interrogeait d’une manière aussi directe, comme si le chronoviseur pouvait l’entendre et lui répondre.

Mais le petit voyant bleu ne cilla pas.

– Je suis venu de loin pour te poser une question qui me tourmente depuis bien longtemps.

La machine resta impassible.

– Si ta réponse est oui, clignote une fois. Si c’est non, clignote deux fois.

Il prit une grande inspiration avant de se lancer :

– Es-tu Dieu ?

Pendant quelques secondes, il ne se passa rien.

Puis le père Ernetti regarda le tableau de bord.

Et il eut sa réponse.

DU MÊME AUTEUR

Le Roman des momies
Stock, 2017

Les Enfants de Mathusalem
Stock, 2017

Mémoire totale
Stock, 2018

Sagesse animale
(en collaboration avec Norin Chaï)
Stock, 2018

Harmonies
(en collaboration avec Norin Chaï)
Stock, 2019

La Machine Ernetti
Albin Michel/Versilio, 2020

Ernetti et l'énigme de Jérusalem
Albin Michel/Versilio, 2021

Les Maladies rares et les promesses de la médecine du futur
(en collaboration avec le Pr Nicolas Lévy)
Buchet-Chastel, 2021

Composition : Nord Compo
Impression : CPI Bussière en mars 2022
Éditions Albin Michel
22, rue Huyghens, 75014 Paris
www.albin-michel.fr
ISBN : 978-2-226-46473-6
N° d'édition : 24575/01 – N° d'impression : 2063609
Dépôt légal : avril 2022
Imprimé en France